Hervé Gattegno

Deux bombes sous le *Rainbow Warrior*

Les derniers secrets de l'affaire qui aurait pu couler Mitterrand

Flammarion

ISBN : 978-2-0804-6813-0

À la mémoire de Daniel Soulez Larivière

« L'espionnage n'est pas une partie de plaisir. »
John le Carré, *L'Espion qui venait du froid*

« Que diable allait-il faire dans cette galère ? »
Molière, *Les Fourberies de Scapin*

Avertissement

Toutes les citations de l'amiral Pierre Lacoste dont les références ne figurent pas en note sont extraites de son rapport daté du 8 avril 1986 consacré à l'affaire (dont le texte intégral est publié pour la première fois à la fin de cet ouvrage).

Toutes les citations des protagonistes de l'affaire dont les références ne sont pas précisées sont extraites d'entretiens réalisés pour ce livre en 2024 et 2025 avec : François Cailleteau, Patrick Careil, Philippe Derouin, Laurent Fabius, Dominique Hernu, Pierre Joxe, Jean-Luc Kister, Sophie Lacoste, Jean-Claude Lesquer, François Mermet, Jean-Marie Pontaut, Dominique et Joël Prieur, Michel Roussin, Louis Schweitzer, Hubert Védrine, François Régis Verlet et dix-huit autres acteurs ou témoins qui n'ont pas voulu être nommément désignés.

J'ai puisé – avec son autorisation – certaines citations inédites dans les entretiens réalisés par Thibault Seurin, dont le mémoire de Master en histoire contemporaine, présenté en 2012 sous le titre : « L'affaire du *Rainbow Warrior* dans la presse nationale », constitue une source exceptionnelle, par sa richesse autant que sa rigueur. Chacun de ces emprunts est dûment référencé.

PROLOGUE

— Ce papier devait rester confidentiel ; comment l'avez-vous eu ?

Au bout du fil, la voix est neutre mais le ton, sec – les années sous l'uniforme ont laissé des traces. L'amiral Pierre Lacoste n'apprécie pas d'être mis devant le fait accompli, surtout par un journaliste. Ce 8 juillet 2005, mon appel n'a qu'un but : annoncer à l'ancien chef de la DGSE*, le service d'espionnage français, que je détiens un rapport écrit de sa main dix-neuf ans auparavant, et que je m'apprête à en publier les passages les plus significatifs dans *Le Monde*. Éludant sa question sur la provenance de ma trouvaille, je plaide la légitimité de ma démarche pour prévenir toute objection de sa part. Ce qu'il qualifie banalement de « papier » n'est-il pas, en réalité, « un document pour l'histoire » ?

Sur vingt-trois feuillets, Pierre Lacoste y a retracé, d'une écriture fine et légèrement penchée, le scandale qui a brisé sa carrière et ébranlé le pouvoir politique, un certain été 1985, sous la présidence de François Mitterrand : le sabordage du *Rainbow Warrior*, navire de l'organisation écologiste

* Direction générale de la sécurité extérieure.

Greenpeace, dans le port d'Auckland, en Nouvelle-Zélande ; la mort d'un photographe à son bord, surpris par l'explosion ; la mise en cause d'agents secrets français ; la tragi-comédie politique qui s'ensuivit, avant que les découvertes de la presse ne poussent le gouvernement aux aveux, avec pour conséquence la démission du ministre de la Défense, Charles Hernu, et le limogeage de l'amiral lui-même. Voir ce mauvais souvenir remonter à la surface lui est forcément désagréable.

Où était passé son texte durant toutes ces années ? Il l'ignore. En revanche, il n'en a pas oublié l'origine. Au printemps 1986, un coup de téléphone aussi inattendu que le mien l'avait tiré de son isolement. La droite venait de remporter les élections ; le nouveau ministre de la Défense, André Giraud, lui demandait de relater, par écrit, le processus qui avait conduit à lancer une opération aussi hasardeuse, et tous les événements qui en avaient résulté. Lacoste remit son rapport le 8 avril 1986. Il le compléta d'une page le 16 avril suivant, ne garda aucune copie de l'ensemble, et n'en entendit plus parler jusqu'à ce que mon appel vienne troubler sa retraite.

De notre conversation, j'ai griffonné l'essentiel en style télégraphique, ce jour-là, dans un carnet à spirale : « Rapport Greenpeace : PL confirme être l'auteur. Pour lui, pas destiné à être publié. Ne veut rien confirmer ni commenter, secret pas levé. » Suivaient quelques mots peu dignes d'intérêt, glanés alors que je tentais de le retenir pour le faire parler et qu'il se dérobait.

Avant de raccrocher, il avait simplement ajouté :

— Si vous avez lu mon rapport, vous savez la vérité.

Cela pouvait se discuter. Précis dans la relation de ce qu'il avait vu, entendu et vécu, l'amiral n'était évidemment pas en mesure d'évoquer ce qui s'était passé en dehors de lui – au niveau de ses subordonnés, à l'intérieur de la

DGSE ou au sein du gouvernement –, sinon par ouï-dire. En outre, son texte comportait des analyses, des interprétations et des critiques qui lui étaient propres. Ce n'était pas seulement un témoignage, c'était aussi un point de vue.

Mon article parut le surlendemain, date anniversaire de l'attentat contre le *Rainbow Warrior*. Il débutait ainsi :

« Dans un compte-rendu daté de 1986, l'ancien chef de la DGSE assure qu'il aurait reçu "l'autorisation personnelle" de François Mitterrand pour faire sauter le bateau. "Je ne suis pas entré dans le détail du projet, indique l'amiral Lacoste, l'autorisation était suffisamment explicite."[1] »

Le rapport mentionnait bien d'autres épisodes, assortis de dates, de noms, parfois même de références à des preuves de ce qu'il relatait, que *Le Monde* passa sous silence, faute de place – dès ce moment, je m'étais dit qu'il y aurait un jour matière à y revenir. L'existence d'un tête-à-tête avec le président de la République, le 15 mai 1985, où le *Rainbow Warrior* avait été évoqué, constituait la principale révélation. Elle invitait à une lecture nouvelle de l'affaire.

Jusqu'alors, en effet, la thèse communément admise était celle d'un dérapage des services spéciaux : la hiérarchie militaire, suivant avec zèle les directives de son ministre, avait engagé ses agents dans une action insensée et hors de contrôle. La balourdise des exécutants avait transformé le complot en fiasco. Étrangers à l'opération, le chef de l'État et son Premier ministre, Laurent Fabius, ne pouvaient en être tenus pour responsables. La faute incombait à Hernu et à l'amiral Lacoste, qui n'avaient rien dit avant, et tout caché après.

Commode, ce scénario présentait l'avantage d'expliquer par l'absurde ce qui ne semblait pas justifiable par la raison. La majorité des livres consacrés au scandale l'ont épousé : publiés entre 1985 et 1986, ils s'appuyaient sur les conclusions des enquêtes policières – en Nouvelle-Zélande et en France – et les investigations de la presse, forcément parcellaires, ainsi que les communications officielles de l'époque, qui n'étaient pas toutes faites pour démêler le vrai du faux. François Mitterrand lui-même l'a fait sien : « Je ne suis aucunement mêlé, ni de près ni de loin, à cette affaire ; imagine-t-on le président de la République s'occupant de savoir comment procèdent des agents à Auckland ? » s'exclamait-il par exemple devant les auteurs d'un essai consacré à sa psychologie[2]. Aux journalistes Pierre Favier et Michel Martin-Roland, chroniqueurs minutieux de sa présidence, il soutenait encore : « Pour moi, c'était une exécution folle, une affaire idiote des services secrets, peuplés de minables, de malandrins[3]. »

Au fil des années, la plupart des biographes de l'ancien Président ont à leur tour adopté cette version, faute de mieux – avec soulagement pour les uns, frustration pour les autres*. Si bien que le récit officiel s'est installé sans que le doute soit réellement levé. Même après la divulgation des extraits du rapport de l'amiral Lacoste dans *Le Monde*, la cause semblait entendue. Au pire, le Président s'était laissé surprendre. S'il avait autorisé l'opération, c'était forcément par mégarde ou parce qu'on l'avait abusé – en tout cas, sans savoir en quoi elle devait consister. Jadis, l'adage monarchique prétendait : « Le roi ne peut mal faire. » À la fin du siècle dernier, sous le règne de l'absolutisme présidentiel, il s'appliquait encore quelquefois.

Du reste, le Mitterrand de 1985 n'était pas celui que l'histoire a finalement retenu. Une réputation de florentin

* Seul Franz-Olivier Giesbert a partiellement contredit cette présentation, dans une édition augmentée de sa biographie de référence, en évoquant le premier le rapport Lacoste. Cf. Franz-Olivier Giesbert, *François Mitterrand. Une vie*, Seuil, 1996, p. 480-482.

le précédait, mais les Français ne l'avaient pas encore beaucoup vu à l'œuvre. Si on devinait en lui une part d'ombre, un certain goût du mystère, quelques secrets enfouis, le portrait était inachevé. Les Français ignoraient que ce maître tacticien au long parcours politique et à la stature indéniable entretenait une relation complexe avec la vérité. Sa méfiance instinctive pour la transparence n'était pas que principielle. L'homme avait des choses à cacher ; le Président ne répugnait pas à se servir de ses pouvoirs pour les cacher. Pour lui, le mensonge était une arme parmi d'autres, dont l'usage n'était pas régi par la morale mais par l'intérêt – le sien ou celui de l'État, qui parfois se confondaient.

Ainsi, seuls de rares initiés connaissaient l'existence de sa fille cachée, pourtant née six ans avant son élection, logée avec sa mère et protégée grâce aux ressources de l'État – et il le fallait bien puisque, à travers elles, c'est le Président que l'on pouvait atteindre. Sous prétexte de garantir le secret, un dispositif d'écoutes téléphoniques avait été mis en place par les gendarmes de l'Élysée, hors de toute règle et sans mesure, qui allait viser plusieurs centaines de personnes. En 1985, au moment où éclate l'affaire du *Rainbow Warrior*, ce système d'espionnage battait son plein. À l'occasion, les relevés des conversations interceptées atterrissaient sur le bureau de François Mitterrand, qui les visait de sa plume*.

Plus contestable encore était la dissimulation de sa maladie par le Président. Alors que le diagnostic de son cancer était posé depuis l'automne 1981, qu'il suivait un traitement contraignant et que les pronostics médicaux étaient sombres,

* La « cellule » des gendarmes de l'Élysée sera à l'origine d'un scandale retentissant, qui aboutira à la condamnation de son chef, Christian Prouteau, et de plusieurs de ses membres, pour atteinte à l'intimité de la vie privée, en 2008. Cf. Jérôme Dupuis et Jean-Marie Pontaut, *Les Oreilles du Président*, Fayard, 1996.

les bulletins de santé diffusés sur son ordre n'en soufflaient pas un mot. Même ses plus proches l'ignoraient. « Il m'arrive, comme à tout le monde, d'attraper un rhume », ironisait-il en conférence de presse pour balayer les rumeurs. Il faudra onze ans avant que la nécessité d'une intervention chirurgicale l'oblige à lever le voile. Mais c'est seulement après sa mort, en 1996, que l'ancienneté du mal dont il était atteint a été reconnue[4].

Le feuilleton du *Rainbow Warrior*, lui, s'est achevé sans que le brouillard fût entièrement dissipé. Quarante ans après, il y avait lieu d'en reprendre le fil.

Si les services secrets sont l'inconscient des démocraties, comme l'a écrit John le Carré, l'opération lancée en Nouvelle-Zélande contre Greenpeace relevait à coup sûr de l'acte manqué. Les psychanalystes du pouvoir ne manqueraient pas d'arguments pour étayer le diagnostic. Par sa brutalité disproportionnée, elle révélait les contradictions d'un État contraint de sacrifier les principes aux exigences de la puissance, que symbolisaient les essais nucléaires. Par sa préparation brouillonne et sa mise en œuvre précipitée, ses ordonnateurs et ses concepteurs s'étaient condamnés à un échec dont les dénégations ultérieures ne feraient qu'alourdir le poids. « Faute d'avoir voulu assumer dès le début nos responsabilités en adoptant une attitude convenable et en offrant un front uni, nous nous sommes perdus dans un tissu de mensonges et d'intrigues, pour aboutir à un véritable désastre », regrettait Pierre Lacoste dans son rapport. De tous les protagonistes, il ne fut sans doute pas le moins lucide.

Après son décès, en 2020, ses archives personnelles n'ont pas toutes été retrouvées. Lui-même en avait déposé un lot au ministère de la Défense en 1996. Sa famille, sur ses instructions, a remis ce qui lui restait en 2022. Le tout constitue une documentation inestimable, que nul n'avait pu consulter avant moi. Elle complète utilement les dossiers de la DGSE, qui présentent d'évidentes béances – les espions se méfient du papier, et d'importantes pièces ont été détruites. L'amiral avait, toutefois, montré certains écrits à des tiers, plus rarement confié des copies. Quelques-uns de ces initiés m'ont fait profiter de leurs souvenirs. C'est aussi le cas de plusieurs agents impliqués – directement ou non – dans l'attaque du *Rainbow Warrior*, et d'acteurs politiques haut placés de l'époque.

La République ayant ses scribes, d'autres éléments primordiaux figuraient dans les archives de l'Élysée, du gouvernement et de la justice : synthèses confidentielles, télégrammes, correspondances. J'y ai puisé de quoi vérifier – et parfois infirmer – le déroulement des faits tel que Lacoste l'avait exposé, et l'indispensable matière première à un nouveau récit de l'affaire.

Héros malgré eux de cette aventure, les deux officiers dont l'arrestation entraîna la faillite de l'opération et dont le pseudonyme est resté dans les mémoires – « les faux époux *Turenge* » –, Alain Mafart et Dominique Prieur, ont chacun écrit, longtemps après, un livre de souvenirs[5]. En dignes professionnels, ils se sont abstenus de tout dire, mais ont livré assez de détails de première main pour aider à reconstituer les faits.

Ne restait plus, pour y parvenir, qu'à remettre l'histoire à l'endroit, en prenant « la raison par le bon bout », selon la méthode chère à Joseph Rouletabille, enquêteur légendaire et précurseur du journalisme d'investigation, qui n'entendait servir que la vérité, non la justice*. Pour percer les secrets, lui s'attachait à comprendre sans se préoccuper de juger.

* Cf. Gaston Leroux, *Les Aventures extraordinaires de Rouletabille reporter*, 2 tomes, Bouquins, 2001.

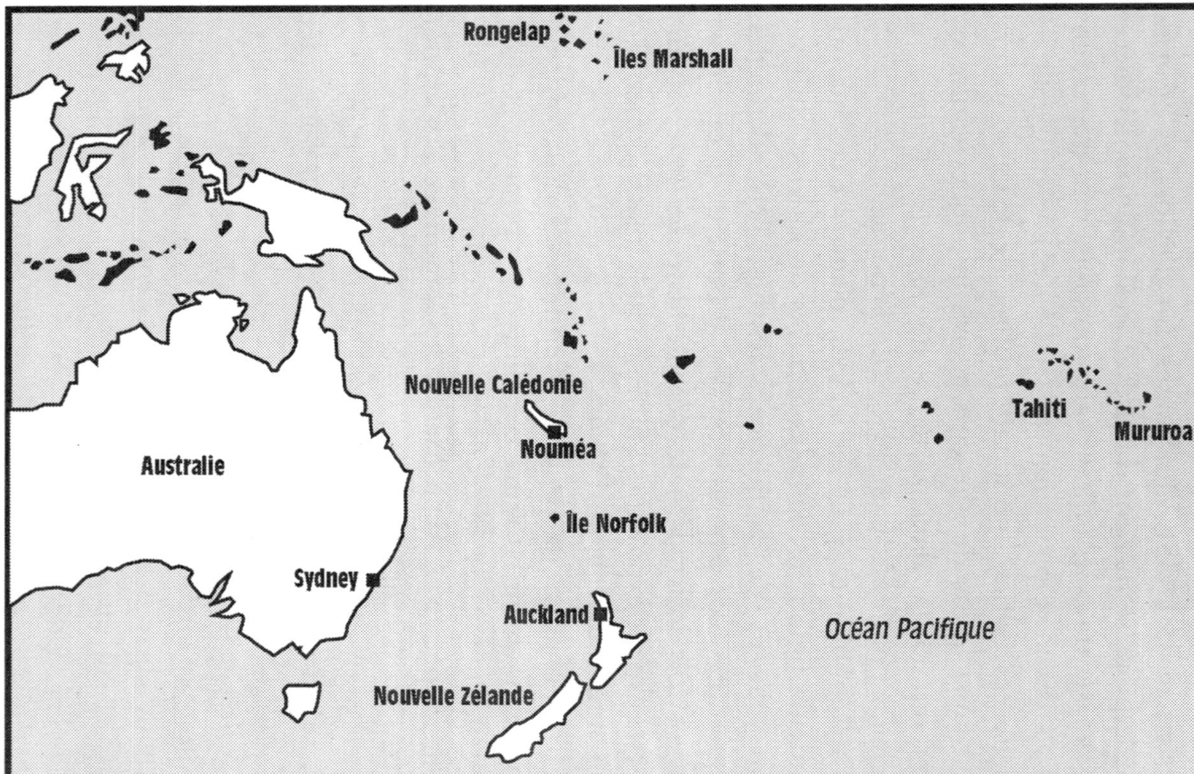
Rongelap
Îles Marshall
Nouvelle Calédonie
Nouméa
Tahiti
Mururoa
Australie
Île Norfolk
Sydney
Auckland
Océan Pacifique
Nouvelle Zélande

1

Le Président et l'amiral

À l'autre bout du monde, dans le port d'Auckland, deux détonations retentissent et le Rainbow Warrior, *navire de Greenpeace, fait naufrage. Alors qu'un couple de touristes suisses est arrêté, en France c'est le branle bas de combat à la DGSE...*

François Mitterrand a programmé une explosion à l'heure du déjeuner.

Il est environ 13 h 30, le 10 juillet 1985, quand l'hélicoptère présidentiel se pose dans le petit bourg isérois de Viriville, au milieu d'un parc. Des policiers quadrillent les alentours. À l'hôtel-restaurant Bonnoit, la table d'honneur est dressée pour 20 personnes – « un repas de baptême », a-t-on prétexté pour réserver la salle. En réalité, le chef de l'État compte profiter d'un bref passage dans la région pour s'entretenir avec des représentants de l'Association de la presse présidentielle, qui réunit les correspondants accrédités à l'Élysée. Histoire de mettre les journalistes en appétit, l'entourage du chef de l'État a promis des confidences : « Vous aurez de quoi écrire... »

Le programme de la visite prévoit un hommage aux maquisards du Vercors tombés pendant la Seconde Guerre mondiale, puis une halte sur la route du Tour de France, au sommet du col de Montaud, avec bain de foule au milieu des spectateurs. Le Président a besoin de hauteur et de ferveur.

Après quatre années à l'Élysée, il subit l'usure du pouvoir. Au contact de la réalité économique, les illusions de 1981 se sont dissipées. La mort dans l'âme, la gauche s'est résolue au « tournant de la rigueur ». Mitterrand promettait de « changer la vie », on lui reproche d'avoir changé d'avis. Oubliés, les élans tiers-mondistes du discours de Cancún, lors de son premier grand voyage à l'étranger. Les postures pacifistes du salon du Bourget, où l'on désarmait les avions de chasse avant son arrivée, n'ont plus cours. L'idéalisme cède devant le réalisme. À mesure que son autorité s'effrite, Mitterrand se concentre sur les forces qu'il tient de la Constitution – celle du général de Gaulle, qu'il combattait jadis avec tant de hargne et de talent. À présent, il se régale des fonctions régaliennes, le dirigeant désarmé se pose en chef des armées. « La pièce maîtresse de la dissuasion nucléaire, c'est moi », a-t-il proclamé. C'est dire qu'il n'est pas prêt à abdiquer.

Son affaiblissement, pourtant, ouvre les appétits. Mitterrand a 68 ans ; son Premier ministre, Laurent Fabius, trente ans de moins que lui – et 10 points de plus dans les sondages. Ce patricien élégant, fortuné et surdiplômé, incarne une gauche plus moderne, pour ne pas dire une relève. « Lui c'est lui, et moi c'est moi », a-t-il lâché à la télévision, en septembre 1984, pour marquer sa distance. Mitterrand a avalé de travers. « Je ne suis pas sûr qu'il voulait être blessant[1] », glissait-il peu après à Alain Duhamel – c'était admettre une blessure. Au Parti socialiste, où d'autres rêvent de succession – Michel Rocard, Lionel Jospin –, on aiguise les couteaux en perspective des combats à venir. La droite, elle, voit moins loin : elle attend avec impatience les élections de mars 1986 pour réinstaller son leader, Jacques Chirac, au gouvernement. Il y a de la revanche dans l'air. Déjà, les constitutionnalistes imaginent le partage des commandes à la tête de l'État. De Gaulle avait conçu la présidence comme une « clé de voûte » du régime ; comment en réduire les proportions sans ébranler l'édifice ? Mitterrand a réfléchi à sa réponse. S'il est disposé à une « cohabitation » – ainsi désigne-t-on par avance cette configuration politique inédite –, il n'entend pas s'effacer. Il défendra son territoire et veut que cela se sache. Il n'hésitera pas à faire usage de ses armes.

C'est pourquoi, à table avec les journalistes qu'il a conviés, entre le filet de canard et les fruits rouges, le Président appuie sur le bouton :

— J'entends bien faire respecter mon domaine réservé, déclare-t-il. S'il y avait confiscation de la politique étrangère, ce serait un coup d'État.

Dans les heures qui suivent, la phrase sera mille fois reproduite, commentée, disséquée – c'est l'effet qu'il recherchait. Le ton est ferme, le message est clair : il est prêt au combat.

De l'autre côté de la planète, en Nouvelle-Zélande, la nuit est tombée sur le port d'Auckland. Deux charges fixées sur la coque du *Rainbow Warrior*, navire de l'organisation Greenpeace, vont exploser. Elles ont été placées par des plongeurs de la Direction générale de la sécurité extérieure (DGSE), les services secrets français. Les minuteurs sont réglés pour des mises à feu « espacées de 2 à 4 minutes[2] ». L'objectif est de mettre hors d'état le bateau avec lequel les écologistes s'apprêtent à perturber les essais nucléaires français dans l'océan Pacifique, près de l'atoll de Mururoa. À la fin du compte à rebours, les engins doivent sauter et le faire sombrer le long du quai où il est amarré. Ni les agents ni leurs commanditaires ne se doutent que la double déflagration provoquera bientôt le scandale le plus retentissant du premier septennat de François Mitterrand.

L'explosion initiale se produit peu avant 23 h 40*. À cet instant, douze personnes se trouvent sur le *Rainbow Warrior*, attablées au mess ou retirées dans leurs cabines. À bord, la soirée a été animée. Une fête était donnée sur le pont pour l'anniversaire de l'Américain Steve Sawyer, coordinateur international de Greenpeace. L'ambiance était joyeuse : gâteau au chocolat, musique et alcool à gogo. Les convives se sont séparés peu après 23 heures. Un peu plus tôt, dans une ambiance plus sérieuse, une séance de travail s'était tenue à l'avant du bateau, dans l'ancienne cale à poissons aménagée en salle de réunion, pour étudier le calendrier de la campagne de protestation antifrançaise. Sept des principaux dirigeants de l'association y participaient, ainsi que tous les skippers de sa flottille, qui comprend aussi le *Vega*, le *Django*, le *Kliss II*, le *Varangian* et l'*Alliance*. De telles rencontres au sommet sont si rares que la plupart des présents affirmeront à la police que les saboteurs, « parfaitement renseignés, voulaient en fait décapiter le mouvement[3] ». C'était faux : bien que fixée depuis plusieurs jours, la réunion était ignorée des auteurs de l'attentat – et ce n'était pas la seule chose qui leur avait échappé.

Deux déflagrations, un mort

D'ordinaire, les nuits sont calmes à Auckland. La détonation résonne autour du port, faisant trembler les vitres

---

* Précisément à 23 h 38, selon un rapport de synthèse du New Zealand Security and Intelligence Service (NZSIS), le service de renseignement néo-zélandais, déclassifié en 2017.

des bâtiments environnants. La première charge, placée à tribord au niveau de la salle des machines, perce largement la coque ; le bâtiment penche sur le côté et s'enfonce lentement dans l'eau. Le capitaine, Peter Willcox, hurle la consigne d'évacuation ; en un éclair, les occupants se retrouvent sur le quai Marsden, effrayés et hagards, à demi dévêtus. Le second choc, près de la poupe, est moins puissant mais décisif. Il brise l'arbre du moteur et l'hélice, soulève le bâtiment par l'arrière ; la brèche causée par la première charge laisse l'eau s'engouffrer comme un torrent en furie. Très vite, le bâtiment est immergé aux trois quarts, presque couché sur le flanc contre le quai.

C'est à ce moment que les rescapés constatent qu'un des leurs manque à l'appel : Fernando Pereira, un photographe portugais de 35 ans qui suit depuis trois ans les campagnes de Greenpeace, et que l'équipage considère comme un militant de la cause. Il se trouvait au mess quand l'alerte a été donnée. Contrairement à ce qui sera souvent prétendu par la suite, il ne semble pas avoir quitté le bord et y être revenu ensuite pour récupérer son matériel. Selon les constatations de la police, il est descendu dans sa cabine aussitôt après la première déflagration et aurait été surpris par la deuxième.

À 4 heures du matin, les sauveteurs découvrent son corps sans vie dans une cabine voisine de la sienne, face contre le sol, ses appareils près de lui.

La Section des enquêtes criminelles d'Auckland n'attend pas le lever du soleil pour lancer les recherches. Les deux trous béants dans la coque – dont l'un dépasse la taille d'un homme – attestent sans équivoque qu'il ne s'agit pas d'un accident. Réveillé en sursaut, le chef du service, le superintendant Allan Galbraith, prend les commandes. C'est un policier chevronné originaire de Glasgow, qui a étudié à Londres, fait ses premières armes à Scotland Yard dans la lutte contre l'IRA, le mouvement terroriste irlandais. Il en a tiré une grande connaissance du maniement des explosifs, sujet auquel il a consacré un petit manuel à l'usage des experts en balistique. Galbraith compte vingt-sept ans de carrière dans l'administration, au cours desquels il a notamment dirigé une unité antidrogue en Thaïlande. Il n'a pris son poste à Auckland que depuis peu mais sa réputation le précède. L'affaire du *Rainbow Warrior* va faire de lui l'une des figures les plus en vue du pays, confronté « au premier acte terroriste de son histoire[4] ».

Le gouvernement néo-zélandais ne veut pas perdre de temps. Et si les bombes d'Auckland étaient le début d'une série ? Pendant que les experts s'activent sur le navire endommagé pour détecter d'éventuels indices, les hommes de Galbraith interrogent les membres de l'équipage. Ont-ils remarqué quelque chose d'anormal, noté des comportements suspects ? Oui. Plusieurs relatent l'apparition surprise d'un jeune Français qui se promenait sur le port une demi-heure avant le début de la fête. Il paraissait si avenant qu'ils l'ont invité à bord.

« Je ne peux pas rester très longtemps, je suis en transit pour quelques heures entre Singapour et Tahiti[5] », s'est-il excusé d'emblée. Il a dit se nommer François Verlet, s'est présenté comme un informaticien « pacifiste » et a prétendu avoir des amis à Tahiti qui pourraient aider Greenpeace à se procurer des embarcations pour convoyer des sympathisants, de la Polynésie à Mururoa. Voilà qui tombait à pic : Sawyer et ses compagnons réfléchissaient justement à entourer leurs navires d'une armada de canoës, plus difficiles à intercepter pour les gros bâtiments de la marine française. Or cette idée n'avait jamais été évoquée publiquement ; comment ce Français sorti de nulle part était-il si bien renseigné ?

Le skipper du *Vega* croit se rappeler en outre que, entre deux verres, Verlet lui a demandé jusqu'à quelle heure dureraient les festivités sur le pont et qui resterait sur le bateau pendant la nuit. Le visiteur s'est éclipsé vers 21 heures pour ne pas louper son avion, non sans souhaiter à Sawyer un joyeux anniversaire et, aux marins, « bonne chance pour la campagne ». En filant, il a laissé une adresse, celle d'un cousin de sa mère, établi à Tahiti. Galbraith fait vérifier à l'aéroport : un passager au nom de Verlet s'est bien embarqué à 23 heures pour Papeete. Pour l'heure, la piste s'arrête là.

M. et Mme Turenge

Vu de Paris, l'attentat d'Auckland n'est encore qu'un incident mineur. Il faudra attendre deux jours pour que la presse française en fasse mention. En revanche, à Wellington, capitale de la Nouvelle-Zélande, l'indignation est à son comble. L'agression contre le navire écologiste est présentée comme un acte de guerre. Sans équivalent dans l'histoire de cette colonie britannique surtout célèbre pour son équipe de rugby, les légendaires All Blacks, l'épisode est comparé au bombardement japonais sur Pearl Harbour. Le Premier ministre, David Lange, dénonce un « acte criminel majeur qui a des implications politiques et terroristes ». Qui vise-t-il ? Il n'en dit pas plus pour l'instant.

— Greenpeace a des millions d'amis et des dizaines d'ennemis, lance-t-il.

De fait, les télégrammes de soutien affluent du monde entier au QG de l'organisation, à Londres. Tous les gouvernements que Greenpeace accuse de menacer les équilibres écologiques avec leurs déchets industriels, leurs essais nucléaires ou la chasse à la baleine veulent faire savoir qu'ils ne sont pour rien dans le drame. Y compris la France, dont la ministre de l'Environnement, Huguette Bouchardeau, exprime sa « sympathie envers l'équipage du *Rainbow Warrior* ». « La France n'agit pas de la sorte avec ses opposants », assure même, croyant bien faire, un porte-parole de l'ambassade à Wellington[6].

Les enquêteurs se persuadent vite du contraire.

Dès les premières lueurs du 11 juillet, le dispositif du superintendant Galbraith tourne à plein régime ; 22 inspecteurs travaillent sur le dossier – en quelques jours, leur nombre grimpera jusqu'à 66. Une partie de leur tâche consiste à trier les innombrables renseignements que leur communique spontanément la population. Particularité locale que les agents secrets français avaient sous-estimée : chez les Néo-Zélandais, le civisme est poussé jusqu'au zèle ; au moindre signe suspect, ils n'hésitent pas à alerter la police. La nuit de l'attentat, c'est exactement ce qu'ont fait les deux vigiles d'une marina située au nord de la ville, après avoir observé à la jumelle une scène intrigante : près d'un aéroclub désaffecté, dans une zone quasi déserte donnant sur la baie d'Hobson, deux individus hissaient un *dinghy* pneumatique hors de l'eau et en déchargeaient des sacs. Les semaines précédentes, des bateaux avaient été cambriolés dans ce secteur ; les guetteurs ont cru avoir surpris les voleurs. Comme la patrouille tardait, l'un d'eux a pris sa voiture et foncé sur les lieux. À son arrivée, le van qui stationnait en surplomb, tous phares éteints, a démarré en trombe mais il a eu le temps d'en relever l'immatriculation.

Pour l'équipe de Galbraith, la vérification est enfantine. Le numéro correspond à un camping-car Toyota loué dans une agence locale par deux touristes suisses domiciliés à Paris et titulaires de permis de conduire français : *Alain* et *Sophie Turenge*. Leur contrat prévoit la restitution du véhicule le 23 juillet. Consigne est donnée au personnel de l'agence de prévenir la police au cas où ils réapparaîtraient avant. Au petit matin du 12 juillet, quand le couple se présente, une hôtesse les accueille pendant qu'une autre appelle la police.

— Comment se sont passées vos vacances ? interroge aimablement la jeune femme, pour donner le change.

— Formidable, répond *M. Turenge.*

— Horrible, répond *Mme Turenge*[7].

Un quart d'heure plus tard, deux inspecteurs entrent dans l'agence, leur demandent leurs passeports et les invitent à les suivre.

— OK, dit l'homme, mais nous avons un avion à 11 heures. Nous devons rentrer en France.

— Nous avons des questions à vous poser, tranche le sergent-détective Terry Batchelor ; s'il n'y a pas de problème, nous vous accompagnerons à l'aéroport.

Le couple est conduit au quartier général de la police et séparé pour les interrogatoires. Comme dans les films américains, on commence par leur exposer leur droit au silence : « Vous avez le droit de vous taire, tout ce que vous direz pourra être retenu contre vous… »

Les *Turenge* comprennent alors qu'ils ne prendront pas leur avion, ni peut-être aucun des suivants.

Au fort de Noisy-le-Sec, siège du service Action de la DGSE, l'euphorie a été de courte durée. Autour du colonel Jean-Claude Lesquer, les chefs de l'unité chargée des opérations clandestines ont l'habitude de suivre en direct le déroulement des missions, enfermés dans une salle du deuxième étage tapissée de cartes et équipée d'horloges réglées sur différents fuseaux horaires. Le 10 juillet en début d'après-midi, ils y ont d'abord reçu un message d'un des agents postés à Auckland : « L'objectif est atteint. » Dans les heures qui ont suivi, les agences de presse ont annoncé que l'attentat contre le *Rainbow Warrior* avait fait une victime.

— Ça nous a causé un choc terrible, se souvient l'un des organisateurs de l'opération. Tout avait été fait pour éviter les pertes humaines – en tout cas, c'est ce qu'on croyait. La mort du photographe, on l'a tout de suite ressentie comme un échec.

En 1985, les téléphones portables n'existent pas. Entre les agents et leur base, les communications ne peuvent être instantanées, au gré des besoins ou des urgences ; elles obéissent à des règles précises. Des rendez-vous sont fixés à l'avance pour pouvoir parler sur des lignes protégées, où les conversations se tiennent malgré tout en langage codé. Avant leur départ pour l'Océanie, les faux *M. et Mme Turenge* – de leurs vrais noms, le commandant Alain Mafart et la capitaine Dominique Prieur – ont mis au point et répété ces procédures. Ils ont aussi appris par cœur deux numéros de secours ; l'un pour signaler une difficulté inattendue, l'autre en cas de danger imminent. La mort du photographe sur le *Rainbow Warrior* entre dans la catégorie des imprévus. Le matin du 11 juillet, ils se sont donc rendus dans un bureau de poste à Hamilton, à 120 kilomètres au sud d'Auckland, et ont composé le premier numéro. C'est celui d'un poste de permanence au service Action.

— Les vacances ne se passent pas bien du tout, a dit la capitaine Prieur. Je suis malade et j'ai très envie de rentrer. En plus, on a des ennuis avec le camping-car. Les vacances en camping-car, c'est fini[8] !

Le message était facile à décrypter : les *Turenge* savaient que leur van était repéré ; attendre deux semaines avant de quitter le pays était devenu bien trop risqué. Il fallait activer au plus vite un plan d'« exfiltration ».

— À propos, comment va le cousin Robert ? a poursuivi Prieur. Tu pourrais le contacter pour qu'il vienne nous aider ?

Le prétendu cousin était un pilote d'avion et « honorable correspondant » de la DGSE en Nouvelle-Calédonie. Il devait être mis en alerte le temps de la mission. En cas de besoin, il pouvait atteindre un point de récupération en Nouvelle-Zélande en trois ou quatre petites heures. Encore fallait-il qu'il en reçoive l'ordre. Au bout du fil, le sous-officier de permanence n'a rien promis de tel. Il s'est juste engagé à « prévenir la famille ».

En fin d'après-midi, les *Turenge* ont utilisé une cabine pour rappeler le même numéro au fort de Noisy. Il était 5 heures du matin à Paris, mais ils savaient que l'alerte était donnée depuis leur coup de fil précédent. Ils espéraient parler au colonel Lesquer et recevoir une instruction précise. Ils n'ont obtenu ni l'un ni l'autre. « Le colonel était en Corse pour préparer le mariage de sa fille », assure *a posteriori* un ancien officier du service – drôle d'explication.

« Je me tenais à distance de cette opération, je n'étais pas en première ligne », se justifie le colonel Lesquer. Un autre agent résume, dépité : « On les a laissés naviguer à vue. »

C'est ainsi que, livrés à eux-mêmes à des milliers de kilomètres de Paris, sans ordres ni soutien, les faux époux suisses ont tenté le tout pour le tout. Ils ont changé leurs billets d'avion pour hâter leur départ et décidé de restituer leur camping-car, comme si de rien n'était. Et ils se sont jetés dans la gueule du loup.

La méfiance de Lacoste

Avant de prendre la direction de la DGSE, l'amiral Lacoste ne s'était jamais imaginé en maître-espion. À la fin de l'été 1982, quand le plus mystérieux des conseillers de l'Élysée, François de Grossouvre, l'a informé que François Mitterrand songeait à lui pour ce poste hautement sensible, Lacoste a été pris de court. « Le renseignement est entré dans ma vie au moment où je m'y attendais le moins[9] », écrira-t-il. En France, les services spéciaux relèvent de l'armée de terre, lui a fait toute sa carrière dans la marine. Il était à deux ans de la retraite, assuré de succéder à l'amiral Philippe de Gaulle, fils du Général, à la tête de la prestigieuse Inspection générale de la marine, et peu habitué au monde du secret. Ajoutons à cela que ses opinions penchaient clairement à droite – ses contacts avec le monde politique, dans les années soixante-dix, se limitaient à deux brefs passages par les cabinets d'Yvon Bourges, ministre de la Défense, puis de Raymond Barre à Matignon.

Surtout, comme beaucoup d'officiers de sa génération, Lacoste éprouvait davantage que de la méfiance envers François Mitterrand. Le plus féroce opposant au général de Gaulle, puis à Valéry Giscard d'Estaing, personnifiait à ses yeux l'opportunisme des aventuriers de la IVe République. « Cette image s'est encore ternie au moment de l'attentat de l'Observatoire, précisera l'amiral. Après cette sombre histoire, il était devenu évident qu'on avait affaire à un virtuose de la dissimulation et des tactiques politiciennes les plus machiavéliques[10]. »

Il est vrai que l'imbroglio était tout sauf glorieux. En 1959, de Gaulle revenu au pouvoir, la Ve République s'installe. Mitterrand est replié au Sénat, en attendant mieux. Un jour, il est accosté par un député d'extrême droite, Robert Pesquet, qui se dit chargé de l'assassiner par des partisans de l'Algérie française mais gagné par le scrupule. Mitterrand se laisse persuader qu'« un attentat simulé les libérerait tous les deux : l'un de son contrat, l'autre de la menace », résume Jean Lacouture[11]. Le soir, à la hauteur du jardin de l'Observatoire, comme convenu avec son assaillant, Mitterrand se jette hors de sa voiture juste avant que Pesquet n'ouvre le feu. En quelques heures, il devient un héros pour la presse et un martyr pour la gauche, acclamé de toutes parts. Et voilà que trois jours après, Pesquet dénonce un « attentat bidon » et l'accuse d'avoir tout manigancé pour servir sa propre gloire. Ridiculisé, poursuivi par la justice, Mitterrand crie – à juste titre – au guet-apens mais le mal est fait, y compris parmi ceux qui l'ont soutenu et se demandent pourquoi il ne leur a rien dit.

« S'il a été piégé, c'est qu'il était "piégeable", trop enclin à l'intrigue pour ne pas être envoûté », conclut Lacouture, qui le décrit ainsi : « Un homme qui, assuré d'un destin primordial, avait choisi une fois pour toutes de distinguer les moyens politiques de la morale de l'Histoire[12]. »

C'est à ce personnage fascinant mais controversé, rescapé de tant d'échecs et d'infortunes, que Pierre Lacoste donne son accord, vingt-deux ans plus tard, pour prendre les rênes de l'espionnage d'État, sous son autorité directe. « Profondément légaliste », l'amiral ne se « reconnaissait pas le droit de récuser le premier magistrat du pays »[13], démocratiquement élu. D'autant que des amis communs, Ginette et Jean Munier, compagnons de captivité de Mitterrand durant la guerre, lui ont rapporté entretemps « des détails inédits et flatteurs » sur son attitude sous l'Occupation. À les entendre, l'appartenance de Mitterrand à l'administration de Vichy était une couverture ; dans le même temps, il s'activait à leurs côtés dans un réseau de Résistance sous le nom de « Morland ». Un tel homme ne méritait pas l'infamie.

L'amiral et le Président se rencontrent pour la première fois le 30 octobre 1982, non au palais de l'Élysée mais dans la résidence secondaire de Mitterrand, sa bergerie landaise de Latché – peut-être par souci de discrétion. « Quand je lui ai présenté les grandes lignes de mes projets à court et moyen terme, relatera Lacoste, il les a approuvées mais j'ai senti que ça ne l'intéressait plus ; le principal était acquis, j'avais dit oui[14]. »

Par la suite, ils auront une quinzaine de tête-à-tête au palais présidentiel, qui ne dureront jamais plus d'une heure, et quelques rares réunions de crise avec d'autres participants, ministres ou militaires. Leurs relations seront confiantes, jamais cordiales. Entre un chef d'État et le patron des services secrets, les mots sont généralement pesés, et comptés.

Charles Hernu s'en va-t-en guerre

Dans l'après-midi du 11 juillet 1985, c'est en chef du renseignement déjà expérimenté que réagit l'amiral Lacoste quand il apprend qu'un homme est mort sur le *Rainbow Warrior* : il encaisse le coup sans perdre son sang-froid. Il réclame avant tout un point sur le « démontage » de la mission et le retour des agents déployés en Nouvelle-Zélande. Le chef du service Action promet de le tenir au courant « heure par heure ». Pour connaître les circonstances du drame, comprendre ce qui n'a pas marché, Lacoste sait qu'il devra patienter. Aussi grimace-t-il en entendant, au téléphone, les félicitations empressées du chef de l'état-major particulier du Président, le général Jean Saulnier, puis celles du ministre de la Défense en personne, Charles Hernu, pour la « réussite » de la mission d'Auckland – par réflexe, il note les appels sur son agenda.

« C'est moi qui ai dû tempérer leur satisfaction en leur rappelant qu'il y avait mort d'homme, relatera-t-il. Ils n'avaient pas mes scrupules et le ministre lui-même m'a dit, pour me rassurer : "On nous fait la guerre, il en va de la défense et de la sécurité de la France." »

Dans la nuit du 12 au 13 juillet, une autre mauvaise nouvelle arrive, encore par téléphone. L'amiral est réveillé en sursaut : le général Roger Émin, son adjoint, l'informe que deux agents du service ont été interpellés par la police à Auckland. Cette fois, c'est l'alerte rouge. Si des membres de la mission sont « grillés », combien d'autres sont exposés ? En quelques minutes, la confirmation tombe du SA : plusieurs autres agents se trouvent encore en Nouvelle-Zélande ; c'est peut-être une question d'heures, au mieux de jours, avant qu'eux aussi soient repérés.

Pour Lacoste, une solution s'impose afin d'éviter la catastrophe : entrer en contact au plus vite avec les autorités néo-zélandaises, reconnaître que les deux suspects sont des officiers français en mission et négocier clandestinement leur libération, quoi qu'il en coûte. Pour tout service secret digne de ce nom, l'issue est humiliante mais rien ne prime la sauvegarde des agents. La CIA, le MI6, le Mossad ont dû s'y résoudre par le passé. Depuis le début de la guerre froide, Américains et Soviétiques ont plusieurs fois procédé à des échanges d'espions. Les tractations de ce type relevant des gouvernements, l'amiral décide d'en référer au ministre de la Défense. L'affaire est grave mais elle peut être circonscrite si l'on ne tarde pas.

Lacoste a tout lieu de penser que sa recommandation sera suivie au plus haut niveau. Il a de bonnes raisons à faire valoir. À commencer par celle-ci, qu'il est seul à connaître car c'est un secret d'État : la mission qui est en train de virer au désastre à l'autre bout du monde a reçu le feu vert personnel du président de la République.

2

Nos agents à Auckland

Pendant que les faux époux Turenge *sont en garde à vue, la police néo-zélandaise s'intéresse à un étrange pêcheur remarqué avec eux peu après l'attentat, et à quatre marins français fort peu discrets...*

Pour être un bon agent secret, il faut s'accoutumer au mensonge. Ranger sa vie dans un recoin, l'enfermer dans un tiroir de l'esprit, ne confier la clé à personne. Mettre son identité, ses relations, ses souvenirs entre parenthèses le temps d'une mission, pour quelques jours ou plusieurs années. Vivre camouflé. « Être un autre sans oublier qui on est », résume un ancien. À l'intérieur du service, la DGSE, dont ils ne prononcent jamais le sigle – ils disent « la Boîte », ou « la Maison » –, les agents ne s'appellent jamais par leurs noms ; ils utilisent des pseudonymes réduits à des prénoms, que chacun se choisit comme on se crée un jumeau imaginaire. Mafart est *Baudoin*, Prieur est *Nelly*. En s'envolant pour la Nouvelle-Zélande, ils sont devenus *Alain* et *Sophie Turenge*, vacanciers suisses partis fêter dans le Pacifique leurs dix ans de mariage. Curieuse destination pour un séjour romantique – c'est l'hiver aux antipodes – mais la mission ne pouvait attendre.

Pour jouer leur rôle, ils ont une fausse adresse à Paris, des dates de naissance et des parents inventés, des professions fictives : lui se prétend directeur commercial chez Thomson ; elle, enseignante en sociologie à la faculté de Nanterre. La biographie en trompe-l'œil d'un couple sans enfant et sans histoire. Les espions appellent cela une « légende ». Leur règle d'or est de s'y tenir en toute circonstance, jusqu'à nier l'évidence si nécessaire. Ils ont été sélectionnés, préparés, conditionnés dans ce but.

Alain Mafart a 35 ans, du charisme et le goût de l'aventure. La cicatrice qui lui barre le visage, entre le nez et le front, contribue à son allure de playboy baroudeur. Engagé dans les parachutistes aussitôt après le bac, il est sorti major de l'académie de Saint-Cyr Coëtquidan à 24 ans, avant d'intégrer le Centre des nageurs de combat, à Aspretto, au sud de la Corse, dont il est devenu le numéro 2. C'est un soldat aguerri doublé d'un écologiste sincère et un passionné de photographie, amateur de périples solitaires en traîneau à chiens dans la neige ou en kayak au milieu des baleines, dont il revient l'appareil empli d'images de nature et d'animaux sauvages. Avant l'équipée d'Auckland, il a pris part à des actions clandestines au Tchad, au Liban, en Méditerranée. Depuis l'été 1984, il est affecté à la direction des opérations du service Action, au fort de Noisy, à Romainville. Il y a croisé Dominique Prieur, 36 ans, énergique et affûtée, qui passe pour la mascotte du SA – elle est la première femme à avoir été admise dans ses rangs.

Elle aussi aime le mouvement. Adepte du parachutisme dès avant son entrée dans l'armée, elle a dû y renoncer après s'être fracturé le coccyx lors d'une mauvaise chute, mais elle excelle au karaté et au tir de précision. C'est en outre une tête bien faite. Titulaire d'un DEA de sociologie (d'où le choix de sa « couverture »), elle a consacré un mémoire au régime du colonel Kadhafi puis soutenu une thèse sur l'agence d'information libyenne, ce qui la prédestinait au renseignement sur le Proche et le Moyen Orient – elle a effectué plusieurs séjours *under cover*, au Liban et en Syrie. Au début de l'année, elle a participé à une mission délicate pour la libération d'otages français, où elle a « essuyé des tirs d'armes automatiques et d'artillerie lourde » et récolté la croix de la Valeur militaire. La citation a été signée par le ministre en personne, Charles Hernu. C'était le 11 avril 1985 : trois mois et un jour avant que *Nelly* et son prétendu mari se retrouvent enfermés dans deux pièces distinctes du commissariat central d'Auckland, prêts à subir un interrogatoire serré, comme ils en ont parfois simulé à l'entraînement.

— Pour quelle raison pensez-vous que nous souhaitons vous parler ? demande à *Alain Turenge* le sergent-détective Batchelor.

— À cause du bateau qui a explosé dans le port.

— Quel bateau ?

— Celui de Greenpeace.

— Avez-vous vu ce bateau ?

— Oui, à la télévision.

— Saviez-vous avant d'arriver à Auckland que le *Rainbow Warrior* s'y trouvait ?

— Non.

— Vous en êtes sûr ?

— Pas tout à fait. Je l'avais peut-être lu dans la presse.

— Que faisiez-vous le jour où le navire a été coulé ?

— Nous étions dans un motel à Helensville, où l'on peut nager dans de grandes piscines.

— Qu'avez-vous fait d'autre ?

— Nous sommes allés vers le sud. C'était notre programme. Nous sommes descendus à Auckland, où nous avons mangé dans un restaurant près du stade de rugby.

— Quelle heure était-il ?
— Environ 16 heures.
— Et ensuite ?
— Nous sommes allés voir les boutiques à Parnell*.
— Et après ?
— Nous sommes allés sur le front de mer, jusqu'au parc où se trouvent les hydravions. Nous nous sommes garés dans le parc.
— Faisait-il jour ou était-ce la nuit ?
— La nuit était tombée[1].

Qui est « Peter le pêcheur » ?

Entre l'inspecteur et l'agent secret, une partie d'échecs s'engage. Chacun guette chez l'autre la faille qui lui donnera l'avantage. Le policier veut forcer le suspect à détailler son emploi du temps le soir de l'attentat, dans l'espoir qu'il soit contredit par sa complice, qu'un deuxième détective est en train de cuisiner à l'étage du dessous. Mafart en dit le moins possible pour obliger son interrogateur à dévoiler ce qu'il sait. Une seule chose est certaine : leur camping-car a été repéré au moment où il prêtait main-forte à un autre homme, vêtu d'un pardessus rouge et coiffé d'un bonnet, pour hisser un zodiac hors de l'eau. Il doit donc fournir une explication au fait d'avoir interrompu une promenade nocturne en amoureux pour aider un pêcheur inconnu.
— Je me suis disputé avec ma femme, tente-t-il.
— À quel sujet ?
— Je ne veux pas en parler, c'est personnel.
— Qu'avez-vous fait ?

---

* Banlieue huppée d'Auckland, connue pour ses commerces de luxe et ses galeries d'art.

— Je suis allé me promener pour me calmer.

— Où et quand avez-vous vu l'homme que vous avez aidé ?

— De l'autre côté de la route, alors que je revenais vers le camping-car. Il était près des rochers, en train de ramer sur son bateau.

— Que vous a-t-il dit ?

— Il m'a demandé de l'aider à sortir son canot de l'eau.

— Qu'avez-vous fait ?

— C'était à quelques pas, il m'a donné les sacs et ensuite, nous avons tiré le bateau et l'avons attaché à la berge.

— Ensuite, que s'est-il passé ?

— Il a dit qu'il avait sa voiture près de là, j'ai proposé de l'emmener.

— Vous lui avez proposé, à lui, un parfait étranger, vous dans un pays étranger ? C'était vraiment très aimable de votre part…

— Oui.

— Pourquoi ?

— Je ne saurais pas le dire.

— Vous veniez de vous disputer avec votre femme, ce qui vous a fait quitter le camping-car, et vous proposez à un parfait inconnu de le conduire à sa voiture, sans savoir où vous étiez ni à qui vous parliez ?

— Oui.

— Je ne suis pas satisfait de votre réponse. N'avez-vous pas pensé que votre femme serait mécontente ? On pourrait penser que votre première préoccupation aurait été de vous réconcilier avec elle. Ce n'est pas logique que vous vous préoccupiez autant de la situation d'un étranger !

— Je ne comprends pas.

— Je veux dire que si vous me disiez la vérité sur la dispute avec votre femme, vous auriez été trop préoccupé par cette dispute pour vous soucier d'aider un parfait inconnu…

— C'est vous qui le dites.
— Parlez-moi de cet homme.
— Il m'a dit s'appeler Peter.
— Pouvez-vous le décrire ?
— Il était blanc, environ 35 ans.
— Habillé comment ?
— Il portait un imperméable rouge.
— Que s'est-il passé ensuite ?
— Nous avons roulé sur le front de mer.
— Qui conduisait ?
— Sophie.
— Pourquoi pas vous ?
— Aucune raison particulière. Je suis monté à l'arrière pour aider l'homme avec les sacs.
— Pourquoi ne vous êtes-vous pas assis à l'avant près de votre femme ?
— Comme ça.
— Où l'homme s'est-il assis dans le van ?
— À l'avant.
— Pourquoi pas à l'arrière ?
— Je ne sais pas.
— Peut-être le connaissiez-vous. Cela expliquerait...
— Non.

Et ainsi de suite pendant des heures.

Des micros dans la chambre

En fin de soirée, Mafart et Prieur sont harassés, mais ils ont tenu bon. Ils sont conduits vers 23 heures à un motel proche, le Unicorn, où la police leur a réservé une chambre. Prévenu par le superintendant Galbraith, le contre-espionnage néo-zélandais a pris soin d'y placer des micros. C'est ainsi qu'il surprend un nouvel appel de *Sophie Turenge* sur la ligne de permanence au fort de Noisy. S'adressant à son *Tonton Émile*, dont l'épouse serait souffrante, elle relate l'« incroyable mésaventure » qui arrive au couple :

— On a récupéré par hasard un auto-stoppeur et la police nous accuse d'avoir participé à l'attentat contre le bateau de Greenpeace. La police a confisqué nos passeports et on n'a pas d'avocat sur place pour nous défendre[2]...

L'oncle – le commandant *Jules*, un chef de mission du SA – promet de se renseigner et le lendemain matin, toujours sur la même ligne, il passe un autre « membre de la famille » à Mafart, qui reconnaît la voix de leur chef, le colonel Lesquer, alias *Renaud*. Il leur a trouvé un avocat à Auckland, qui passera à leur hôtel.

Toute la journée du samedi, les enquêteurs les laissent tranquilles. Officiellement, les assure-t-on, ils ne sont pas retenus contre leur gré mais des vérifications sont en cours sur leurs passeports et, durant le week-end, les délais sont plus longs. Cela ne veut pas dire qu'ils ne sont pas surveillés. Or, loin d'apaiser les soupçons, leurs efforts pour ne rien laisser paraître se retournent contre eux. Ils sortent peu, ne téléphonent presque pas et ne s'adressent quasiment pas la parole dans leur chambre, alors que leurs échanges sont intenses dès qu'ils se rendent sur le balcon. Pour les hommes de Galbraith, c'est là le comportement d'espions aguerris.

La police néo-zélandaise demande à Interpol d'identifier au plus vite le numéro de l'« oncle Émile » à Paris. En parallèle, le NZSIS lance une demande de coopération à toutes les agences de renseignement du monde avec lesquelles il est en relation, dans l'espoir d'identifier les *Turenge* – ainsi que le dénommé Verlet, l'étrange Français qui passait sur le quai le soir de l'attentat… La DGSE est l'une des rares à laisser la demande sans réponse.

Quatre hommes sur un voilier

En revanche, la pêche aux indices est fructueuse du côté de la baie d'Hobson. Le zodiac du mystérieux *Peter* est vite retrouvé. Il était amarré par une chaîne à un petit pohutukawa, cet arbre à fleurs rouges que les anciens Maoris taillaient pour fabriquer des pagaies. La plaque portant son numéro de série a été retirée mais en suivant la chaîne, si l'on peut dire, les enquêteurs aboutissent au magasin où elle a été vendue, fin juin, à Whangarei, joli port de plaisance situé au nord de l'île. Là, les témoignages affluent – encore le fameux civisme des autochtones – au sujet d'un groupe de Français qui a fait forte impression. Avec leur voilier, l'*Ouvéa*, ils ont accosté le 22 juin, un jour de tempête, dans la minuscule anse de Parengarenga, encore plus au nord, dont les bancs de sable sont réputés infranchissables. Forts de cet exploit, les trois marins et le médecin qui composaient l'équipage sont devenus des vedettes locales, passant de bar en bar, offrant des tournées et charmant les jeunes femmes… Eux aussi ont loué un camping-car. La police en diffuse la description et l'immatriculation. Bientôt, un groupe de forestiers se rappelle avoir croisé le véhicule. C'était le 8 juillet, sur une aire de stationnement ; ses occupants rencontraient ceux d'un autre van : celui des *Turenge*.

Les hommes de l'*Ouvéa* sont identifiés et recherchés : Raymond Velche, skipper ; Éric Audrenc, photographe ; Jean-Michel Berthelo, agent commercial, et le médecin Xavier Maniguet. Seul ce dernier voyage sous son vrai nom ; c'est un « honorable correspondant » de la DGSE. Les trois autres circulent sous de fausses identités – ce sont des sous-officiers de la base d'Aspretto : l'adjudant-chef Roland Vergé (alias *Daniel*), l'adjudant Gérald Andriès (*Edgar*) et l'adjudant Jean-Michel Barcelo (*Igor*). La police néo-zélandaise le devine mais il est trop tard pour les cueillir : ils ont levé l'ancre au matin du 9 juillet, la veille de l'attentat. Cap sur l'île australienne de Norfolk, avant de cingler vers la Nouvelle-Calédonie, port d'attache de l'*Ouvéa*. Galbraith enrage. Une équipe de détectives est lancée à leur poursuite.

Il n'empêche, dans les filets du superintendant, plusieurs pièces à conviction orientent les regards vers la France.

Une fixation métallique en forme d'étrier a été découverte sur la quille du *Rainbow Warrior*. Elle a servi à fixer la seconde bombe. Les références qu'elle porte révèlent sa provenance : une manufacture de Roanne. Il y a aussi un moteur de zodiac, repêché grâce à un témoignage providentiel. Un cycliste a entendu un « plouf » au-dessous de lui au moment où il passait sur un pont ; il a averti la police, « à tout hasard »... Les enquêteurs en déduisent que *Peter* voulait noyer son matériel pour empêcher qu'on ne remonte jusqu'à lui – c'est raté. Là encore, le numéro du moteur en désigne l'origine : le magasin Barnet Marine, à Londres, où il a été acheté le 29 mai précédent par un Français – 1 400 livres sterling, somme réglée en billets neufs de 50. Le même client a acheté un zodiac et a laissé un nom pour la facture : *Éric Audreine*. Pas difficile de faire le rapprochement avec Éric Audrenc, l'un des trois marins de l'*Ouvéa*...

Dernière découverte policière : pendant que les *Turenge* étaient interrogés, Galbraith a fait fouiller la chambre d'hôtel qu'ils occupaient la nuit précédant leur interpellation. Là, ses hommes ont déniché au fond d'une corbeille, cachée dans un tampon hygiénique, l'étiquette arrachée d'un gilet de sauvetage de la marque Plastimo – encore un produit *made in France*, introuvable dans le commerce en Nouvelle-Zélande.

Pour Galbraith, une telle accumulation ne peut être fortuite ; les poseurs de bombes d'Auckland venaient bien de France et tout dans l'attitude des *Turenge* donne à penser qu'il s'agit de professionnels. Mais rien de cela n'a la force d'une preuve et la justice anglo-saxonne est exigeante en la matière. Le seul espoir du superintendant repose sur la vérification de leurs identités en Suisse. Si elles sont confirmées, rien ne pourra être retenu contre le couple ; ils devront être relâchés et seront libres de quitter le pays.

En attendant, tout est bon pour gagner du temps : quand l'avocat mandaté par la DGSE se présente à l'hôtel Unicorn, un policier lui fait croire que les *Turenge* sont en promenade et l'éconduit. Il revient plusieurs fois, toujours personne. Il comprend la supercherie le dimanche matin, à la lecture du *New Zealand Herald*, qui évoque « deux suspects en garde à vue ». Outré, l'avocat fonce au commissariat central et exige de parler à ses clients. Dans l'intervalle, un télex est venu lever le doute : les passeports des *Turenge* sont faux. Le bureau d'Interpol à Berne indique que leurs numéros correspondent à des documents établis en 1977 par le consulat suisse à Lyon aux noms de deux hommes… dont l'un est mort l'année suivante[3] !

Confortés par cette révélation, les détectives de Galbraith vont tenter de faire craquer le duo d'agents. Pour des Anglo-Saxons, quel meilleur jour qu'un 14 juillet pour vaincre les Français ?

« Vous dites que je n'existe pas »

— Vous maintenez que votre nom est Alain, Jacques Turenge ? demande le sergent Batchelor au commandant Mafart.

— Oui.
— Utilisez-vous un autre nom ?
— Non.
— Nous avons vérifié votre passeport auprès des autorités suisses. Elles disent qu'il appartient à un nommé Lauper Jean-Philippe. Qu'avez-vous à répondre ?
— Je ne comprends pas.
— Vous ne semblez pas choqué ni surpris…
— Que voulez-vous que je vous dise ?
— Qu'en pensez-vous ?
— Il y a eu une erreur.
— Il n'y a aucune trace d'Alain Turenge dans les archives genevoises. Que répondez-vous à cela ?
— Ma réponse est que je cesse de coopérer avec vous.
— Pourquoi ?
— Parce que vous dites que je n'existe pas. Je m'en étonne.

Sentant l'homme déstabilisé, l'inspecteur cherche à lui porter le coup de grâce. Sur le passeport, à la rubrique : « signes particuliers », nulle mention de sa cicatrice au visage, pourquoi ? Pas de réponse. Dans les hôtels où il a séjourné avec sa prétendue épouse, les gouvernantes témoignent qu'ils ne partageaient pas le même lit. « C'est personnel », évacue Mafart. Et l'étiquette trouvée dans la poubelle de leur chambre, d'où venait-elle ? « Peut-être l'homme du zodiac l'a-t-il laissé tomber dans le camping-car », hasarde-t-il. Et pourquoi dit-il que le fameux *Peter* s'est assis à l'avant du véhicule, alors que sa femme prétend qu'il était à l'arrière ? Aucune idée. À la fin de cette salve, le sergent Batchelor assène :

— Je suis convaincu que vous et d'autres Français faites partie d'une conspiration qui a abouti à l'explosion du *Rainbow Warrior*.

— Tout ce que je peux dire, c'est que c'est votre job de formuler des soupçons ; c'est une accusation grave, répond Mafart.

— Les faits et les preuves que nous avons recueillies indiquent clairement que vous êtes impliqué. Qu'avez-vous à répondre ?

— Ce n'est pas vrai.

— Pouvez-vous expliquer toutes les coïncidences dont nous avons parlé ?

— Je ne comprends pas ces coïncidences.

— Vous convenez donc qu'autant de coïncidences, c'est inhabituel ?

— …

Dans un bureau voisin, Dominique Prieur subit le même harcèlement face à l'inspecteur Neil Morris. Sa tactique pour résister est différente. Elle hésite, sanglote, se mouche, fait mine de ne pas comprendre les questions, réclame un traducteur – les policiers ignorent qu'elle a enseigné l'anglais avant d'entrer dans l'armée. « J'utilise une arme de femme[4] », confiera-t-elle. L'espace d'un instant, ses barrières tombent. Elle admet qu'Alain n'est pas son mari. Elle réclame de pouvoir téléphoner en France à son *oncle Émile*, pour lui dire que leurs passeports sont faux et lui demander quoi faire.

— Qui est votre oncle Émile ? questionne Morris.

— Je ne peux rien dire.

— Travaillez-vous pour votre gouvernement ?

— Je ne peux rien dire.

— Que se passerait-il si la police de votre pays arrêtait quelqu'un qui espionne pour le compte d'un autre pays ?

— De graves ennuis.

— Pour qui ?

— Celui qui s'est fait prendre !

Ce n'est qu'au petit matin, le lundi 15 juillet, que la fausse vacancière est autorisée à appeler *Tonton Émile*. Elle est accablée après une nuit blanche, se sent démasquée, acculée. Les policiers lui demandent le numéro à composer. Elle leur fournit alors le second numéro de secours prévu pour la mission – celui à utiliser en cas de « danger imminent ». Dans son esprit, aucun risque : la ligne est « hyperprotégée, on ne peut l'identifier[5] ». Elle correspond à une « planque » du SA, un appartement loué sous une fausse identité pour la durée de l'opération. À l'officier qui décroche, le commandant *Edmond*, Prieur résume en peu de mots les événements du week-end : l'arrestation, les interrogatoires, la découverte des faux passeports, l'inquiétude pour la suite. Au bout de la ligne, le correspondant se montre étrangement sec.

— N'appelez plus, ordonne-t-il.

Il souhaite « bon courage » et coupe la communication.

Les bons conseils de la DGSE

Au nord-est de Paris, derrière les hauts murs de la caserne des Tourelles, siège de la DGSE, l'amiral Lacoste enchaîne les réunions de crise. Le bâtiment en a vu d'autres : de 1940 à 1944, il a abrité un régiment de l'armée allemande et un camp de prisonniers juifs, communistes et autres « indésirables ». Alloué aux services secrets depuis la fin de la guerre, il constitue le centre névralgique d'où sont pilotées les opérations exécutées à travers le monde. Quand l'une d'elles tourne mal, c'est vers ce point que convergent les informations disponibles, là que s'élaborent les scénarios de réaction. Depuis qu'est tombée la nouvelle des arrestations d'Auckland, il y règne un climat d'angoisse. Autour de Lacoste, les chefs du service, en lien avec le fort de Noisy, s'efforcent de suivre à distance l'évolution du sort des deux agents. Que peut avoir appris la police néo-zélandaise pour les avoir arrêtés et les retenir si longtemps ? Le plus vraisemblable est qu'il n'existe contre eux que des présomptions. Dans ce cas, combien de temps peut-il s'écouler encore avant qu'ils soient relâchés ? Le service juridique planche sur la question. Mafart et Prieur, eux, n'ont reçu aucune formation spécifique sur ce point avant leur départ. Ils ignorent que, dans les pays de droit anglo-saxon, un suspect ne peut être gardé contre son gré que s'il existe des preuves permettant de le mettre en accusation. S'ils l'avaient su, ils auraient pu monter dans leur avion et rentrer à Paris avant d'être confondus par leurs faux passeports. À présent, il est trop tard.

Est-il encore temps de les récupérer à l'amiable ? Aux premières heures du jour, le samedi 13 juillet, le directeur de la DGSE s'est entretenu avec son ministre, Charles Hernu. Devant lui, il a recommandé une négociation discrète avec les « kiwis ». Pas question, a répondu Hernu, « horrifié[6] ». Lacoste a insisté : tant que la presse n'en a pas eu vent, l'affaire peut encore être réglée sans drame. Peine perdue. L'amiral s'est promis de revenir à la charge. Ou d'en référer aux instances supérieures.

Dans l'immédiat, il a fallu recruter à la hâte deux avocats. L'un à Auckland, pour assister les *Turenge* ; c'est celui que la police néo-zélandaise a tout fait pour éloigner : Gerard Curry, l'un des meilleurs pénalistes de la ville – le colonel Lesquer a trouvé son nom dans le *Martindale-Hubbell*, annuaire international de référence pour les juristes. L'autre à Paris, pour conseiller le service et passer des messages aux agents : Philippe Derouin, jeune spécialiste en droit fiscal peu en vue, mais ancien parachutiste et officier de réserve, qui se flatte d'avoir « fait quelques stages avec des gens de la DGSE ». Dominique Prieur le connaît, pour l'avoir consulté dans le montage de certaines missions. La confiance sera plus facile à établir.

S'agissant du rôle exact de ses « clients » en Nouvelle-Zélande, Derouin n'est pas mis dans le secret – en tout cas, pas entièrement.

— Un homme est venu me chercher à mon cabinet, raconte-t-il. Il m'a conduit sans rien me dire jusqu'au bureau de l'amiral Lacoste, qui m'a expliqué l'affaire. Il me l'a présentée comme une histoire de faux passeports, rien de très grave. Je devais aider les agents à préserver leur couverture. Lacoste m'a dit : « Vous serez l'avocat des *Turenge*. Vous serez seulement avocat. Et seulement des *Turenge*. » J'ai compris qu'on ne me dirait pas tout.

Pour l'heure, il reçoit une étonnante instruction : il doit se rendre en Suisse pour téléphoner à Auckland, afin d'accréditer la nationalité fictive de ses clients – manœuvre absurde puisqu'ils sont censés résider à Paris. Il effectue ainsi plusieurs allers-retours vers Zurich à cette fin. La DGSE fait même transférer des fonds à l'intention des *Turenge* dans une banque helvétique pour parfaire le camouflage – ruse inutile puisque leurs passeports sont « grillés ».

— Je devais avant tout leur faire comprendre que leur service ne les lâchait pas, se rappelle Me Derouin.

Le lundi 15 juillet, Alain Mafart et Dominique Prieur sont officiellement poursuivis pour « infraction à la loi sur l'immigration ». Il leur est reproché d'être entrés en Nouvelle-Zélande grâce à de faux papiers. Ils n'en reviennent pas d'être confondus par des documents venus directement du service. Le plus cruel est que c'est un excès de précaution qui se retourne contre eux : si on leur avait remis des passeports français au lieu de passeports suisses, les vérifications de Galbraith auraient instantanément alerté la DGSE et se seraient heurtées à un mur ; les agents auraient eu le temps de s'enfuir. Mais les chefs du SA ont pensé qu'un couple de Suisses serait moins voyant. Pari perdu.

Avant le départ, Dominique Prieur a protesté, en vain.

— J'ai dit que les passeports ne résisteraient pas au contrôle s'il y avait le moindre pépin, même un accident de voiture. C'était une vulnérabilité évidente dans le dispositif. Des faux passeports, on en avait un stock au service, et on savait les fabriquer. Je n'ai jamais compris pourquoi on a préféré nous donner des papiers suisses – on n'a jamais su d'où ils venaient ! Tous les autres membres de la mission sont partis avec des passeports français... Personne n'a voulu m'écouter.

À présent, elle enrage d'avoir eu raison.

Vers la fin de l'interrogatoire, un policier prévient les deux agents qu'ils auront à s'expliquer ultérieurement devant un jury.

— Le meurtre vaut la prison à vie dans ce pays. Acceptez-vous ce destin ?

— Oui, répond Mafart.

— Comment pouvez-vous dire cela alors que vous pourriez nous aider ?

— Personne ne peut rien faire.

— Nous, nous pourrions.

— Non, il est trop tard. Il n'y a pas d'aide possible.

— Votre pays pourrait vous aider...

— Vous l'avez dit vous-même : je n'ai pas de pays. Pour moi, tout est fini.

Une voiture de police escorte les *Turenge* jusqu'à la prison de Mount-Eden, où ils sont enfermés pour deux nuits. Le 17, ils sont présentés à un juge, qui les relâche contre le versement d'une caution de 4 500 dollars néo-zélandais chacun, dans l'attente d'un vrai procès – pour l'argent, le SA avait été prévoyant : ils ont quelques liasses de billets dans leurs sacs. Au sortir de l'audience, Me Curry les conduit dans son Alfa Romeo jusqu'à ses bureaux. Sur le trajet, une cohorte de voitures des télévisions locales les prend en chasse. Une course-poursuite filmée dans les rues, on n'avait jamais vu ça à Auckland.

L'éclaircie est de courte durée. Le superintendant Galbraith, persuadé que le couple va sauter sur l'occasion pour quitter le pays, imagine un autre moyen de les immobiliser : une inculpation pour « introduction de biens illicites sur le territoire » – en l'occurrence, les passeports falsifiés. La procédure est alambiquée mais suffisante. Alors que Mafart et Prieur sirotent un whisky avec leur avocat en se croyant à l'abri, l'équipe de Galbraith surgit pour les arrêter à nouveau. Au moment où les policiers entrent dans la pièce, les *Turenge* sont au téléphone avec leur avocat français.

— Je leur ai parlé quelques minutes, se souvient Derouin. J'ai eu à peine le temps de leur dire qu'ils devaient maintenir leur version et leurs identités. Ensuite, j'ai entendu des voix et de l'agitation autour d'eux. Ils m'ont dit que c'était la police qui revenait les chercher.

De retour au siège de la police, le couple subit une autre séance d'interrogatoires. En fin d'après-midi, le superintendant Galbraith entre dans le bureau où Dominique Prieur est questionnée.

— Le numéro de votre « oncle Émile » a été identifié, affirme-t-il avec aplomb. Il correspond à une ligne du ministère de la Défense à Paris. Vous travaillez pour les services secrets français.

À cet instant, pourtant, la police néo-zélandaise n'a pas reçu de réponse d'Interpol sur le titulaire de la ligne. Soit Galbraith bluffe, soit il dispose de sources officieuses. La Commission antiterroriste, qui réunit les responsables des services de sécurité et de renseignement de l'archipel, sous la présidence du Premier ministre, s'est réunie la veille. Le chef du NZSIS s'y est vanté de bénéficier du concours des « cousins » britanniques. C'est peut-être l'explication. Mais rien ne dit que le MI6 était en mesure d'obtenir une telle information*.

Mafart et Prieur n'auront jamais le fin mot de l'histoire.

Le lendemain, encore secoués par cette annonce, les *Turenge* apprennent à leurs dépens que Galbraith a plus d'un tour dans son sac. Un fourgon blindé les emmène au tribunal, où un juge doit confirmer leur mise en détention. On leur a promis une comparution rapide et à l'abri des regards ; ils sont accueillis par une nuée de photographes, que la police a gentiment prévenus. Galbraith espère que la publication de leurs portraits dans la presse internationale aidera à les identifier. D'instinct, Prieur se couvre le bas du visage avec un pull, Mafart lève la main pour se protéger des flashs. L'image fera le tour du monde.

Les deux agents ne sont plus secrets.

* Dans son rapport de 1986, l'amiral Lacoste assure qu'il n'a « pas eu de preuve d'une complicité active des services secrets britanniques à notre encontre ». Cf. Annexes, p. 314.

3

La mécanique du mensonge

Tandis que Mitterrand impose le silence à Hernu, laisse Joxe se débrouiller et maintient Fabius dans l'ignorance, la DGSE s'efforce tant bien que mal de brouiller les pistes. Le quiproquo s'installe au sommet de l'État…

Vendredi 12 juillet 1985 à l'hôtel de Matignon, tout est calme aux premières lueurs du jour. Le directeur du cabinet du Premier ministre, Louis Schweitzer, parcourt la presse en buvant son café, quand son œil est accroché par le titre qui barre la une de *Libération* : « Attentat contre Greenpeace : une bombe dans le pacifisme. » Page 18, l'article évoque les deux bombes, la mort du photographe, les débuts de l'enquête. Il est illustré d'une photo du *Rainbow Warrior* échoué dans le port d'Auckland. Le journal à la main, le haut fonctionnaire se précipite dans le bureau de Laurent Fabius et s'écrie :

— Regarde ce qu'ils ont fait, ces cons-là !

Schweitzer ne dispose d'aucune information privilégiée ; pourtant, il n'a pas le moindre doute. Il se rappelle avoir ressenti « une sorte d'évidence ».

— Ça ne pouvait *que* venir de nos services. Et j'ai pensé tout de suite que l'affaire risquait de nous sauter à la figure.

Inspecteur des finances à la silhouette longiligne et au regard malicieux, Louis Schweitzer est l'homme de confiance de Fabius, et aussi son ami. Il dirigeait son cabinet au ministère de l'Industrie ; il l'a suivi à Matignon, d'où il a la haute main sur l'État et les administrations, à l'exception toutefois des services de renseignement de l'armée qui, hiérarchiquement soumis au ministère de la Défense, sont placés sous le contrôle de l'Élysée. Ainsi, depuis qu'il est à la tête du gouvernement, Fabius reçoit des notes de la DGSE, mais jamais il n'en rencontre le directeur, l'amiral Lacoste. Quant au renseignement policier, il n'en dispose pas non plus à sa guise ; le ministre de l'Intérieur, Pierre Joxe, baron mitterrandiste ombrageux, n'en partage la production qu'avec parcimonie. Si bien que le jeune Premier ministre ne saurait prétendre au titre d'homme le mieux informé de France.

Aussi, dans les jours qui suivent l'attentat, la vérité sur l'implication de la DGSE court-elle les allées du pouvoir sans que Laurent Fabius soit officiellement mis dans la boucle. Les préfets des territoires français de cette partie du monde, de la Polynésie à la Nouvelle-Calédonie, se passent le mot. Les amiraux qui commandent la flotte du Pacifique sont également au parfum. Pour un peu, la nouvelle les réjouirait : voilà des années que les écologistes de Greenpeace sèment la perturbation dans la zone. Cette semaine-là, le général François Mermet*, nouvellement nommé à la Direction des centres d'expérimentations nucléaires (Dircen), est en visite sur l'atoll de Mururoa, théâtre des essais français. Comme « toutes les conversations tournent autour du bateau de Greenpeace », se rappelle-t-il, le vice-amiral René Hugues, chef de la flotte

* Général de l'armée de l'air, François Mermet dirigera la DGSE de 1988 à 1989.

française du Pacifique, lui chuchote d'un air entendu : « Je crois bien que nous sommes dans le coup. »

Le conseiller de Fabius pour les questions de sécurité, Claude Silberzahn*, est lui aussi mis dans la confidence par le directeur de la DST, Yves Bonnet, qui se montre catégorique : « La DGSE a fait péter le *Rainbow Warrior*[1] ! »

Autant dire que l'opération clandestine tient du secret de polichinelle.

Ce même 12 juillet, en fin d'après-midi, le directeur de la police judiciaire, Michel Guyot, demande à être reçu au plus vite par le ministre de l'Intérieur.

— Il était très agité, se souvient Pierre Joxe. Il m'a parlé d'un coup tordu en Nouvelle-Zélande : un attentat à la bombe contre Greenpeace, un couple de Suisses arrêté avec des papiers français. Il m'a tout de suite laissé entendre qu'on pouvait y être pour quelque chose…

Quelques instants plus tôt, parmi le flot des télégrammes en provenance de l'étranger, le contrôleur général François Le Mouël, coordinateur de la lutte antiterroriste, a remarqué une intrigante dépêche partie de Wellington. Dans l'enquête sur l'attentat contre le *Rainbow Warrior*, la police néo-zélandaise demandait de l'aide pour vérifier les permis de conduire français de deux ressortissants suisses et pour identifier un correspondant que les suspects ont appelé au téléphone, dans la région parisienne.

— Vérifiez ça, ordonne Joxe. Et tenez-moi au courant.

La recherche est rapide : les permis ont été délivrés par la préfecture de police ; ils sont issus d'un lot attribué à la DGSE « pour les besoins du service ». La ligne téléphonique

---

* Claude Silberzahn (1935-2020) succèdera à François Mermet à la tête de la DGSE, où il restera de 1989 à 1993.

recherchée, elle, est celle d'un poste au fort militaire de Noisy-le-Sec – adresse qui équivaut à une signature.

Le soir même, Joxe prévient « qui de droit », c'est-à-dire le président de la République. Dans son esprit, un sujet aussi sensible ne saurait être évoqué à un étage inférieur.

— J'ai dit à François Mitterrand que la DGSE était impliquée et que nous étions sollicités par la police néo-zélandaise, confirme-t-il.

Implicitement, cela revient à lui demander ses instructions. Que doit faire le ministère de l'Intérieur d'une telle information ? Que répondre à la police néo-zélandaise ? Le chef de l'État ne manifeste « aucune émotion particulière » ni n'émet la moindre objection, assure Joxe, qui repart convaincu que « Mitterrand n'est au courant de rien ». Au ministre de l'Intérieur de se débrouiller.

« Inacceptable », balaie Mitterrand

Dimanche 14 juillet, le ciel est noir, et le Président d'une humeur massacrante. Les Champs-Élysées sont sous l'eau, il tombe des hallebardes sur les troupes qui défilent pour la fête nationale. Au pied de la tribune, place de la Concorde, François Mitterrand attrape Charles Hernu par le bras. Un aparté s'ensuit, que le ministre de la Défense relatera en ces termes* :

---

* Notamment aux journalistes Pierre Favier et Michel Martin-Roland, qui le rapportent dans *La Décennie Mitterrand*, *op. cit.*, p. 416-417. Différentes versions du dialogue existent selon les ouvrages, parfois à quelques mots près. Favier et Martin-Roland ayant pu interroger Mitterrand lui-même, on peut supposer qu'il leur en a confirmé les termes – ce qui ne prouve pas qu'ils soient authentiques, bien sûr. Au vu de nos sources et de notre enquête, cette version paraît en tout cas vraisemblable, jusque dans ses ambiguïtés.

— Alors Monsieur le ministre, qu'est-ce que c'est que ce bateau coulé à Auckland ? Expliquez-moi...

— Il y a eu un problème, Monsieur le Président.

— C'est nous ?

— C'est complexe. On y est pour quelque chose... Mais pensez-vous vraiment que là, sous la pluie, c'est le lieu et le moment pour parler de cela ?

— Bon, venez m'expliquez tout cela après la réception à l'Élysée.

La parade militaire terminée, Mitterrand accorde une interview télévisée au journaliste de TF1 Yves Mourousi, à l'occasion de laquelle il souligne la qualité de « chef des armées » que lui confère la Constitution. De retour au palais présidentiel, il s'enferme avec Hernu dans un salon. Selon les récits livrés plus tard par les deux hommes, le ministre de la Défense invoque alors un dérapage de la DGSE, « le résultat d'une expression mal traduite » dans une note interne, et jure qu'il ne « sait pas exactement dans quelles conditions les choses se sont passées ».

— Inacceptable, balaie le Président.

Pas plus qu'à Joxe, il ne dévoile à Hernu sa propre implication dans le déclenchement de la mission en Nouvelle-Zélande.

Dès ce moment, le ministre de la Défense tire cependant de leur échange la conviction que Mitterrand dispose de ses propres informations.

« Au bout de quelques minutes, écrit Franz-Olivier Giesbert, Hernu se rend compte que le Président sait à peu près tout de l'affaire du *Rainbow Warrior*[2]. » C'est un peu exagéré. En fait, l'alerte donnée par Joxe a suffi à Mitterrand pour sauter des prémisses à la conclusion. Depuis sa rencontre avec l'amiral Lacoste, en mai, il est au courant qu'un plan est en voie d'exécution contre le bateau de

Greenpeace ; lorsqu'il entend que les suspects arrêtés à Auckland sont des agents français, il comprend sans peine ce qui s'est passé.

Hernu, lui, a suivi l'opération en cours aux antipodes, mais il ignore ce que Mitterrand en connaît exactement et d'où il peut le tenir. Et jamais il n'oserait seulement lui poser la question.

— Face à lui, il était comme un élève devant son maître, se souvient son ex-femme et collaboratrice, Dominique Hernu. Tout l'aplomb dont il était capable devant les autres, il le perdait en présence de Mitterrand.

Une longue histoire politique et sentimentale les unit. Elle prend racine dans les années cinquante, quand la IVe République s'épuise et que la gauche s'éparpille en courants, clubs et autres sous-tendances. Mitterrand a besoin d'hommes sûrs pour l'accompagner dans une aventure à laquelle pas grand monde ne croit. En 1953, Hernu est un jeune député radical aux dents longues, qui roule pour Pierre Mendès France. Il se fait remarquer en dénonçant la politique de la France au Maroc, reproche avec fracas à Mitterrand de siéger dans un « gouvernement réactionnaire » dont il serait l'« otage ». « Monsieur Mitterrand, vous auriez dû partir », lui reproche-t-il dans un article cinglant. Cinq ans plus tard, les deux hommes sont dans le même camp : celui du « non » au retour du général de Gaulle. Ils perdent mais se trouvent ; ils ne se quitteront plus.

En 1965, Mitterrand est candidat à l'élection présidentielle ; Hernu fait partie de l'équipe de campagne. À partir de 1968, il préside la Convention des institutions républicaines, l'instrument créé par Mitterrand pour préparer la prise d'assaut du Parti socialiste, objectif atteint en 1971. Il est à son service, un Planchet qui a trouvé son d'Artagnan. Ils s'appellent par leurs prénoms mais se vouvoient – chez les mitterrandistes, il n'y a pas d'amitié égalitaire. Hernu est un compagnon de table et de promenade, le confident des bons jours comme des mauvais, joyeux et fidèle. « Quand ils m'auront tous lâché, Charles sera toujours là », parie Mitterrand[3]. Fondateur des Conventions pour l'armée nouvelle, Hernu devient son éclaireur parmi les militaires – et dans la franc-maçonnerie, ce qui n'est pas sans rapport. Il est l'homme qui réconcilie les socialistes avec l'armée, et inversement. Aussi sa nomination au ministère de la Défense, dès 1981, s'impose-t-elle comme une évidence. Hernu s'y installe avec gravité et jubilation : le fils de gendarme devenu premier soldat de France, quel accomplissement !

Pareille trajectoire fait naître des critiques, bien sûr : Hernu contrôle-t-il ses troupes ou est-ce lui qui est sous leur contrôle ? Il arrive à Mitterrand lui-même de se poser la question. « Attention, vous êtes un peu trop le représentant de l'état-major auprès de moi[4] », sermonne-t-il. Mais le Président, qui se défie de la hiérarchie militaire, est rassuré de passer par un ministre de confiance : il fait de lui son interlocuteur exclusif avec les chefs de l'armée.

C'est pourquoi Hernu, quand il constate que Mitterrand en sait long sur les événements de Nouvelle-Zélande, exclut *a priori* une fuite venue de la Défense. Si des renseignements sont parvenus à l'Élysée, pense-t-il, ils ne peuvent provenir que du ministère de l'Intérieur.

— Dès le départ, il a été persuadé que Pierre Joxe jouait contre lui, se remémore son directeur de cabinet, Patrick Careil.

Mitterrand ne fait rien pour le détromper, c'est peu dire. Son mode d'exercice du pouvoir repose sur la division des hommes et le cloisonnement de l'information. Ceux qui sont informés de sa maladie ne sont pas les mêmes que ceux qui savent pour sa fille – exception faite d'Anne Pingeot, la mère de Mazarine, et d'André Rousselet, son premier directeur de cabinet. « Sa méthode : jouer ses hommes les uns contre les autres – développant ainsi, au mieux une émulation, au pis de la jalousie et des soupçons – tout en faisant comprendre à chacun que lui seul est maître du jeu », analyse Laure Adler, dans un portrait psychologique non dénué d'admiration[5]. Et quand il prêche le faux, ce n'est pas pour savoir le vrai mais, au contraire, pour mieux brouiller les pistes.

En témoigne cette confidence, livrée huit ans plus tard au biographe d'Hernu, Jean Guisnel[6] :

— Lorsque j'ai appris, par Pierre Joxe, que la France était à l'origine de cette affaire, j'ai fait venir Charles Hernu, raconte Mitterrand. Je lui ai dit : « Si la France était mêlée à ça, ce serait dramatique. Veillez-y avec la plus grande énergie, ou vous y perdrez votre ministère ! »

En peu de mots, François Mitterrand livre ici deux révélations décisives – et sans doute involontaires. D'abord, il confirme qu'il connaissait par le ministre de l'Intérieur l'implication de la DGSE dans l'opération d'Auckland *avant* de s'en entretenir avec Hernu le 14 juillet. Ensuite, il admet ne lui avoir fait aucun reproche sur l'action de son service, qui venait pourtant de causer la mort d'un homme. De son propre aveu, il lui aurait seulement enjoint de tout faire pour que le gouvernement ne soit pas compromis. « Si la France *était* mêlée à ça... », suggère Mitterrand, alors qu'il sait parfaitement qu'elle l'est. Il ne s'indigne pas, il s'inquiète. Il ne demande pas de comptes, il impose le silence.

Est-ce par crainte qu'on ne révèle qu'il a lui-même autorisé la mission ? En partie, certainement. Si le président de la République était rendu responsable d'un acte de guerre qui a coûté la vie à un civil dans un pays ami, le tollé serait énorme ; l'atteinte portée à la France, considérable. Quand il a appris qu'il souffrait d'un cancer, Mitterrand a dit à son médecin, Claude Gubler : « De toute façon, on ne peut rien révéler. C'est un secret d'État. Vous êtes lié par ce secret[7]. » Avec Hernu, il recommence. À ceci près que, cette fois, c'est comme si le malade en savait plus long que le docteur.

De fait, le ministre de la Défense est convaincu qu'une priorité « opérationnelle » justifie la consigne présidentielle. N'est-ce pas lui qui a révélé à Mitterrand que d'autres agents de la DGSE se trouvaient encore en Nouvelle-Zélande ? L'urgence est d'assurer leur retour dans les meilleurs délais, et en toute discrétion. Pour les *Turenge*, on verra plus tard.

— Il y a quelques éléments factuels qui peuvent me contraindre à tenir le secret, le temps que cette affaire se déroule[8], glisse le chef de l'État à Attali.

Tel est donc le sens de l'ordre donné à Charles Hernu par François Mitterrand : occulter le rôle de la DGSE, mentir sur le sien, épargner le pouvoir. C'est de cela que dépend sa survie au gouvernement. Toute l'attitude du ministre de la Défense au cours des semaines qui suivront montre qu'il le comprend ainsi. À l'inverse de ce qui se dira et s'écrira par la suite, ce n'est donc pas Hernu qui ment à Mitterrand mais Mitterrand qui lui intime de mentir.

En acceptant de suivre cette consigne, le ministre choisit son destin : il va s'exécuter devant le Président – et se laisser exécuter pour lui.

Le démenti de Charles Hernu

À Matignon, Laurent Fabius se demande s'il doit s'indigner ou s'inquiéter. Lui aurait-on caché quelque chose de grave ? Depuis son installation à la tête du gouvernement, il le voit bien, les anciens compagnons du Président l'observent avec un mélange de jalousie et de condescendance. S'ils lui reconnaissent du talent, ils opposent leur antériorité à son autorité. Gaston Defferre, Roland Dumas, Charles Hernu, Pierre Bérégovoy, Pierre Joxe, Édith Cresson, Jack Lang : tous ont de l'ancienneté et des titres à faire valoir, pour avoir accompagné Mitterrand durant sa lente ascension vers le pouvoir. Chacun pense pouvoir s'adresser directement à lui, pour la nomination d'un proche ou un arbitrage budgétaire – et le Président ne les en dissuade pas. C'est pourquoi Fabius, pendant qu'il prend la lumière, redoute toujours ce qui se passe dans l'ombre. Il voudrait tout savoir, non pour avoir un coup d'avance mais par peur d'avoir un coup de retard. Chez lui, Mitterrand apprécie la virtuosité de l'expert, l'assurance de la jeunesse, l'aisance devant les caméras ; néanmoins, il moque volontiers sa grande prudence. Fabius a de l'étoffe, c'est certain ; est-il de la trempe des aventuriers ? Il a un doute.

En cet été meurtrier, le Premier ministre a des raisons d'être sur ses gardes. Dans les labyrinthes du pouvoir, il y a des portes qu'il vaut mieux ne pas ouvrir.

Le 15 juillet, Laurent Fabius est reçu par le Président pour évoquer l'affaire. À son arrivée, il constate qu'Hernu l'a précédé. Il raconte la scène :

— La conversation est embrouillée. Hernu explique que nos agents étaient sur place mais qu'ils ne sont pas impliqués dans l'attentat, et qu'on ne sait pas d'où le coup est parti… Mitterrand voit bien que je suis perplexe, Hernu a l'air gêné. Alors Mitterrand lui demande : « Charles, dites-le clairement devant le Premier ministre : est-ce que, oui ou non, nos services secrets sont pour quelque chose dans l'explosion de ce bateau ? » Et Hernu répond, sur un ton solennel : « Monsieur le Président, je peux vous l'affirmer, nous ne sommes pour rien dans cette affaire. »

Mitterrand fait mine de le croire. Fabius aussi.

— Sur le coup, je ne peux pas dire que ça ait balayé tous mes doutes, se souvient ce dernier ; mais j'avais du mal à admettre qu'Hernu puisse mentir devant Mitterrand.

Fabius n'a pas compris que c'est à lui, et à lui seul, que cette comédie était destinée.

À son retour à Matignon, Louis Schweitzer le trouve « rassuré ». Le Premier ministre lui confie qu'après le départ d'Hernu Mitterrand lui a certifié n'être informé de rien.

— Pour Laurent, la parole de Mitterrand ne se discutait pas, explique Schweitzer. Il pouvait envisager qu'Hernu lui mente, mais que le Président ne lui dise pas la vérité à lui, c'était impensable. Il considérait que leur relation personnelle excluait cette hypothèse ; il pensait aussi que Mitterrand, compte tenu de son intelligence, ne pouvait pas être impliqué dans quelque chose d'aussi stupide.

Ainsi s'enclenche la mécanique du mensonge.

Dans l'entourage immédiat du chef de l'État, personne n'est mis dans la confidence, hormis le chef de l'état-major particulier, le général Jean Saulnier, avec qui l'amiral Lacoste a des contacts hebdomadaires. Même le secrétaire général de l'Élysée, le très loyal Jean-Louis Bianco, est tenu à l'écart. Bien que Mitterrand lui ait interdit de s'occuper des services de renseignement, il se soucie à son tour de ce curieux attentat au bout du monde qui suscite des murmures chez les préfets et tente d'interroger Saulnier. Le général l'évacue une première fois :

— Je sais qu'on a des types en Nouvelle-Zélande, mais franchement, ça m'étonnerait qu'ils soient dans le coup ; je vais vérifier.

Un peu plus tard, Saulnier rappelle Bianco :

— Vous pouvez être rassuré. On n'a rien à voir dans cette histoire[9].

La DGSE efface les traces

L'hypocrisie culmine lors d'un petit-déjeuner au ministère de la Défense. Hernu a convié Joxe, dans l'espoir de le convaincre de son innocence. Pour bien faire, il a demandé à l'amiral Lacoste de se joindre à eux, avec instruction de nier l'engagement de la DGSE dans l'opération contre Greenpeace. Ensemble, le ministre et l'amiral concoctent une version qu'ils jugent « présentable » : le service surveillait les écologistes pour prévenir toute intrusion dans la zone des essais nucléaires, rien de plus. Les officiers dépêchés en Nouvelle-Zélande étaient chargés d'espionner, non de saboter. Ce ne sont donc pas des agents en mission qui ont fait sauter le *Rainbow Warrior*, et on n'a pas idée de qui l'a fait. Hernu suppose qu'un tel scénario, déroulé par Lacoste avec une apparente précision, peut avoir raison de la méfiance de Joxe. Peine perdue, car le ministre de l'Intérieur en sait déjà trop.

— Sous mes yeux, Lacoste mentait à Hernu et Hernu me mentait, c'était inouï, se souvient Joxe.

Les jours suivants, les deux ministres se voient chaque matin pour évoquer les évolutions de l'affaire. Pas une fois ils ne se disent franchement les choses.

Le paradoxe est que, pendant ce temps, leurs subordonnés coopèrent efficacement. Dès le 15 juillet, le contrôleur général Le Mouël reçoit la confirmation que l'attentat est l'œuvre d'agents français ; il l'obtient de la bouche du colonel Jean Moreau, directeur du contre-espionnage au sein de la DGSE.

Les deux hommes se côtoient chaque semaine lors des réunions de l'Uclat*, ils ont l'habitude d'échanger des informations sensibles. Avec l'aval de Lacoste, le colonel demande au commissaire de l'aider à protéger les officiers impliqués.

— Le lundi après l'attentat, raconte le colonel Moreau, je vais voir François Le Mouël, qui me dit qu'il ne peut rien faire sans l'accord du ministre. Dans l'après-midi, nous avons le feu vert. Il me transmet les télégrammes d'Interpol et me demande ce qu'il doit répondre[10].

Un front commun se forme pour résister à la curiosité des Néo-Zélandais. Il en va de la sécurité des agents restés dans l'archipel. À Auckland, le Premier ministre David Lange invoque devant la presse « un ensemble de preuves » que l'attaque du navire est « une opération extérieure ». « Les mobiles les plus probables sont la haine de Greenpeace et la volonté d'empêcher sa flottille de se rendre à Mururoa », ajoute-t-il – ce qui revient à désigner la France.

À Paris, les journaux ne semblent toujours au courant de rien, mais pour combien de temps ?

Pour parer au plus pressé, il faut ralentir… La PJ diffère sa réponse concernant les permis de conduire – Interpol devra patienter. Quant à la piste des appels téléphoniques passés par les *Turenge*, on fait en sorte qu'elle ne mène nulle part. « Liste rouge », est-il répondu aux enquêteurs d'Auckland ; pour pouvoir livrer l'identité de l'abonné, la justice française requiert une commission rogatoire internationale en bonne et due forme, qui devra passer par la voie diplomatique… De quoi gagner des semaines. Entretemps, les traces vont disparaître.

— On a prétendu que la police, sur mes instructions, avait pris parti contre la DGSE ; c'est complètement faux,

* Unité de coordination de la lutte antiterroriste.

s'insurge Pierre Joxe. À l'époque, j'ai moi-même demandé qu'on fasse « dénuméroter » ces lignes pour ralentir l'enquête des Néo-Zélandais. C'est ce qui a été fait.

Concrètement, la DGSE intervient auprès des PTT pour que le détenteur de la ligne soit modifié. Au nom du « secret défense », les techniciens font des merveilles. En quelques heures, le numéro est attribué – avec effet rétroactif au 1er juillet – à un certain *Jacques Verein*, représentant de commerce, locataire d'un studio vide au Pré-Saint-Gervais, dans la banlieue parisienne[11]. Adresse où personne ne l'a jamais vu puisqu'il n'existe pas plus que les époux *Turenge*...

Fabius : « J'espère que ce n'est pas nous »

Le 16 juillet, Fabius tente de crever l'abcès. Il convoque une réunion à Matignon pour obtenir le fin mot de l'affaire. Autour de la table, Hernu et Joxe, Robert Badinter, le ministre de la Justice, ainsi que Louis Schweitzer et le secrétaire général de la présidence, Jean-Louis Bianco. Hernu a eu pour premier réflexe de refuser de s'y rendre – « Ça ne le regarde pas[12] », a-t-il grommelé au sujet du Premier ministre. Il s'est ravisé, songeant que son absence aurait l'air d'un aveu. Il s'attend néanmoins à être mis sur le gril.

Pour Fabius, l'alternative est simple. Si la DGSE est étrangère à l'attaque du *Rainbow Warrior*, c'est que les agents détenus en Nouvelle-Zélande sont innocents ; il faut alors exiger leur libération et que la France soit mise hors de cause. Si, en revanche, le service secret est mêlé à l'attentat, les ministres doivent faire front commun pour épargner une crise au gouvernement ; le préalable est de pousser Hernu à livrer des aveux. Fabius croit davantage à la seconde hypothèse qu'à la première.

Joxe a apporté un petit dossier. Il contient les requêtes présentées par le superintendant Galbraith, auxquelles la PJ est priée de répondre « dans les meilleurs délais ». Les deux plus délicates concernent le numéro de téléphone du fort de Noisy et la cicatrice au visage du faux *Alain Turenge*, qui pourrait permettre de l'identifier. Devant les enquêteurs d'Auckland, l'homme a expliqué qu'elle résultait de l'ablation d'un grain de beauté cancéreux, en citant le nom du chirurgien, « à l'hôpital Port-Royal ». Vérification faite, ni le médecin ni l'établissement n'existent. *Idem* pour le domicile du couple, dans le douzième arrondissement de la capitale : aucun résident de l'immeuble ne s'appelle *Turenge*. En revanche, une société baptisée Publi-Dom y a loué une boîte aux lettres au nom de *Sophie Turenge* pour trois mois, à partir du 21 mai 1985 – stratagème rudimentaire que la police a déjoué en quelques heures*...

Hernu ne bronche pas. Croyant l'impressionner, Fabius se fait menaçant :

— J'espère que ce n'est pas nous qui avons fait cette connerie ; si c'est le cas, je vous préviens que je ne couvrirai pas, je serai impitoyable.

Le ministre de la Défense ne se laisse pas piéger. Comme convenu avec Lacoste, il admet sans rechigner que les agents écroués à Auckland appartiennent au service Action, mais il certifie qu'ils n'ont pas pris part au sabordage du navire et ne se trouvaient sur place que pour un travail de renseignement. Théâtral, Hernu jure, proteste, tempête, dénonce « des menées étrangères destinées à affaiblir la France », se frappe la poitrine en invoquant son « honneur d'officier ».

* À noter cependant : ce détail ne sera jamais communiqué à la justice néo-zélandaise.

A posteriori, Laurent Fabius n'exclura pas d'avoir commis ce jour-là « une erreur psychologique » en proclamant d'emblée qu'il refuserait d'assumer l'attentat et en sanctionnerait les inspirateurs.

— En disant cela, j'ai peut-être provoqué l'effet inverse de celui que je recherchais. Si je n'y étais pas allé aussi fort, peut-être qu'Hernu aurait tout avoué et l'affaire n'aurait pas pris les mêmes proportions…

Toujours est-il que Charles Hernu, entre l'injonction du Président et la menace du Premier ministre, n'hésite pas. Il obéit à la première et ignore la seconde. Rien ne le fera dévier de cette ligne.

Le lendemain soir, une réception est donnée au pavillon de la Lanterne, résidence secondaire du chef du gouvernement qui jouxte le château de Versailles*. Laurent Fabius fête le premier anniversaire de son entrée à Matignon. Il a convié ses ministres et leurs directeurs de cabinet respectifs, ainsi qu'une ribambelle de conseillers et d'amis. Charles Hernu, une coupe de champagne à la main, affiche une sérénité de façade. Dans la journée, la nouvelle de l'inculpation des *Turenge* est parvenue à la DGSE, qui a immédiatement avisé son cabinet. L'Élysée est dans la confidence. Durant le cocktail, Jacques Attali, le conseiller spécial du Président, interroge Hernu sur les suites à redouter. Le ministre lui répond, bravache :

— Ne t'inquiète pas, si l'affaire s'envenime, je connais le colonel qui acceptera de faire quinze ans de prison pour cela.

* En 2007, l'usage de cet ancien pavillon de chasse a été mis à la disposition du président de la République, sur décision de Nicolas Sarkozy.

— Un colonel ? Il est au courant ? Il est volontaire ? demande Attali.

— Oui, il a accepté ; raison d'État[13].

Comme souvent avec Hernu, la vérité est en deçà. Dès la nouvelle de l'arrestation des agents, le chef du service Action, le colonel Lesquer, a offert à l'amiral Lacoste de « prendre leur place ».

— Sur votre ordre, je saute dans un avion pour Auckland et je me constitue prisonnier.

— Ça ne servirait à rien, inutile de sacrifier un homme de plus, a répondu Lacoste.

L'amiral n'en démord pas : seule l'autorité politique peut débloquer la situation. À condition qu'elle le veuille.

Peu après 22 heures, François Mitterrand rejoint les invités de Fabius à la Lanterne. Il en salue quelques-uns, échange deux mots avec le Premier ministre puis entraîne Hernu dans le parc. Dans la douceur du soir, leur promenade se prolonge dans la pénombre. Le sujet de leur conversation n'est pas difficile à deviner.

4

LA MISSION MAUDITE

Dès l'automne 1984, les amiraux français du Pacifique voulaient écarter à tout prix les écologistes de la zone des essais nucléaires. Pressée par le cabinet d'Hernu, la DGSE monte une opération à la hâte et se laisse convaincre qu'une « solution radicale » s'impose...

Au moment de s'envoler pour la Nouvelle-Zélande, Dominique Prieur s'était laissé gagner par un mauvais pressentiment : « Je ne reviendrai pas avant trois ans[1]. » La nuit précédente, son mari, le capitaine du génie Joël Prieur, commandant d'une compagnie de sapeurs-pompiers à Paris, avait été appelé sur les lieux d'un incendie. Elle est partie sans lui dire où, ni pour combien de temps ; ils n'ont pas pu se dire au revoir.

Alain Mafart n'était guère plus optimiste. Durant la phase de « montage » de l'opération, il n'a cessé d'espérer un report, voire une annulation. Les agents savent que, jusqu'à l'instant fatidique, tout peut être interrompu. Au printemps 1980, alors qu'il s'apprêtait à faire sauter un chalutier chypriote – en fait, un navire espion du KGB – dans le port de Las Palmas, aux Canaries, il reçut *in extremis* un contrordre de son « officier traitant », le capitaine *Henry*. Il en a tiré cette leçon : « Appartenir au service Action implique parfois de ne pas agir[2]. »

Deux autres nageurs enrôlés dans l'équipée néo-zélandaise décrivent en termes similaires leur état d'esprit d'alors : « Ça ne se présentait pas bien. »

Dominique Prieur est du même avis :

— Dans tous nos stages, les instructeurs insistaient sur l'importance d'une préparation minutieuse, où chaque détail compte. Dans cette mission, tout était fait à la va-vite. Le plan comportait trop d'incertitudes, trop de failles. Je m'inquiétais, comme les autres ; mais au fond, nous étions persuadés qu'un feu rouge interviendrait, que ça n'irait pas jusqu'au bout.

Dans la tradition du SA, chaque mission est baptisée d'un nom de code commençant par les initiales du service. Le colonel Lesquer a choisi d'appeler celle d'Auckland « Satanic ». Rétrospectivement, alors que les événements ont mal tourné et que deux des leurs sont en prison à 20 000 kilomètres de Paris, difficile de ne pas y voir un mauvais présage. Mais les nageurs de combat sont des soldats ; leur métier ne laisse pas de place à la superstition, encore moins au doute.

Alain Mafart était détaché depuis deux mois au service Action quand il a été chargé de concevoir la « neutralisation » du *Rainbow Warrior*, en mars 1985. Dominique Prieur, membre de la section « Support », lui a été adjointe. Preuve de son importance, la mission serait supervisée par le chef des opérations en personne, le lieutenant-colonel René Faberon, alias *Flavien*. Le navire de Greenpeace était la cible mais, au-delà, c'est l'association tout entière qui était visée.

— Greenpeace n'était pas un ennemi, relativisera Mafart. Pour nous, c'était un adversaire. Même pas : un empêcheur de tourner en rond. Et un objectif désigné. Un agent ne discute pas les ordres, dès lors qu'il sait qu'ils émanent d'un gouvernement démocratiquement élu. Nous étions dans ce cas[3].

Les amiraux français du Pacifique portent sur les activités de l'association un jugement moins charitable. Entre le mouvement écolo-pacifiste et les marins de la Royale, le contentieux remonte à plus d'une décennie ; précisément, depuis que Greenpeace a décidé d'empêcher systématiquement les essais nucléaires français en envoyant autour de Mururoa ses militants, que les « pachas » de la flotte regardent avec dédain – « des corsaires en chemises à fleurs et en bikinis », ricanait l'un d'eux.

Pour les activistes qui ont fondé Greenpeace – la « paix verte » – au Canada en 1971, l'opposition aux armes nucléaires reste la mère des batailles ; la sauvegarde des baleines et des bébés phoques est venue après. Ils ont d'abord défié la marine américaine puis, l'année suivante, instauré une stratégie de harcèlement contre les intérêts français dans l'océan Pacifique. À cette époque, le centre d'expérimentation de Mururoa, fondé en 1964 par le général de Gaulle, procédait encore à des tirs « atmosphériques » à partir de barges en mer ou d'avions en vol. Autour de l'atoll, une zone de 260 000 kilomètres carrés était interdite et protégée par un groupe aéronaval, la « Force Alpha », équipée de vaisseaux armés, dont le porte-avions *Foch*.

En 1972, le voilier *Vega*, premier bateau de Greenpeace à tenter d'y pénétrer, fut repoussé sans ménagement. L'amiral invita néanmoins son skipper, David McTaggart, à déjeuner sous les cocotiers – rien n'interdisait de pactiser avec des pacifistes. McTaggart était un promoteur et playboy canadien à la recherche d'une cause. Ancien champion de badminton, il n'aspirait qu'à vivre sans filet. Un an plus tard, il était de retour sur le *Vega*, renommé *Greenpeace III* et équipé de caméras. Son but : provoquer un nouvel affrontement et en diffuser les images à travers le monde grâce à la télévision. Le choc eut lieu le 15 août 1973. Un groupe de commandos se hissa à bord du voilier, rossa l'équipage et jeta le matériel à l'eau. McTaggart fut blessé à l'œil et hospitalisé à Tahiti – « victime d'une chute », prétendirent les autorités navales, vite démenties par des photos qui témoignaient de la violence de l'assaut. L'abordage se retourna alors contre la flotte française. Bientôt, les militants de Greenpeace étaient salués en héros et indemnisés par la marine, pendant que les adhésions et les dons affluaient au siège du mouvement.

Au cours du même été 1973, un autre voilier de Greenpeace, le *Fri*, fut chassé de la zone interdite par un bâtiment français. L'équipage était composé de militants antinucléaires, parmi lesquels le futur ministre écologiste Brice Lalonde et le général Jacques Pâris de Bollardière, compagnon de la Libération et figure du mouvement pacifiste. L'arraisonnement s'effectua sans heurts mais il s'en était fallu de peu. Le ministre des Territoires d'outre-mer, Bernard Stasi, ayant appris que les services secrets se préparaient à couler le *Fri*, s'était interposé, jusqu'à menacer le Premier ministre, Pierre Messmer, de rendre la chose publique. « La France doit protéger ses essais nucléaires, estimait-il, mais pas par n'importe quel moyen. »*

L'année suivante, le président Valéry Giscard d'Estaing annonçait que les essais nucléaires seraient dorénavant souterrains. Les amiraux de la Royale ruminent depuis lors ces humiliations.

— Ils n'ont jamais digéré d'avoir été tournés en ridicule avec leurs bateaux de guerre par des hippies aux cheveux

* Bernard Stasi (1930-2011) dévoilera cet épisode le 20 août 1985 à la télévision en mettant en cause « certains services », à titre de « témoignage » sur le contexte de l'affaire du *Rainbow Warrior.*

longs et des jeunes filles dénudées qui les narguaient, perchées sur les haubans, assure Pierre Joxe.

Après une longue trêve – durant laquelle McTaggart prend, en 1979, la présidence du mouvement –, les militants de Greenpeace vont remettre le cap sur Mururoa en 1981, 1982 et 1983. Leurs navires, le *Vega*, le *Fri* et le *Pacific Peacemaker* sont invariablement repérés, bloqués et repoussés au large sans casse. À au moins deux reprises, ils sont victimes d'étranges ennuis techniques : une panne subite de moteur, la rupture d'une pièce – le résultat d'infiltrations réussies par la DGSE et autrement discrètes qu'un abordage de commandos...

— En ce temps-là, on savait opérer discrètement, savoure un ancien du SA.

Paix verte, menace rouge

À partir de l'été 1984, plusieurs événements font remonter la tension. La Nouvelle-Zélande, pays ami de la France mais opposé au nucléaire jusqu'à soutenir ouvertement les efforts de Greenpeace, se choisit un jeune Premier ministre engagé sur cette ligne : le travailliste David Lange, qui a fondé sa campagne sur la dénonciation des essais français. De son côté, l'organisation écologiste dispose d'un nouvel atout de poids : le *Rainbow Warrior*, chalutier de 417 tonnes racheté au gouvernement britannique et remis à neuf dans un chantier naval de Floride. Équipé de deux grands mâts pour naviguer à la voile et d'un système électronique dernier cri, il sera le vaisseau amiral de l'armada écologiste. Au mois d'août, enfin, un incident convainc les dirigeants de la filière nucléaire française que la propagande de Greenpeace ne se borne pas aux *happenings* maritimes. Quand un cargo parti de Rouen, le *Mont Louis*, s'échoue au large de la Belgique, quelques heures suffisent à l'organisation écologiste pour dénoncer – à juste titre – un transport caché de résidus d'uranium vers l'URSS. D'où tient-elle une information aussi sensible ?

La DGSE croit connaître la réponse. Elle l'expose dans une note confidentielle adressée aux cabinets de Charles Hernu et de Laurent Fabius, où l'on peut notamment lire ceci :

> Les suites du naufrage du *Mont Louis* font clairement apparaître Greenpeace comme une agence d'information surveillant les mouvements de navires [...]. L'activisme entraîne Greenpeace à des contacts avec des organisations plus ou moins proches de l'appareil de propagande soviétique[4].

En clair, l'association de McTaggart est suspectée de se livrer à l'espionnage – presque une succursale du KGB ! Des rapports antérieurs soulignent que le *Rainbow Warrior*, bien qu'engagé dans la traque aux baleiniers russes, a pu accoster sans encombre dans un port de Sibérie, en 1983. Un autre navire de Greenpeace, le *Sirius*, a été autorisé à mouiller un an plus tôt dans le port de Leningrad, d'ordinaire fermé aux bâtiments occidentaux. En pleine guerre froide, les généraux français ont tendance à voir rouge facilement. Ainsi, après l'attentat d'Auckland, la DGSE établira que la victime, Fernando Pereira, appartenait au Conseil mondial pour la paix, mouvement notoirement piloté par Moscou ; il n'en faudra pas plus pour rhabiller le photographe en agent secret. Dans une note destinée à Charles Hernu, l'amiral Lacoste s'interroge sur son comportement la nuit du drame :

> Il fallait que le photographe ait eu des raisons impérieuses pour retourner à bord après [la première explo-

sion]. Peut-être était-ce pour chercher son matériel photo ? Plus vraisemblablement pour récupérer du matériel plus précieux ? Voire des documents[5] ?

Pour la haute hiérarchie militaire, l'arme de dissuasion est plus qu'un bouclier : la quintessence de la puissance française, un trésor et un tabou. S'y attaquer, c'est s'en prendre à la Nation elle-même. De là à voir la main des soviets derrière chaque mouvement pacifiste, il n'y a qu'un pas, qu'une génération d'officiers supérieurs formée à l'anticommunisme franchit allègrement. Longtemps hostile à l'arme atomique (moins par idéalisme que par antigaullisme) et allié au Parti communiste, François Mitterrand les a rassurés avec sa formule célèbre : « Le pacifisme est à l'Ouest, et les missiles sont à l'Est[6]. » Les généraux savent gré à Charles Hernu d'avoir contribué à cette conversion. Avec le frère du Président, le général Jacques Mitterrand, il est même celui qui a le plus œuvré pour le convertir à la dissuasion.

— Il me disait, dès 1971-1972, que je me trompais sur le nucléaire. Quinze ans plus tôt, nous avions eu raison d'être contre ; quinze ans plus tard, ce n'était plus possible[7], confiera François Mitterrand.

En 1975, Hernu s'est illustré dans l'émission *Apostrophes*, de Bernard Pivot, en fustigeant « les pseudo-pacifistes » qui seraient « manipulés par des impérialismes »[8]. Neuf ans plus tard, le 2 novembre 1984, c'est en ministre des Armées qu'il se rend à Mururoa. Revue des troupes, inspection de la base, il fait le tour du propriétaire. Durant la visite, il reçoit les confidences du directeur des expérimentations nucléaires, l'amiral Henri Fages, que les menées de Greenpeace préoccupent. Des renseignements recueillis dans les îles voisines indiquent que les écologistes se préparent à violer le périmètre de sécurité, accompagnés de « canots pneumatiques rapides pilotés par des militants indépendantistes polynésiens[9] », qui entoureraient les navires pour rendre l'arraisonnement impossible sans risquer des accidents.

D'autre part, les chefs de la marine, encore traumatisés par l'interception calamiteuse de 1973, redoutent que le *Rainbow Warrior*, dont la robustesse est bien supérieure à celle des autres bateaux de Greenpeace, ne représente une menace inarrêtable. Le directeur-adjoint du cabinet de François Mitterrand, Gilles Ménage, en reçoit la confirmation par le conseiller spécial de Charles Hernu, Jean-François Dubos : « Comme je ne comprenais pas les raisons de ces craintes inspirées par un simple chalutier à la Marine nationale, écrira-t-il, Dubos m'expliqua que le *Rainbow Warrior* possédait une coque très épaisse, au choc de laquelle, en cas d'abordage, ne résisteraient pas les flancs minces et fragiles de nos élégantes frégates de guerre. Ce problème constituait à l'évidence une préoccupation majeure de l'État-major tout entier[10]. »

Réunion sous haute tension à Matignon

Entre la fin de l'automne 1984 et le début de l'année 1985, les échanges s'intensifient entre l'amiral Fages, l'amiral Hugues, commandant de la flotte du Pacifique, et le cabinet de Charles Hernu. Dès ce moment, la DGSE est approchée. Mais Lacoste ne veut pas qu'on lui force la main. Le climat incandescent de la Nouvelle-Calédonie, avec l'émergence de revendications indépendantistes et les troubles qu'elle suscite, lui fait craindre une contagion aux territoires français de la zone ; dans ce contexte, la moindre étincelle peut provoquer une flambée de violences. Un « dossier d'objectif » est élaboré par le service Action ; il envisage plusieurs types d'intervention pour immobiliser le bateau, mais aucun ne prévoit le recours aux explosifs. À défaut, Fages obtient que les commandos-marine* soient mis sur le pied de guerre – si on leur demande une intervention musclée, pense-t-il, eux au moins ne se défileront pas. Il ne relâche pas pour autant sa pression pour obtenir le renfort de la DGSE. Jadis commandant des sous-marins d'attaque, Fages torpille volontiers l'« indolence » de Lacoste, dans les couloirs du ministère et jusqu'à l'Élysée.

Le 1er mars 1985, disposant de ses propres informations sur les projets de Greenpeace, le chef de la Dircen prévient par écrit Charles Hernu de l'envoi de quatre vaisseaux vers Mururoa à l'occasion d'un festival des arts du Pacifique, prévu au mois de juin suivant. Or une série d'essais nucléaires est programmée à partir du 30 avril. Il y a donc urgence à mettre hors d'état de nuire les contestataires. Le 26 avril se réunit à l'hôtel de Matignon un comité interministériel consacré aux « sites lointains » du Pacifique et au suivi des expérimentations atomiques. Laurent Fabius préside la séance. Son directeur de cabinet, Louis Schweitzer, se souvient d'une « grande tension » parmi les amiraux à l'évocation des « actions de Greenpeace, qui cherchait par tous les moyens à gêner nos tirs ».

Au cours de la discussion, Hernu, s'adressant à Jeannou Lacaze, chef d'état-major des armées et ancienne figure du service Action, lance en s'esclaffant :

— À votre époque, on mettait du sucre dans le moteur et c'était réglé, n'est-ce pas mon général ?

Sous les yeux des participants, un document de synthèse daté du 26 mars 1985 récapitule les mesures préconisées

* Forces spéciales rattachées à la Marine nationale et placées sous le commandement de son État-major.

par la Dircen. Le dernier paragraphe indique : « Par ailleurs, une intensification de la recherche de renseignements concernant la position et les déplacements du *Vega* et du *Rainbow Warrior* a été suggérée afin de prévoir et d'anticiper les actions de Greenpeace. »

Sur son exemplaire, Charles Hernu souligne deux fois le verbe « anticiper ».

Il sera souvent allégué, par la suite, que ce geste marque le véritable coup d'envoi de l'opération d'Auckland. Ce n'est pourtant pas exact. Le contenu des archives démontre sans équivoque que, à cette date, la mission « Satanic » a déjà commencé.

Une taupe dans les rangs de Greenpeace

L'amiral Lacoste situe le véritable point de départ au 19 mars 1985 – les annotations de ses agendas l'attestent. C'est ce jour-là que Patrick Careil, le directeur du cabinet de Charles Hernu, aborde le sujet pour la première fois :

> [Il] m'a explicitement demandé de mettre en œuvre les moyens de la DGSE pour interdire au mouvement Greenpeace de réaliser ses projets d'intervention contre la campagne d'essais nucléaires à Mururoa, à l'été 1985. J'avais déjà été alerté à ce sujet, et je n'ignorais pas que la Dircen et l'État-major des armées se préoccupaient des intentions de Greenpeace. Au cabinet du ministre et à l'état-major particulier du président de la République, le sujet était à l'ordre du jour et la volonté d'empêcher qu'on nous nuise s'exprimait sans détour.

La DGSE ne disposant plus d'un poste ni même d'un seul agent en Nouvelle-Zélande, le SA est officiellement saisi dès le 20 mars. Le commandant Alain Mafart est désigné comme « chef de mission », chargé de former une équipe. Sur ses instructions, des membres du service vont partir en reconnaissance, acheter du matériel, constituer des dossiers, suivre des entraînements spécifiques. Un premier agent, la capitaine Christine Cabon, est envoyée en Nouvelle-Zélande. Elle débarque à Auckland le 23 avril – trois jours *avant* la réunion de Matignon sur les expérimentations nucléaires. Ses instructions : infiltrer la délégation de Greenpeace pour apprendre où, quand et comment le *Rainbow Warrior* compte défier la flotte française.

Un bon espion doit savoir nouer facilement des contacts. Malgré son allure costaude et ses manières rugueuses, *Frédérique Bonlieu* – son faux passeport la désigne sous cette identité – n'en est pas dépourvue. L'année précédente, cette ex-commando parachutiste a réussi à pénétrer les rouages de l'Organisation de libération de la Palestine (OLP), parti nationaliste dirigé par Yasser Arafat dont la branche armée perpétrait des actions terroristes contre Israël. Son travail aurait permis de désigner des cibles au Mossad, dans le cadre d'une coopération entre services secrets alliés.

À Auckland, il faut à peine quelques jours à *Frédérique* pour être admise au QG de Greenpeace comme une militante chevronnée. Une cadre du mouvement l'héberge dans sa maison, elle en séduit plusieurs autres, se procure un jeu de clés pour pouvoir travailler après la fermeture des bureaux[11] . Elle se dit archéologue, fille d'amiral et sans le sou, sympathisante de la cause, désireuse d'écrire des articles sur l'écologie dans la presse française. Une lettre de recommandation l'a précédée, signée du skipper Jean-Marie Vidal, coureur de transats et défenseur des océans, jadis compagnon du célèbre commandant Cousteau.

« Frédérique est une scientifique, excellente navigatrice, qui partage nos convictions », a écrit Vidal à la direction de Greenpeace en Nouvelle-Zélande. Leur première rencontre, en apparence fortuite, remonte à l'été 1984 sur le port d'Ajaccio – preuve que le processus d'infiltration était en cours depuis longtemps.

Durant son séjour en Nouvelle-Zélande, l'agent *Bonlieu* visite plusieurs îles, achète des quantités de cartes routières et maritimes, longe les côtes, prend des dizaines de photos, demande les tarifs de locations de voitures ou de bateaux. Elle prétend se renseigner pour des amis qui envisagent un voyage de noces dans l'archipel. Comme elle parle mal l'anglais, une militante interroge même pour elle un magasin d'articles de plongée. Après coup, les écologistes rapporteront à la police les propos étonnants qu'il lui arrivait de tenir, pour critiquer les antinucléaires ou défendre la politique française dans le Pacifique, par exemple – à croire que c'était plus fort qu'elle. Un jour, une journaliste qui faisait un reportage sur l'association a proposé de la photographier ; elle a refusé, personne n'a compris pourquoi.

À son départ, le 24 mai, la fausse archéologue a dit qu'elle se rendait à Tahiti pour une conférence sur les récifs coralliens, puis en Israël où elle participerait à des fouilles. De là, elle a envoyé plusieurs lettres à ses amis de Greenpeace, la dernière au lendemain de l'attentat pour exprimer sa solidarité : « Dites à tout le monde que je suis avec vous, de tout cœur. » Ensuite, plus rien.

L'équipe de choc du commandant Mafart

La jeune femme a entretenu avec le fort de Noisy une correspondance plus assidue. Pendant ses quatre semaines à

Auckland, Christine Cabon a transmis la masse de renseignements qu'elle collectait au SA, par des appels téléphoniques réguliers à Dominique Prieur. Au cours d'une de leurs conversations, elle l'a prévenue : « Ne le faites pas, ça va être une catastrophe ! » De retour en France, elle a livré la documentation collectée en Nouvelle-Zélande. Mafart et Prieur s'en sont servi pour découper la future opération en étapes et se familiariser avec les lieux.

Cabon et Prieur se connaissent bien. Les deux jeunes femmes ont intégré l'armée en même temps, en 1975, et reçu leur grade de capitaine le même jour, sept ans plus tard. Un autre événement les rapproche : comme Prieur, Cabon a été victime d'un accident de parachute – ce qui l'a obligée à quitter son régiment de commandos. Au service Action, on parle peu mais on se croise souvent, au mess comme à l'entraînement. Si le cloisonnement est de rigueur dans la préparation des missions, les effectifs sont réduits. À Aspretto, base des nageurs de combat, comme à Cercottes, le camp d'entraînement des parachutistes, près d'Orléans, les agents ont suivi les mêmes formations, participé à des missions communes, pris ensemble des risques, du bon temps et des cuites. Mafart compose son équipe en fonction des qualités et des affinités. Outre la plongée sous oxygène pur, grâce à des respirateurs spéciaux (les « Oxygers ») qui se fixent sur le ventre et ne provoquent aucune bulle, tous ces soldats sont formés au combat rapproché, au maniement des armes et des explosifs, au crochetage des serrures, à la détection des filatures et à la navigation à la voile. Les espions pratiquent le taylorisme : durant la mission, chacun aura un rôle spécifique à jouer. Qu'un seul soit défaillant et c'est l'échec assuré.

Longtemps responsable de l'instruction des nageurs de combat, Mafart recrute en connaissance de cause. Le capitaine Jean-Luc Kister (alias *Frantz*) et le sergent-chef Jean

Camas (*Cédric*), plongeurs hors pair, sont désignés pour poser les bombes.

En 1982, Kister a été victime d'un grave accident en immersion, au cours d'un entraînement. Il est resté paraplégique durant plusieurs semaines. À force de volonté et d'exercice, il a repris sa place. Paradoxalement, cette période l'a renforcé, mentalement et physiquement.

— J'avais eu le temps de me reposer, j'étais le mieux préparé, le plus affûté, explique-t-il.

Hasard des destins et des carrières : Kister a été enfant de troupe avec Joël Prieur, futur mari de Dominique, au collège militaire d'Aix-en-Provence. Plus tard, à Aspretto, il a dispensé la formation de nageur à Gérard Royal (*René*), le lieutenant qui pilotera le zodiac – c'est le fameux « *Peter* le pêcheur » que la police néo-zélandaise recherchera en vain*. Diplômé des Arts et Métiers, Royal est un bricoleur taiseux mais imaginatif, que ses camarades surnomment « Géo Trouvetou » ; son étude minutieuse des pagaies des Esquimaux a convaincu les chefs d'Aspretto d'en adopter d'identiques pour équiper les kayaks de la base.

Les marins de l'*Ouvéa* seront chargés, eux, de réceptionner les explosifs en Nouvelle-Calédonie puis de les convoyer jusqu'en Nouvelle-Zélande. Le docteur Maniguet, qui les accompagnera, est un spécialiste des accidents de plongée et aussi un pilote expérimenté d'avions civils ; sa présence pourra être utile à double titre. D'autres devront assurer des liaisons, effectuer des surveillances, préparer des circuits d'exfiltration. Et pour toutes les fonc-

* C'est aussi l'un des frères de Ségolène Royal, future ministre et candidate à l'élection présidentielle de 2007 ; en 1985, elle était conseillère technique au secrétariat général de l'Élysée.

tions essentielles de l'opération, des remplaçants sont désignés, au cas où un titulaire serait empêché *in extremis*.

« L'idée est que les agents déployés ne soient jamais tous ensemble au même endroit au même moment et qu'ils aient le moins de contacts possible entre eux, pour être indétectables », explique un ancien du SA. Cela exige de placer sur le terrain un nombre élevé d'hommes et de femmes. Au total, « Satanic » va en requérir près de trente. La plupart ne seront jamais identifiés.

D'abord cantonnée à l'organisation et à la logistique, Prieur est « raccrochée à la mission tardivement » – vers la fin du mois d'avril, croit-elle se souvenir. Pourquoi ? Elle dit ne l'avoir jamais su. Sans doute pour assurer une meilleure couverture à Mafart ; un couple attire moins l'attention qu'un jeune homme solitaire.

— J'étais la seule femme, le service ne savait pas toujours comment m'utiliser, ajoute Prieur.

« Des méthodes plus brutales »

Pour définir le meilleur moyen d'immobiliser le *Rainbow Warrior*, Mafart interroge la Salle 10, le service technique où les experts de la DGSE fabriquent leurs équipements très spéciaux : bombes en forme de lampe ou de savonnette, lunettes émettrices, boîtes d'allumettes-détonateurs qui équipent les agents sur le terrain, à l'image des fameux gadgets de *Q* dans les aventures de *James Bond*... À ce stade, le recours aux explosifs n'est encore qu'une hypothèse de travail parmi d'autres ; des charges sont confectionnées par les artificiers, dont la puissance est calculée pour « immobiliser » le bateau. D'autres solutions sont étudiées : sabotage des aussières ou d'une hélice, introduction de limaille dans le réservoir d'huile, intoxication de l'équipage… Le lieutenant-colonel *Georges*, chef de la Salle 10, a aussi mis au point en laboratoire une variété de bactéries si agressives que, mêlées au gasoil, elles peuvent corroder le moteur en quelques heures et le mettre hors d'usage. Mais la trouvaille n'a jamais été testée *in situ*.

Début avril, deux nageurs sont dépêchés à Amsterdam pour examiner un *sistership* du *Rainbow Warrior* qui s'y trouve à quai : un chalutier identique sorti du même chantier, sur lequel les observateurs de la DGSE, camouflés en badauds ou en plongée nocturne, relèvent les caractéristiques de leur future cible sans attirer l'attention. L'un de ces deux « observateurs » est Gérald Andriès (*Edgar*) : le même sous-officier qui se rendra à Londres, fin mai, pour acheter le zodiac*, avant d'embarquer sur l'*Ouvéa*. Grâce aux indications du tandem, une simulation est effectuée dans la baie d'Ajaccio, par quinze mètres de fond, avec des plaques métalliques de même épaisseur que la coque du *Rainbow Warrior*, afin de mesurer les dégâts causés par l'explosion.

Sans attendre les informations que *Frédérique Bonlieu* rassemblait à Auckland, Prieur s'est procuré l'itinéraire du navire de Greenpeace – elle a consulté la Lloyds de Londres, la plus grande compagnie d'assurance maritime du monde, en se faisant passer pour une journaliste. Partant de Floride, le *Rainbow Warrior* doit faire escale à Honolulu, aux îles Marshall et au Vanuatu, puis accoster en Nouvelle-Zélande ; ensuite, une ultime étape est prévue à Tahiti, avant de cingler vers Mururoa. Voilà qui ne laisse guère de possibilités. Les deux premiers territoires sont contrôlés par les Américains ; une attaque y serait trop risquée. Le troisième est si petit que des agents y seraient vite repérés. Quant à la Polynésie, c'est un

* Cf. *supra*, chapitre 2, p. 45.

département français : la DGSE n'a pas le droit d'y intervenir.

Ne reste donc qu'Auckland – mais à condition de faire vite. Car l'« infiltrée » prévient le SA que le navire n'y fera relâche qu'une quinzaine de jours, du 7 au 21 juillet. La fenêtre de tir est étroite mais c'est la seule. Le cabinet d'Hernu et l'amiral Fages l'ont répété à Lacoste : le *Rainbow Warrior* doit être considéré comme un « objectif prioritaire ». Pas question de le laisser filer.

Le chef de la DGSE obtempère. « Nous avions constaté que les projets de Greenpeace, tels qu'ils étaient confirmés par nos renseignements, constituaient une menace plus importante et plus inquiétante que ceux des années précédentes », approuvera-t-il.

Au fort de Noisy, Mafart a des sueurs froides. Tout ne lui semble pas se passer normalement. D'ordinaire, le montage d'une opération comme « Satanic » ne prend pas moins de six mois, parfois plus d'un an. Les repérages – les agents parlent de « RFA », pour « reconnaissance aux fins d'action » – doivent être multiples et espacés dans le temps jusqu'au plus près de l'action, afin d'éviter toute mauvaise surprise sur le terrain, *a fortiori* dans un pays aussi lointain. Il est également crucial qu'un délai suffisant sépare l'arrivée sur place des exécutants et le moment de l'attaque, de sorte qu'ils aient le temps de se familiariser avec l'environnement et les usages. « L'agent en mission doit être comme un bon vin au moment où on le sert : à température ambiante », résume un des participants. Or les chefs du SA exigent que l'on accélère.

— Il était clair que le traitement de cette opération échappait aux usages ; on nous faisait brûler les étapes, il y avait des choses qu'on ne nous disait pas, confie, avec le recul, un des officiers concernés.

Ainsi, quand Mafart propose d'envoyer deux nageurs en Nouvelle-Zélande pour dix jours afin d'étudier *de visu* la configuration des lieux, le chef des opérations, le lieutenant-colonel Faberon, s'y oppose – la capitaine Cabon est déjà là-bas, elle s'en occupera, répond-il. Sauf qu'elle n'a pas la formation des plongeurs : « les difficultés ne lui sauteront pas aux yeux », objecte Kister. Même l'indispensable réunion dite « des cas non conformes », destinée à anticiper jusqu'aux éventualités les plus improbables dans le cours d'une mission, est squizzée – ce qui est contraire à la procédure du SA.

— Si elle s'était tenue, plusieurs failles évidentes seraient apparues, à commencer par la vulnérabilité de nos passeports suisses et l'insuffisance des reconnaissances sur le terrain, affirme Dominique Prieur.

Mafart s'étonne également du manque de *brainstormings* entre les spécialistes maison ; il déplore qu'on le laisse travailler dans son coin pour le placer ensuite devant le fait accompli. « Un problème, quelque part, s'est insinué dans la chaîne, relatera-t-il. Des directives semblent avoir été émises, dans un cloisonnement tel que la communication indispensable entre les acteurs de ce projet est devenue inexistante ou confinée à un niveau hiérarchique plus élevé qu'il ne faudrait[12]. »

Mafart ne se trompe pas. Entre le cabinet de Charles Hernu et la DGSE, les allers-retours se multiplient. Le ministre veut « savoir où on en est », trépigne, s'impatiente. Le colonel Lesquer, chef du SA, a plusieurs contacts directs avec lui. Il lui promet que « le maximum sera fait », se souvient un conseiller. Lacoste se sent débordé. Même, chez lui, l'idée d'une « solution radicale » commence à faire son chemin : « Nous ne disposions pas d'assez de temps pour infiltrer des agents susceptibles de mettre en œuvre des procédés de neutralisation tels que le sabotage des carburants, des avaries à la propulsion ou l'incapacitation temporaire des équipages. Compte tenu de la pression exercée par le ministre, je ne rejetais pas l'idée de recourir à des méthodes plus brutales, reconnaîtra-t-il. »

Le colonel Lesquer défend l'option dure, mais il assure avoir mis en garde son supérieur dès que la décision a été prise.

— J'ai dit à l'amiral Lacoste que la mission, en soi, ne posait pas de problème mais que, si le bateau sautait, tout le monde saurait que c'était nous. Ça allait forcément nous retomber sur le nez...

Aux alentours du 20 avril, « Satanic » change de dimension. Mafart est convoqué par le colonel Faberon.

— Vous travaillez sur une charge d'immobilisation ; il nous est maintenant demandé autre chose : il faut que ce bateau coule.

— Mon colonel, le but est qu'il n'aille pas à Mururoa. Nous nous sommes situés dans cette épure, objecte Mafart.

— La mission a évolué.

— Mais mon colonel, on ne va tout de même pas les coller au plafond !

— C'est ainsi, il faut faire avec. Étudiez ce qui vous est demandé[13].

Dès lors, le compte à rebours est enclenché. L'explosion est programmée, plus rien ne pourra l'arrêter.

5

LE FEU DE L'ACTION

C'est dans un climat de méfiance réciproque entre le pouvoir et les services que la mission d'Auckland se met en branle. Comme l'amiral Lacoste ne se fie pas à son ministre, il veut un feu vert au plus haut niveau : il demande une audience au Président...

Pourquoi et par qui la décision fatidique a-t-elle été prise ? Avant et après le sabotage du *Rainbow Warrior*, tous les agents impliqués auront maintes fois l'occasion de se poser la question. Alain Mafart et Dominique Prieur, enfermés et placés à l'isolement dans la prison de Mount-Eden « qui, malgré son nom, n'a rien d'un paradis[1] » ; leurs frères – et sœurs – d'armes aussi : restés en Nouvelle-Zélande, cachés sous de fausses identités dont ils se demandent combien de temps elles vont résister aux recherches de la police locale.

— Il fallait tenir nos légendes, nous comporter comme si de rien n'était, mais on était sous le choc, se souvient Jean-Luc Kister.

Leur tâche accomplie, les membres du commando se sont séparés dans la nuit du 10 au 11 juillet et ont rompu tout contact, comme l'exigeait le protocole de la mission. Les deux plongeurs ont gagné l'île du Sud pour aller skier dans les Alpes néo-zélandaises. Leurs faux passeports les désignent sous les noms de *Jacques Camurier* et *Alain Tonel*, enseignants dans un collège de jeunes filles à Papeete. Depuis l'annonce de la mort du photographe, ils n'ont guère la tête à dévaler des pentes enneigées. Ils se demandent ce qui a pu mal tourner, se sentent pris au piège et enragent contre ceux à qui ils le doivent.

— La mission n'obéissait pas aux règles de sécurité habituelles : l'objectif n'était pas raisonnable et la préparation était insuffisante ; on nous a envoyés au casse-pipe et on ne comprenait pas pourquoi, confie un membre de « Satanic ».

Des années après le fiasco d'Auckland, aucun d'entre eux n'avait trouvé la réponse.

Dans son livre de souvenirs publié en 1999, Mafart s'interrogeait encore :

> Par quelle analyse politique, par quel cheminement intellectuel le ministre de la Défense en est-il arrivé à donner l'ordre de couler le *Rainbow Warrior* ? L'a-t-il fait dans la lointaine solitude du chef ? Était-ce une décision concertée ? Je ne le saurai sans doute jamais. Mais pour ce qui concerne la DGSE, elle n'a fait qu'appliquer, dans la précipitation, les directives qu'elle avait reçues[2].

Hiérarchiquement parlant, Charles Hernu était bien le seul à pouvoir ordonner une telle action. Contrairement aux opérations dites « homo », dont les cibles sont humaines et qui, à ce titre, relèvent d'une décision du président de la République, les opérations « arma », qui ne visent que des cibles matérielles, relèvent du niveau ministériel. Mais qui a pu inspirer au ministre une attaque de cette nature ? Hernu en connaissait-il lui-même le *modus operandi* ? Aucune archive ne permet de trancher ce point ; dans le monde de l'espionnage, les instructions sensibles sont données oralement. Du reste, la question du donneur d'ordre n'a jamais de véritable réponse. Dans la plupart des cas, la hiérarchie – politique ou militaire – fixe un objectif et c'est le service qui définit les moyens à mettre en œuvre. Une fois son plan établi, la DGSE le soumet au commanditaire, « pour approbation ». Un silence peut valoir consentement. Au sens strict du terme, il est donc vraisemblable que personne n'ait *ordonné* la destruction du *Rainbow Warrior* par une explosion. Il est certain, en revanche, que ce choix a été avalisé par plusieurs autorités extérieures au service.

Compte tenu du contexte et de la personnalité des acteurs, et de l'avis de la plupart des témoins directs, le plus plausible est que l'idée d'un attentat à la bombe ait germé lors de conversations entre Charles Hernu, l'amiral Lacoste et le colonel Lesquer ainsi que Jean-François Dubos, que Mitterrand a nommé au Conseil d'État mais qui a gardé une grande influence – et un bureau – au ministère de la Défense.

— Hernu adorait les défilés et collectionnait les uniformes, mais il ne s'occupait pas des aspects opérationnels, il détestait entrer dans les détails, assure son directeur de cabinet de l'époque, Patrick Careil.

— Le ministre était imprévisible, sujet aux emballements ; ça le rendait sympathique mais ça lui faisait prendre des risques, renchérit un ancien directeur-adjoint, François Cailleteau – qui a quitté le cabinet en 1983.

Grisé par sa position, fier de son intimité avec le chef de l'État, Hernu se sentait invulnérable. Lacoste, lui, avait la réputation d'un homme prudent, peu sujet aux emportements – au point que « le ministre estimait le service trop peu agressif ». Lesquer, lui, avait envie de briller. Le commandement du service Action lui avait été confié en décembre 1984, avec pour mission de le remettre d'aplomb après une longue période de confusion. Lui-même dirigeait, dix ans plus tôt, le Centre d'Aspretto. Ancien légionnaire à la carrure imposante, il déplorait à voix haute qu'on n'ait pas recours plus souvent aux nageurs de combat pour les missions délicates. Il était prêt à sauter sur l'occasion.

— J'ai trouvé le service dans un grand désordre, assure Lesquer. La discipline était relâchée et il n'y avait pas d'étanchéité entre les agents clandestins et ceux qui partaient en mission sous couverture. Ce n'était pas sain.

Le colonel déplore en outre que « beaucoup de jeunes et jolies filles tournent autour de la base, et parfois à l'intérieur ». Décidé à éloigner ses hommes des délices de Capoue, il projette de transférer l'unité en Bretagne et de constituer, au sein du SA, une force d'élite regroupant les « Alphas », dotés d'une fausse identité et préposés aux opérations clandestines, pendant que les interventions armées seraient réservées aux forces spéciales. Grand et autoritaire, peintre à ses heures, fumeur de cigarillos, homme de coups et de réseaux, Lesquer se flatte de disposer d'un « circuit court » avec l'entourage d'Hernu. Il a emmené Careil, le directeur du cabinet, sauter en parachute, et fait volontiers savoir qu'il était à Saint-Cyr avec Cailleteau.

— Notre promotion est la première qui n'ait pas connu la guerre ; moi, je n'avais pas choisi cette carrière pour m'ennuyer dans un bureau, j'avais envie que ça bouge, admet-il.

À partir de la fin avril 1985, la plupart des protagonistes en témoignent, chaque tentative d'argumenter pour « revenir à une solution moins radicale » contre le *Rainbow Warrior* se heurte à la même objection sèche de Lesquer ou du général Émin, bras droit de Lacoste :

— Les ordres viennent de tout en haut.

Le 23 avril, l'amiral Lacoste rend visite au chef d'état-major particulier de François Mitterrand, le général Saulnier, comme tous les mardis en fin de journée. Leurs entrevues ont lieu dans l'hôtel particulier qui abrite la « maison militaire » du Président, dans la rue adjacente au palais de l'Élysée. Les deux hommes n'ont rien pour s'entendre. Lacoste est un marin, Saulnier un aviateur. L'amiral est austère et déférent, le général négligent et poseur. Dans son vaste bureau, orné de la fameuse photo du ginkgo biloba d'Hiroshima, l'arbre qui survécut à la bombe atomique, Saulnier a l'habitude d'accueillir ses visiteurs sans se lever et d'écourter les réunions pour proposer un whisky, parfois plusieurs. Lacoste n'apprécie pas ces moments mais, en dehors du Président, Saulnier est son seul interlocuteur pour les sujets « opérationnels ».

Ce soir-là, il lui « rend compte de l'état des recherches » de son service pour préparer l'intervention en Nouvelle-Zélande. Il est pressé et manque de moyens. Il demande au général de « faire attribuer une somme de 3 millions de francs sur les fonds spéciaux du gouvernement au bénéfice de cette opération ». En ce temps-là, la cassette des « fonds secrets » dépend du budget de Matignon mais l'Élysée a le pouvoir d'en faire allouer à sa guise, sur une simple injonction. Saulnier donne son « accord de principe ». Méthodique, Lacoste l'inscrit sur une fiche qu'il classe parmi ses papiers personnels.

Peu après, l'amiral évoque le sujet avec le général Lacaze, chef d'état-major des armées – sans lui livrer « les détails du montage », précisera-t-il, mais sans que celui-ci exprime la moindre réserve sur le principe. Légionnaire parachutiste habitué aux interventions musclées, jadis directeur du renseignement au Sdece – où il a aussi dirigé la fameuse Salle 10 –, Lacaze est tout sauf un enfant de chœur. Comme François Mitterrand, il est surnommé « le Sphinx ».

Il a la réputation d'agir et de parler peu. S'il n'a pas posé de questions, c'est qu'il en savait assez.

Les trois scénarios du commandant Mafart

Le 29 avril, au fort de Noisy, Mafart dévoile son « dossier d'objectif » devant les chefs du SA. Il espère encore convaincre que l'action la plus appropriée est un sabotage et non un sabordage. La présentation obéit à une procédure éprouvée : le chef de mission suggère trois scénarios (dans le jargon des agents : H1, H2 et H3), en énumérant leurs avantages et inconvénients respectifs ; la hiérarchie décide ensuite de l'option à mettre en œuvre. Mafart explique en préambule que son plan exclut une attaque en haute mer afin d'écarter le risque de pertes humaines. Ce serait pourtant la solution la plus simple : une explosion au large et le bateau sombrerait corps et biens sans que les assaillants laissent la moindre trace. Mais les agents secrets ont une éthique : ils ne prennent des vies que s'ils en ont reçu l'ordre, et lorsque des intérêts supérieurs sont en jeu. Or les écologistes de Greenpeace n'ont rien de terroristes ; même noyautés ou manipulés, ils ne représentent pas un danger. Pour Mafart, ils ne peuvent être traités comme des ennemis à abattre. Faire couler un bateau, admettons ; faire couler le sang, non.

Aussi l'unique possibilité est-elle d'agir dans le port d'Auckland. Mafart propose par conséquent les solutions suivantes :

– H1 : placer une bombe sur la ligne d'arbre, de façon à bloquer la propulsion et à fausser l'extrémité arrière de la coque ;

– H2 : fixer l'explosif sur la coque, près de la salle des machines, afin d'ouvrir une voie d'eau qui fera sombrer le bateau ;

– H3 : combiner les deux options, pour effrayer l'équipage avec une première explosion et l'obliger à quitter le bord, avant que la seconde perce la coque et provoque le naufrage.

La première option est la plus évidente mais elle ne répond pas à la commande, puisqu'elle ne garantit pas la destruction du *Rainbow Warrior*. Sur le papier, la troisième semble à la fois la plus efficace et la moins dangereuse. C'est celle que choisit le colonel Lesquer.

— L'objectif était de couler le bateau, ce n'est pas moi qui l'ai décidé ; en revanche, c'est moi qui ai imposé les deux charges, confirme le chef du SA, qui se dit « sans états d'âme ».

Mafart décrit la réaction : « Silence dans la salle[3]. »

« Il y a eu un murmure de désapprobation », croit se souvenir un des présents. À l'issue de la séance, Mafart tente encore de persuader Lesquer de faire machine arrière. Le colonel réplique sèchement :

— Si vous avez présenté cette option, c'est qu'elle vous semble applicable. C'est donc celle que vous appliquerez.

Dès lors, la messe est dite. Mafart et son équipe comprennent qu'il faut avancer dans cette direction. « Les commanditaires veulent, pour employer notre langage, "de la chaleur et de la lumière" – en clair : une grosse explosion spectaculaire[4] », résume-t-il.

Un autre officier ajoute :

— Ce n'était pas une décision technique, c'était un choix politique. Ça revenait à écraser un moucheron avec un marteau-piqueur. Mais personne n'a eu la force de caractère de s'y opposer.

Préoccupé par les ennuis de santé de son père, Mafart s'incline. Dans son groupe, certains le sentent désabusé, prêt à raccrocher. Quelques jours après, il demande à être déchargé de la responsabilité de la mission – il en fera partie mais ne la dirigera plus. Son ancien supérieur à Aspretto, Louis-Pierre Dillais, qui a dirigé la base au début des années quatre-vingt, est justement de retour au SA, après un passage réussi par l'école de guerre. C'est à lui que Lesquer confie le pilotage de « Satanic ». Agent aguerri et admiré au sein du service, Dillais fait part des interrogations de l'équipe, mais lui non plus ne parvient pas à infléchir les ordres.

— Tout est décidé bien au-dessus de nous, confie-t-il à ses adjoints.

Un mois après, le groupe est éberlué d'apprendre qu'un sous-marin d'attaque nucléaire, le *Rubis*, est mis à leur disposition pour transporter ou récupérer des nageurs au large de la Nouvelle-Zélande. Le chef des opérations, *Flavien*, affirme que les instructions nécessaires sont tombées « de très haut[5] ». Dillais s'y oppose néanmoins. La solution est techniquement impraticable et incompatible avec la discrétion requise pour une telle opération, plaide-t-il – « mais si on avait dit oui, c'était le grand jeu », ricane un ancien du SA.

Plus tard, le directeur-adjoint du cabinet de François Mitterrand, Gilles Ménage, confirmera que le submersible avait été envoyé dans la zone par Charles Hernu, « un peu à la surprise générale[6] ». Le ministre, décidément, n'aimait pas attendre.

Pour le colonel Lesquer, tous les moyens doivent être mobilisés en faveur de « Satanic », la réputation du service est en jeu. Au colonel Moreau, chef du contre-espionnage, il confie bravement :

— Nous allons faire quelque chose : si ça marche, nous serons les rois du pétrole, sinon nous en prendrons plein la figure[7].

L'opération d'Auckland lui offre une occasion de renouer avec le pouvoir ; il n'entend pas la gâcher.

La gauche et les services, histoire d'une méfiance

Depuis 1981, la suspicion règne entre le pouvoir et les hommes du secret. Avant son élection, François Mitterrand ne cachait pas son aversion pour l'espionnage en général et le Sdece en particulier, qu'il tenait pour une officine acquise aux gaullistes, puis aux giscardiens, et vouée aux pires coups tordus – le souvenir de l'affaire Ben Barka restait vif*. Le programme du PS a longtemps prévu la suppression pure et simple du service. Le « syndrome Allende » marquait les esprits : la peur qu'un pouvoir de gauche issu des urnes ne soit renversé par un coup d'État militaire**. Aussi la doctrine des socialistes en matière de renseignement reposait-elle sur la « démilitarisation » des services. À la caserne Mortier, au fort de Noisy ou à la base d'Aspretto, ce discours sonnait comme une déclaration de guerre. Au point qu'à l'approche de l'élection présidentielle une partie de la hiérarchie du Sdece manifestait ouvertement son hostilité. Certains officiers encourageaient leurs hommes à pratiquer la politique de la terre brûlée si la gauche l'emportait. Il fallait au moins détruire les archives, sinon refuser d'obéir.

Après la victoire de Mitterrand, le directeur du Sdece, Alexandre de Marenches, nommé par Georges Pompidou et maintenu en place par Valéry Giscard d'Estaing, n'a pas voulu servir le nouveau pouvoir. Le Président était prêt

* En 1965, l'opposant marocain et leader tiers-mondiste Mehdi Ben Barka avait été enlevé à Paris, et sans doute tué. Il n'a jamais été retrouvé. L'enquête avait mis en évidence l'implication de truands et d'agents des services secrets français. À la suite du scandale, le général de Gaulle avait transféré la tutelle du Sdece de Matignon au ministère de la Défense.

** En 1973 au Chili, un putsch mené par le général Pinochet écarta le Président socialiste Salvador Allende, élu trois ans plus tôt, et instaura une dictature militaire. Allende se suicida dans les jardins du palais présidentiel.

à lui faire confiance mais la nomination de ministres communistes était pour Marenches un *casus belli.* Pour lui succéder, Hernu a recommandé Pierre Marion, un polytechnicien qui dirigeait les filiales américaines de l'Aérospatiale et avait de vieilles accointances avec le service. À dire vrai, il en avait plus encore avec le ministre : les deux hommes ont milité ensemble dans les années soixante à la Convention des institutions républicaines, creuset du mitterrandisme, et sont affiliés à la même loge maçonnique – pour Hernu, ce sont des choses qui comptent.

Mitterrand, lui, est persuadé que les services spéciaux doivent rester en permanence sous surveillance. Pour cela, il ne se fie qu'à une poignée d'hommes sûrs : François de Grossouvre, l'homme de l'ombre de l'Élysée, le général Saulnier, chef de l'état-major particulier, et un conseiller plus influent que les autres au cabinet d'Hernu, Jean-François Dubos, jeune juriste auteur d'un livre remarqué sur les ventes d'armes[8], et qui assure l'interface entre la présidence et le ministère de la Défense.

Avec Marion, le Sdece se rebaptise DGSE et son état-major est remanié de fond en comble. Des postes à l'étranger considérés comme inutiles sont fermés – y compris celui de Nouvelle-Zélande, dont la couverture était une fabrique de pâte d'huîtres. Des « agents dormants » sont réveillés en sursaut, d'autres poussés vers la sortie ; le nouveau patron exige efficacité et réactivité. Au sein du service, ses manières autoritaires sont contestées, sans parler des privautés qu'il s'octroie avec le personnel. À l'Élysée, on lui en veut d'avoir refusé que le SA se charge de la sécurité du chef de l'État – ce qui a laissé le champ libre aux gendarmes du GIGN, bientôt grisés par leur position au cœur du pouvoir. Sûr de ses appuis, Marion s'autorise même à décliner toute demande d'information à caractère politique, y compris venant d'Hernu ou de Grossouvre. En revanche, il n'hésite pas à mobiliser le service pour ses besoins personnels. Des nageurs de combat – dont deux des futurs marins de l'*Ouvéa* – sont dépêchés aux États-Unis pour ramener son voilier à travers l'Atlantique. Le bateau est amarré à Aspretto et équipé de matériels de pointe. Des logements sont privatisés au sein de la base et aménagés à grands frais pour les week-ends du directeur et de sa famille. La Cour des comptes met un terme à ces dérives durant l'été 1982, après un contrôle inopiné en Corse. Marion est limogé. « On s'est trompé sur la personne, c'est tout, et on a eu droit à un festival de fantaisies, dira le Président. Mais Charles Hernu a eu beaucoup de bons jugements. Je ne vais pas lui jeter la pierre[9]... »

Le profil de l'amiral Lacoste est moins iconoclaste. C'est un officier apprécié et réservé, droit comme un marin, habitué au commandement sans être autoritaire, passionné de géopolitique. Alexandre de Marenches, qui l'a croisé et apprécié à Matignon du temps de Raymond Barre, a vanté ses mérites à François de Grossouvre – il l'a même accompagné à l'Élysée pour faire les présentations. Malgré ses opinions conservatrices, Lacoste entretient avec Mitterrand des relations confiantes – du moins le pense-t-il. Pour sa part, le Président ne voulait pas d'un militaire à la tête de la DGSE ; les frasques de Marion l'ont conduit à s'y résigner. Pour marquer sa vigilance, il impose néanmoins un préfet comme directeur-adjoint : Philippe Parant, chargé de l'ensemble des questions administratives et financières – ce qui inclut l'usage des fonds spéciaux.

À Marion, Mitterrand avait promis « un accès facile à lui » et des entrevues hebdomadaires, « soit cinq minutes, soit quarante-cinq selon la situation »[10]. Avec son successeur, le chef de l'État est moins clair : « Il m'a invité à lui rendre compte personnellement chaque fois que je le jugerais nécessaire[11] », relatera Lacoste. En précisant : « J'ai usé de cette recommandation sans en abuser, puisqu'en trois ans j'ai eu une quinzaine d'audiences, prenant toujours soin de lui présenter un sommaire dactylographié des points que je lui soumettais. »

Homme de devoir, l'amiral s'emploie à réorganiser un service en proie au doute et qui se sent déconsidéré, pour ne pas dire mal aimé. Sa priorité est de reconstituer une production de renseignement de qualité, « depuis le nombre et la qualité des sources humaines et techniques jusqu'à la valeur des analyses et la justesse des estimations[12] ». Pendant ce temps, le SA végète sous les ordres de Jean-Claude Lorblanchès, un colonel que ses troupes surnomment « Milord » mais qui ne fait pas plus d'étincelles que ses devanciers. Tout au plus lui confie-t-on le soin, en février 1983, de convoyer l'ancien SS Klaus Barbie*, remis par le gouvernement bolivien à la France en Guyane. « Un boulot de transporteur, comme on livre un colis », bougonne-t-on à Noisy-le-Sec. À Cercottes et à Aspretto, les hommes s'entraînent dans l'attente de missions plus offensives, qui ne viennent pas.

De « Octopus » à « Satanic »

Avec la montée du terrorisme et des tensions au Proche-Orient, pourtant, Hernu réclame des initiatives : le service Action n'est-il pas fait pour agir ? Or plus le ministre réclame des « coups » et enrage, plus Lacoste répond « patience » et temporise. Au soupçon de frilosité va s'ajou-

* Ancien chef de la Gestapo de Lyon, Klaus Barbie, a été condamné en 1987 à la prison à perpétuité pour « crimes contre l'humanité ». Il a été jugé responsable de milliers d'actes de tortures, d'exécutions et de déportations vers les camps de la mort. Il est mort en 1991.

ter une impression d'amateurisme. Le 8 octobre 1983 à Beyrouth, une bombe du Hezbollah détruit l'immeuble Drakkar, QG des troupes françaises de la Force d'intervention de l'ONU au Liban (Finul). Cinquante-huit soldats sont tués. Mitterrand décide de représailles rapides. Le 7 novembre, la DGSE lance l'opération Santé : une jeep bourrée d'explosifs est garée contre un mur de l'ambassade d'Iran au Liban. Hélas, la bombe ne se déclenche pas. Le SA tire une roquette sur la voiture mais manque sa cible ; une deuxième l'atteint, la jeep ne saute toujours pas. On retrouve à l'intérieur les pains de plastic intacts marqués aux couleurs de l'armée de terre, des retardateurs ornés de la marque Lip et un morceau de fromage ! On apprendra par la suite que les charges n'étaient pas amorcées... Pour la DGSE, c'est une humiliation.

Hernu est déconfit, Mitterrand hors de lui. Lorblanchès sera débarqué, Lesquer nommé à sa place. Le poste n'étant ni en vue ni envié, le colonel est déçu. Il convoitait un régiment parachutiste et le voilà parachuté chez les espions. Devant témoins, il se promet de n'y faire qu'un « passage éclair », en attendant mieux. « Je vais avoir besoin de vous », lui glisse Hernu.

Le 6 mai 1985 à 8 h 30, l'amiral Lacoste est reçu à l'hôtel de Brienne, siège du ministère de la Défense, pour un « petit-déjeuner de travail » avec Charles Hernu. Il « rend compte avec précision » des préparatifs de l'opération « Satanic ». Le ministre est comblé – « surexcité », notera l'un de ses conseillers qui le croise à l'issue de l'entrevue. Lacoste exprime pourtant des réserves quant aux risques d'une entreprise montée en quelques semaines, *a fortiori* dans un pays lointain et avec lequel la France entretient de bonnes relations. Sans compter qu'une explosion dans un port présente forcément le risque de faire des victimes… Le ministre ne veut rien entendre :

— On veut nous faire la guerre, nous sommes en guerre, il ne faut pas avoir de scrupules sur des sujets aussi vitaux, lance-t-il. J'en assume complètement la responsabilité !

Impressionné par la charge, Lacoste briefe ses subordonnés, Émin et Lesquer. Il n'est plus temps de reculer. Il leur confirme que la mission consistera à provoquer le naufrage du *Rainbow Warrior.* Lesquer s'enquiert des moyens mis à sa disposition ; il se plaint de ne pas voir arriver les fonds spéciaux gouvernementaux. « Le ministre a promis d'insister auprès du général Saulnier », répond l'amiral. Dans l'immédiat, la DGSE procède à une avance de trésorerie en faveur du SA. Le directeur des « affaires générales », le préfet Parant, y appose le visa réglementaire – l'espionnage d'État est aussi une administration.

Si Hernu est à ce point enthousiaste, c'est que la hiérarchie du SA lui a vanté les mérites des nageurs d'Aspretto en lui relatant en détail leur plus belle opération, restée secrète jusqu'alors : l'opération Octopus*.

Dans la nuit du 28 au 29 octobre 1980, une équipe de plongeurs français avait posé une charge sur la coque du *Dat Assawari*, vaisseau amiral de la flotte libyenne amarré dans le port de Gênes. À l'aube, une forte explosion éventrait

* « Kadhafi est une pieuvre, il faut lui taper sur tous les tentacules », avait dit Alexandre de Marenches, alors directeur du Sdece et donneur d'ordre de la mission. Longtemps considérée comme une hypothèse probable mais non démontrée, la responsabilité des services français dans l'opération n'a été confirmée qu'en 2018 par Jean-Christophe Notin dans sa biographie de Marenches, au vu des archives personnelles de ce dernier. Cf. *Le Maître du secret*, Paris, Tallandier, 2018, p. 401.

la frégate. Pour brouiller les pistes, un équipement de plongée britannique était abandonné sur place et un pseudo « Front maltais de libération » revendiquait l'attentat. La police italienne n'y avait vu que du feu.

En fait, le SA avait acheté un voilier à Malte via une société-écran immatriculée au Liechtenstein et une banque suisse. Le duo de nageurs s'y était embarqué lors d'une escale sur l'île d'Elbe et le bateau avait ensuite croisé en haute mer le chalutier qui transportait les explosifs. À Gênes, la phase finale fut la plus délicate, car le *Dat Assawari* voisinait à quai avec un bâtiment de guerre italien. La mission fut néanmoins un sans-faute. Aucune victime, aucun témoin, zéro indice, cible atteinte. Et à l'instant de la déflagration, les deux saboteurs étaient loin. Depuis lors, « Octopus » est restée une référence pour les nageurs de combat.

— Du travail de pros, vante Lesquer devant Hernu.

La légende interne raconte que l'un des meneurs de la mission était le capitaine *Henry* : autrement dit Louis-Pierre Dillais, l'officier chargé de piloter l'opération en Nouvelle-Zélande. N'est-ce pas une garantie de succès pour « Satanic » ?

Mitterrand : « Il ne faut pas qu'ils y aillent »

Lacoste, de son côté, en exige davantage pour être rassuré. S'il est conscient que le rôle de la DGSE inclut nécessairement certaines tâches inavouables, il répugne à l'action violente lorsqu'elle n'est pas motivée par la protection des personnes. Couler un navire d'écologistes, est-ce vraiment le travail d'un service secret ? D'autant qu'il se méfie de la politique, avec ses mises en scène et ses calculs à court terme. Hernu en est pour lui l'exemple caricatural. Malgré son intérêt sincère pour la vie militaire, il passe trop de temps sur les dossiers de Villeurbanne, la ville dont il est maire*, dans les réunions du PS et à courtiser les femmes. Il est hâbleur et séducteur, travailleur mais inconstant, carbure au champagne rosé et pique des colères noires. Sur une affaire aussi sensible, Lacoste ne veut pas se fier à ses seules instructions. Il veut être certain que l'attaque contre Greenpeace est bien approuvée au plus haut niveau.

C'est pourquoi il demande une audience à François Mitterrand, sans en informer Hernu. Il se rend à l'Élysée la semaine suivante, le 15 mai à 18 heures. Il décrira ainsi la scène :

> Reçu en audience par le président de la République, j'avais mis cette question au premier point de l'ordre du jour – comme pour toutes les audiences du Président, je m'étais muni d'une feuille aide-mémoire en deux exemplaires comportant l'indication des divers sujets abordés. J'ai conservé le double de celui-ci. J'ai demandé au Président s'il m'autorisait à mettre en œuvre le projet de neutralisation que j'avais étudié à la demande de M. Hernu. Il m'a donné son accord en manifestant l'importance qu'il attachait aux essais nucléaires. Je ne suis pas alors entré dans un plus grand détail du projet, l'autorisation était suffisamment explicite[13].

En quels termes le chef de l'État signifie-t-il son « accord » et avec quel degré de précision le directeur de la DGSE lui pose-t-il la question ? On ne le saura jamais. Ces entrevues se tiennent en tête à tête et rien n'y est consigné par écrit. Le principe veut que le Président en sache le moins possible sur les actions clandestines des services ; il acquiesce ou refuse, sans avoir à argumenter.

---

* Charles Hernu a été élu maire de Villeurbanne (Rhône) en 1977. Il le restera jusqu'à sa mort, en 1990.

— Si ça va mal, il doit toujours pouvoir dire : « Je ne savais pas » sans être démenti, explique un ancien officier de haut rang.

Telle est exactement l'attitude de Mitterrand quand l'affaire tourne au scandale. Aux journalistes Pierre Favier et Michel Martin-Roland, exégètes de sa présidence, il relate l'échange du 15 mai en quelques mots :

— C'est embêtant, les gens de Greenpeace veulent encore aller à Mururoa, aurait avancé Lacoste.

— Il ne faut pas qu'ils y aillent, dit avoir répondu le Président[14].

Ainsi formulée, la question était assez vague pour que la réponse le soit autant, ce qui laissait à la DGSE une large part d'interprétation quant à la méthode.

Dans la version de Lacoste, en revanche, l'interrogation porte sur un « projet de neutralisation » demandé par Hernu – il n'évoque pas d'explosion, mais c'est nettement plus précis. De fait, c'est bien pour sortir de l'équivoque que le chef de la DGSE a tenu à se rendre à l'Élysée. Il n'y était pas tenu par les règles d'engagement du service, s'agissant d'une opération « arma » et non « homo », et il disposait déjà d'un ordre explicite de son ministre. C'est ce qui rend peu plausible la thèse du malentendu avec Mitterrand. La démarche de l'amiral n'a de sens que si elle lui permet de quitter le Président avec l'expression d'un arbitrage clair : un feu vert ou un feu rouge. Or ce qui lui pose problème n'est pas d'avoir à s'en prendre à Greenpeace – la DGSE l'a déjà fait bien des fois –, c'est le recours à la violence imposé au service pour le faire. Tout porte donc à croire que c'est sur ce point, et non en termes généraux, qu'il a sollicité l'avis de Mitterrand. Et ce soir-là, en sortant de l'Élysée, Lacoste estime avoir obtenu ce qu'il était venu chercher.

Le 17 mai, l'amiral notifie à ses adjoints le feu vert donné au projet « Satanic ». Le service Action se met en branle. La Salle 10 reçoit l'ordre de confectionner les deux bombes – l'une de 5 kilos, la seconde de 15 kilos. Le 18, Mafart revient au fort de Noisy pour un premier briefing général de l'équipe. Son père est mort trois jours plus tôt. Un télégramme l'attend à son arrivée ; ce sont les condoléances de Charles Hernu. Lacoste n'a pourtant cité aucun nom devant lui. Visiblement, le ministre suit l'opération de très près...

Dans une salle de réunion sécurisée, devant un tableau blanc, le futur *M. Turenge* expose le déroulement de la mission aux agents qu'il a choisis. Les pendules de la pièce sont déjà réglées sur les fuseaux horaires des zones concernées : GMT, Paris, Wellington, Tahiti. Outre Lesquer, Faberon et Dillais, les principaux cadres du SA sont là. Plusieurs vont prendre une part active à l'opération, en Nouvelle-Zélande ou dans le Pacifique.

— Ça faisait des années qu'on attendait ; tout le monde piaffait pour en être, se souvient un des présents.

Ainsi, un lieutenant-colonel rompu aux situations délicates, Ghislain P., alias *Gervais*, se voit confier le transport des explosifs et leur embarquement sur l'*Ouvéa* en Nouvelle-Calédonie. *Flavien* coordonnera en personne la récupération de l'équipage et son retour en France. Le chef de la base d'Aspretto, le lieutenant-colonel Patrice de Loustal, alias *Sylvain*, sera positionné en Polynésie pour accueillir et exfiltrer les poseurs de bombes.

Ces derniers, le capitaine Kister et le sergent-chef Camas – *Frantz* et *Cédric* –, partent le 22 mai pour Hambourg afin d'acheter leur matériel de plongée : combinaisons, palmes, montres, profondimètres. À leur retour, ils s'entraînent avec l'adjudant *Romaric*, désigné comme remplaçant au cas où l'un des deux serait empêché. Le 24, Christine Cabon, la « taupe », fait ses adieux à Greenpeace et quitte Auckland pour Tahiti, ses valises pleines de renseignements. Le 25, Roland Vergé alias *Daniel* loue dans une agence parisienne spécialisée un beau voilier ancré dans le port de Nouméa. Il verse 90 000 francs en espèces et s'envole le 28 pour la Nouvelle-Calédonie afin de vérifier l'état du bateau : c'est l'*Ouvéa.*

Le même jour, l'amiral Lacoste, de retour d'un voyage aux États-Unis, a deux réunions importantes. À la caserne Mortier, il passe en revue avec ses adjoints les détails du plan, du parcours de chaque agent à l'attaque proprement dite, puis au démontage.

> J'ai posé des questions précises sur les dispositions de sécurité, les mesures de camouflage, les précautions de tous ordres et j'en ai conclu que les meilleures garanties possibles étaient réunies. Mes vérifications personnelles faisaient suite à celles du général Émin. Je n'avais pas de raisons de mettre en doute la parole et le professionnalisme des officiers et des sous-officiers du service Action.

Ensuite, il retrouve le général Saulnier au palais de l'Élysée. Devant lui, il évoque sa rencontre avec François Mitterrand et l'informe que « Satanic » est lancée. « Cette fois-là, pas plus que les autres, il n'a élevé d'objections contre le principe du sabotage à Auckland », écrit Lacoste.

Une fois encore, le directeur de la DGSE doit insister pour obtenir les fonds spéciaux nécessaires au financement de la mission. Saulnier promet de s'en occuper.

Quelques jours plus tard, le chef d'état-major téléphone à Patrick Careil, le directeur du cabinet d'Hernu.

— La DGSE est en train de dépenser beaucoup d'argent dans le Pacifique, dit Saulnier.

— Combien ? demande Careil.

— Deux ou 3 millions de francs.

— Que voulez-vous que je vous dise ? Je n'ai aucune idée de ce qu'ils en font. Deux millions, c'est beaucoup ?

— …

— L'opération est autorisée ?

— Oui.

— Alors, je n'ai rien à dire de plus. Ce n'est pas de mon ressort.

Careil précise que, dans ses fonctions au ministère de la Défense, « les budgets importants se chiffraient en millions, parfois en milliards de francs » et qu'il ignorait ce que pouvait coûter une intervention des services secrets à l'étranger.

— Pour moi, souligne-t-il, la seule question était de savoir si la mission avait reçu un feu vert. Le chef d'état-major du Président me dit que oui, ça me suffit. Lui n'avait pas le pouvoir d'autoriser une opération de la DGSE ; s'il m'a dit que celle-là était autorisée, c'est qu'il s'en était assuré – et il ne pouvait le faire qu'auprès du Président.

6

PORTÉS DISPARUS

L'enquête avance : la taupe infiltrée à Greenpeace est démasquée, les Turenge *sont inculpés mais l'*Ouvéa *a pris le large. À Paris, les chefs de la DGSE enragent de voir la police française coopérer avec les Néo-Zélandais.*

Au poste frontière de Verrières, sur la route qui relie Pontarlier à Neuchâtel, il est à peine plus de midi, ce 23 juillet 1985, quand une Renault 25 noire immatriculée en France se présente. Un douanier suisse fait signe au conducteur et s'approche pour vérifier ses papiers. Stupeur du fonctionnaire : au volant de la voiture, il reconnaît... François Mitterrand. Sur le siège de droite, le passager décline son identité : Dumas, Roland. Profession ? Ministre des Relations extérieures. Pas un garde du corps en vue. Le président de la République est « en visite privée », indiquera la presse le lendemain. La barrière levée, il est accueilli par son vieil ami Pierre Aubert, dirigeant socialiste et chef de la diplomatie helvétique, qui le guide jusqu'à sa maison d'Auvernier, au bord du lac de Neuchâtel. Le président de la Confédération, Kurt Furgler, les rejoint et le quatuor s'enferme pour déjeuner, avant une promenade en bateau de trois heures, à l'abri des oreilles indiscrètes.

En regagnant la rive, François Mitterrand, plus sphinx que jamais, lâche en souriant à un groupe de journalistes :

— Je suis venu pour le plaisir de rencontrer des amis qui ont beaucoup de choses à me dire, comme j'en ai moi-même à leur confier[1].

Quels sujets avaient à aborder les quatre hommes en s'entourant d'une telle confidentialité ? Rien n'en sera révélé. Tout de même, la rencontre a lieu quelques jours après que les autorités de Berne ont certifié à la police néo-zélandaise que les passeports des époux *Turenge* sont des faux – difficile de croire à une coïncidence. À Paris, au ministère de l'Intérieur comme au Quai d'Orsay, c'est peu dire que cette escapade présidentielle intrigue. Seuls quelques initiés savent alors que l'utilisation par les agents français de documents d'identité helvétiques est tout près de provoquer une crise diplomatique. Les Suisses ne badinent ni avec l'exactitude ni avec la neutralité. Or les passeports ont été émis à Lyon et leurs titulaires, impliqués dans un attentat, sont domiciliés à Paris... Tout cela sent les services secrets à plein nez. Sans compter que le défenseur des deux suspects a tenté de se faire passer pour un avocat zurichois – l'argent d'une éventuelle caution a même transité par un compte ouvert dans une banque de la ville. Résultat : le superintendant Galbraith a ordonné une enquête sur l'avocat ! Pour couronner le tout, les Néo-Zélandais annoncent l'arrivée imminente en Suisse d'un duo d'enquêteurs spécialisés pour « prouver la falsification des documents en question[2] ». Devant la colère des Helvètes, seul un accord au sommet peut éviter l'incident diplomatique, et préserver le secret. De toute évidence, c'est ce que Mitterrand est venu négocier en personne. Non pas entre États, mais d'homme à homme.

Il repart satisfait.

— C'était une bonne journée, je reviendrai, assure-t-il avant de s'envoler en hélicoptère.

La Suisse attendra des mois avant de formuler une protestation officielle – et encore, peu bruyante – au sujet des faux passeports.

Le même jour, à Wellington, le Premier ministre de Nouvelle-Zélande s'adresse à la presse sur un ton autrement abrupt.

— J'ai des renseignements sur l'auteur du sabotage et ses motivations, annonce David Lange. L'opération qui a détruit le bateau et coûté la vie à un membre de l'organisation a une connotation politique. L'attentat a fait l'objet d'une préparation minutieuse avec la participation d'éléments étrangers.

Personne ne peut s'y tromper. C'est bien un service secret que le chef du gouvernement accuse ainsi. Et il n'y a plus grand monde pour se demander lequel.

À la prison de Mount-Eden, Alain Mafart et Dominique Prieur sont extraits de leurs cellules respectives et conduits vers des salles d'interrogatoires. Les enquêteurs de Galbraith ont de nouvelles questions à leur poser. « Cette fois, je sais qu'il va se passer quelque chose de grave[3] », songe Mafart.

La police a travaillé d'arrache-pied. Les deux espions, interrogés séparément, découvrent ce qu'elle sait déjà sur eux : les villes qu'ils ont visitées, les lieux où ils ont fait des rencontres, les hôtels où ils sont descendus, les numéros de téléphone qu'ils ont appelés, les indices qu'ils ont laissé derrière eux... Certains détails sont erronés mais il peut s'agir d'un piège tendu pour les inciter à répondre ; le mutisme reste donc la meilleure défense. Même si les interrogations de la police en disent long sur les avancées de l'enquête...

— Connaissez-vous une dénommée *Frédérique* ?

— ... [silence]

— Nous savons que la jeune femme qui se fait appeler *Frédérique Bonlieu* est une de vos complices. Elle est venue pour espionner Greenpeace. Elle s'intéressait aux locations de bateaux... La connaissez-vous ?

— ... [silence]

Ou encore :

— Êtes-vous déjà monté à bord du voilier *Ouvéa* ? Connaissez-vous Raymond Velche, Jean-Michel Berthelo, Éric Audrenc, Xavier Maniguet ?

— ... [silence]

Par les questions des inspecteurs, Mafart et Prieur comprennent que la taupe de Greenpeace et l'équipage du voilier sont démasqués. Ils découvrent aussi que Galbraith les a piégés au commissariat central d'Auckland, le soir du 15 juillet : après deux jours d'interrogatoires, le faux couple a été réuni dans la même pièce durant une demi-heure, avant d'être amené à la prison. Un jeune homme s'est assis près d'eux en faisant semblant de lire un journal. C'était un jeune policier tout juste sorti de l'école, Nick Hall, qui a étudié le français et le comprend parfaitement ; il n'a pas perdu une miette de leurs messes basses et a rédigé un rapport sur-le-champ...

— Au commissariat central, une conversation entre vous a été surprise, dans laquelle vous vous demandiez « s'ils vont payer Berthelo » ; que vouliez-vous dire ? demande un inspecteur à Dominique Prieur.

L'espionne accuse le coup, et se tait. Elle réalise que, sans le vouloir, elle a confirmé l'existence d'un lien entre le couple *Turenge* et l'un des marins de l'*Ouvéa.* Le stratagème de Galbraith a été efficace. Mafart et Prieur ignoreront jusqu'au bout que la police d'Auckland a gardé en réserve d'autres extraits compromettants – sans doute en vue du procès. Par exemple cet autre échange, saisi au vol par l'agent Hall :

— Quel dommage qu'il ait fallu que quelqu'un meure, se désolait Prieur.

— Ça devait arriver…, répondait Mafart.

Les deux officiers sont traduits le lendemain, menottes aux poignets, devant la District Court, où le juge Ron Gilbert leur notifie de nouvelles charges : « Conspiration en vue de commettre un incendie volontaire, destruction volontaire d'un navire par explosif, meurtre. » Les deux premières accusations les exposent à quatorze années de détention. La troisième, à la prison à perpétuité. Une prochaine audience est fixée au 14 août. Les *Turenge* ne sont pas au bout de leurs peines – c'est le cas de le dire.

Face à leur avocat français, Philippe Derouin, qu'ils rencontrent enfin – deux entrevues séparées, de trois quarts d'heure chacune –, ils apparaissent « secoués » mais impatients. Dominique Prieur le connaît, elle sait qu'il est envoyé par « la Boîte ». Il va forcément leur apprendre que des tractations ont lieu entre services pour les faire libérer et rentrer au pays, s'imagine-t-elle.

— Dites à nos amis que l'affaire prend des proportions considérables, qu'ils fassent vite[4] !

Elle espère, par-dessus tout, entendre au téléphone la voix de son mari. À sa grande déception, Derouin ne donne aucune assurance, n'évoque pas de négociation en cours et transmet des consignes de silence. « Ne rien avouer, tenir vos légendes », leur fait dire le colonel

Lesquer. Comme l'avocat promet de revenir vite, et offre de leur rapporter de quoi se distraire, Mafart lui demande un poste de radio, une cornemuse – instrument rare qu'il a souvent rêvé de pratiquer – et des livres : les œuvres complètes de Victor Hugo et la biographie de Joseph Kessel, l'auteur de *L'Armée des ombres*. Prieur, pour sa part, souhaite de la laine pour tricoter* et, elle aussi, de la lecture : Albert Camus et Marcel Aymé, l'auteur du *Passe-Muraille* – la littérature comme moyen d'évasion…

Le 28 juillet, Derouin retraverse le globe et fonce à la prison, avec les ouvrages attendus. Les messages dont il est porteur sont moins bien accueillis. L'avocat confirme aux *Turenge* qu'aucun marchandage n'est envisagé avec la Nouvelle-Zélande. Pire : la police française va sans doute devoir livrer leurs véritables identités, en réponse aux demandes insistantes venues d'Auckland. La DGSE est donc en train de s'activer pour effacer leurs noms de l'annuaire des officiers d'active. Bientôt, ils n'existeront plus…

Pour Mafart et Prieur, la nouvelle est dévastatrice. Un agent en mission n'a rien de plus précieux que son « I.F. » (*identité fausse*). Dévoiler son « I.R. » (*identité réelle*), c'est le rendre vulnérable, l'exposer à toutes les menaces, l'anéantir. À cette annonce, l'avocat se souvient d'un « moment tendu, difficile ». Comme unique porte de sortie, il leur propose un scénario abracadabrant, échafaudé à la va-vite par les huiles du SA :

— Et si vous racontiez que vous êtes des amants partis à l'aventure ?

Passer de John le Carré à Sacha Guitry, l'idée fait rire Mafart, Prieur beaucoup moins.

---

* Elle révélera plus tard que les tests d'admission à la DGSE incluaient une épreuve de tricot…

— J'ai compris que nos supérieurs étaient en train de nous laisser tomber, se rappelle-t-elle.

La police française recherche les agents français

Pendant que le piège se referme sur les *Turenge*, les Néo-Zélandais accumulent les indices contre le reste de l'équipe. Peu à peu, le schéma se complète, les rôles se précisent. Et c'est avec l'aide de la police française que Galbraith étoffe son dossier. Depuis le lendemain de l'attentat, les échanges sont incessants entre Auckland et Paris – 28 télex seront adressés entre le 11 et le 31 juillet, pour demander quelque 400 vérifications ou actes d'enquêtes[5].

— Nous ne faisions pas d'enquêtes d'initiative – nous étions gênés du point de vue patriotique, expliquera le directeur de la PJ, Michel Guyot ; mais au fur et à mesure des éléments portés à notre connaissance, nous étions obligés d'admettre qu'il y avait eu intervention des services spéciaux français. Les Néo-Zélandais nous abreuvaient de renseignements[6].

À la caserne Mortier, siège de la DGSE, on s'indigne de cette collaboration aux allures de trahison, on dénonce l'« ennemi de l'Intérieur »... Dans les faits, la direction de la PJ n'a guère le choix. Le ministre, Pierre Joxe, s'est montré formel : la Nouvelle-Zélande est un pays ami et la France n'a rien à cacher, « il n'y a donc aucune raison de ne pas coopérer ». C'est également la position défendue par le garde des Sceaux, Robert Badinter, qui ne sait rien du dossier. Ainsi, l'omerta imposée par François Mitterrand agit comme un poison au cœur de l'appareil d'État. Plus le pouvoir se prétend étranger à l'affaire, moins il peut refuser de contribuer à la recherche des coupables. Et voilà la police française lancée sur la piste des agents français...

L'exploitation des communications téléphoniques de la fausse *Frédérique Bonlieu*, infiltrée chez les écologistes, s'avère fructueuse. Durant son séjour à Auckland, la capitaine du SA a appelé trois numéros en France. Galbraith en demande l'identification. Le premier est celui d'une amie militaire, en garnison à Besançon. Le deuxième est sur la liste rouge – c'est encore une ligne de la DGSE. Le troisième numéro est celui d'une certaine Odile Cabon, demeurant à Pau : la propre mère de la « taupe ». Des vérifications sommaires sont effectuées : elles révèlent que la prétendue archéologue est issue d'une famille de militaires et se destinait à une carrière de géographe dans l'armée. Pas besoin d'être Sherlock Holmes pour reconnaître le CV d'un agent... La famille Cabon est interrogée ; personne ne sait où se trouve Christine ni ce qu'elle fait exactement, mais c'est bien elle qu'on aperçoit sur les portraits de *Frédérique.*

Les recherches se poursuivent par ailleurs sur l'étrange badaud du port d'Auckland, François Régis Verlet, que l'équipage du *Rainbow Warrior* avait invité à bord le soir de l'explosion. Peu avant l'attentat, il a pris un vol régulier pour gagner Tahiti*. À Papeete, un commissaire de la Sécurité publique est envoyé toquer à sa porte. Verlet le reçoit d'autant plus courtoisement qu'il décrit sa présence sur le navire de Greenpeace, le soir fatidique, comme « une pure coïncidence » et ne se rappelle « rien de particulier »[7].

Informaticien de 26 ans, il se dit l'employé d'une firme pétrolière à Singapour, passionné de photographie sous-marine venu admirer les lagons turquoise de Polynésie. Deux détectives néo-zélandais débarquent pour le questionner à leur tour, sans plus de résultat. Il assure que, le

* Cf. *supra*, chapitre 1, p. 26.

10 juillet, avant de monter à bord du *Rainbow Warrior*, il s'est promené à pied dans Auckland toute la journée sans rencontrer personne. Arrivé en Nouvelle-Zélande le 8 juillet, il avait loué une voiture pour découvrir l'île. En reconstituant son trajet, les enquêteurs constatent qu'il a dormi dans une auberge de jeunesse où Christine Cabon était passée avant lui – ils en déduisent qu'elle avait dû repérer et choisir l'endroit pour la mission.

Plus troublant encore : ils découvrent que la société que dirige le père du jeune homme, une filiale de Total à Abu Dhabi, est celle qui employait, trois mois plus tôt, le médecin baroudeur de l'*Ouvéa*, Xavier Maniguet. Le bureau de Verlet à Singapour, lui, n'a plus de ses nouvelles ; le jeune homme serait parti pour les États-Unis et personne n'a son adresse. Qui pourrait croire à une telle somme de hasards ? Dans un rôle d'agent secret mémorable (écrit par Michel Audiard), Lino Ventura grommelait : « Un barbu, c'est un barbu ; trois barbus, c'est des barbouzes. »

La piste de l'*Ouvéa* fourmille elle aussi de détails révélateurs. Entre l'arrivée spectaculaire à Parengarenga, le 22 juin, et son départ de Nouvelle-Zélande, le 9 juillet, veille de l'attentat, c'est peu dire que l'équipage ne s'est pas caché. Après avoir longé la côte vers le sud, les quatre hommes s'installent à Whangarei, à 150 kilomètres d'Auckland, où ils s'affichent dans les bars et les commerces, sympathisent avec la population locale, disputent des parties de squash, multiplient les conquêtes – dont la propriétaire d'un salon de coiffure et l'épouse d'un inspecteur de police… À lui seul, Maniguet aurait séduit sept femmes en huit jours, écrira un journaliste australien. Dans le voisinage du port, des témoins ont entendu les marins chanter à tue-tête, d'autres les ont vus uriner du pont de leur voilier – *shocking* pour les autochtones, si à cheval sur les règlements. Dans une pizzeria en vogue, ils ont signé le livre d'or de leurs faux noms sans rechigner.

Après coup, tant d'exubérances leur vaudront critiques et moqueries, sur le thème des *Pieds nickelés* aux Antipodes. Dans une note manuscrite adressée à Charles Hernu, l'amiral Lacoste repousse ces reproches :

> Les accusations de légèreté portées par la presse ne tiennent pas compte du fait que les agents devaient avoir avant tout un comportement normal, correspondant à leur légende. Contrairement à ce qui est avancé aujourd'hui, ils ne se sont pas fait remarquer plus que les autres touristes. Ce n'est qu'*a posteriori* et en sachant ce qu'on veut trouver qu'on parvient à réunir tant d'indices[8].

Dans un mémo interne, le skipper de l'*Ouvéa*, l'adjudant-chef Roland Vergé, plaide quant à lui que « le comportement de l'équipage a été dicté par la volonté délibérée de vivre comme des plaisanciers et de nouer sur place le plus de contacts possible avec les autres bateaux et le milieu néo-zélandais ».

L'argument est recevable, à ceci près que les quatre de l'*Ouvéa* ont également laissé derrière eux des traces de leurs contacts avec Mafart, Prieur et Dillais – ce qu'ils étaient censés éviter à tout prix. La réceptionniste de leur hôtel a fourni la liste des numéros de téléphone qu'elle a dû composer pour l'un d'eux, qui « parlait très mal anglais » et tenait à payer en espèces. Le 25 juin, d'une pension à Opua, ils ont appelé le commandant Dillais, descendu au South Pacific Hotel d'Auckland sous le nom de *Jean-Louis Dormand*. Le 26, de Paihia, ils ont obtenu la communication avec l'hôtel des *Turenge*, à qui ils ont parlé à nouveau le 28, cette fois de Whangarei. Dans cette ville, Vergé, Andriès et Barcelo ont fait des achats, dont une veste de marin que l'on retrouvera dans les valises des *Turenge*. Le 5 juillet, chassé-croisé : les faux époux étaient à Paihia, d'où ils ont téléphoné aux marins de l'*Ouvéa* qui, eux, faisaient étape à Whangarei. Entretemps, Vergé avait loué un premier camping-car, qu'il rendra avec 1 439 kilomètres au compteur et échangera contre un second, plus volumineux, en expliquant négligemment au personnel de l'agence : « Notre matériel est arrivé[9]. »

Quel « matériel » pouvaient attendre de simples plaisanciers et qu'est-il devenu par la suite ? Galbraith et ses hommes n'ont pas besoin qu'on leur fasse un dessin : c'est ce véhicule qui a dû transporter les explosifs qui ont fait sauter le *Rainbow Warrior*.

Deux témoignages accréditent cette explication. Le 8 juillet, à mi-distance entre Whangarei et Auckland par la route principale, deux bûcherons ont vu un camping-car se garer près de l'endroit où ils travaillaient, sur une aire de stationnement à la lisière de la forêt de Topuni, et repartir peu après. Un autre van est arrivé par la suite. Comme il restait immobile, moteur en marche, les bûcherons ont pensé avoir affaire à des trafiquants de drogue – la rumeur disait que des ventes de marijuana s'effectuaient dans les parages. Ils se sont approchés.

— Vous avez un problème ? ont-ils demandé au conducteur.

— Nous devions retrouver des amis qui circulent eux aussi en camping-car, vous ne les avez pas vus ?

— Il y avait un camping-car il y a dix minutes. Il allait vers le nord[10].

À ces mots, le chauffeur – les témoins identifient sur photos le docteur Maniguet – accélère et le van s'éloigne à vive allure. Intrigués, les forestiers notent le numéro de sa plaque. Ils ont eu le temps d'apercevoir, sur le siège arrière, deux moteurs de hors-bord, deux grands sacs bleus, « semblables à ceux dans lesquels on plie les canots pneumatiques » et des bidons d'essence rouges.

Un couple de promeneurs raconte la suite. Sur l'aire de stationnement située 8 kilomètres plus loin, ils ont garé leur voiture pour pique-niquer. Les deux vans des Français étaient rangés côte à côte. Deux hommes ont transporté un moteur de bateau d'un véhicule à l'autre. Les témoins ont cru avoir surpris des cambrioleurs s'échangeant de la marchandise volée. Il leur semble qu'Alain Mafart était l'un d'eux.

Pour Galbraith, ces récits sont déterminants. Ils permettent d'étayer la complicité des marins de l'*Ouvéa* dans l'attentat et la culpabilité d'Alain *Turenge*, si c'est bien à lui que les bombes ont été remises. Mais la procédure anglo-saxonne exige des preuves matérielles ou des aveux. Les preuves faisant défaut, il faut absolument faire parler l'équipage du voilier. Or celui-ci a levé l'ancre le 9 juillet au matin.

L'ordre du Président : « Faites-les disparaître »

Pour rallier la Nouvelle-Calédonie, d'où ils sont partis, Vergé et ses acolytes doivent passer par l'île de Norfolk, territoire australien. En cette saison, dans le Pacifique sud, les flots sont démontés. Les policiers néo-zélandais rattrapent leur retard par les airs. Il s'en faut de peu car Vergé a encore montré ses talents de navigateur : il n'a mis que cinq jours pour effectuer la traversée, malgré la tempête qui a arraché l'une des voiles. Quand sept inspecteurs d'Auckland atterrissent à Norfolk, l'*Ouvéa* est déjà arrivé. Maniguet a quitté ses compagnons et sauté dans le premier avion pour Sydney. « J'en avais ras le bol de la mer », expliquera ce féru d'aviation. Les trois autres sont là. Les enquêteurs néo-zélandais se joignent à la police australienne et foncent à leur hôtel pour les tirer du lit, le 15 juillet au petit matin.

Le trio est interrogé durant près de vingt heures sans discontinuer. Identités, professions, emploi du temps en Nouvelle-Zélande, rencontres avec des compatriotes, tout est passé en revue. Les marins tiennent bon : ils ne connaissent pas Greenpeace, n'ont rien à voir avec l'attentat, n'ont jamais mis les pieds à Auckland. Impossible aux enquêteurs d'aller plus loin ; faute de preuve concrète, les suspects ne peuvent être retenus contre leur gré. Il va falloir les laisser partir…

Galbraith, qui suit les opérations à distance, ordonne qu'on procède au moins à une fouille de l'*Ouvéa*. À bord, les détectives dénichent des enveloppes pleines de relevés et de factures : les futures notes de frais des agents secrets… Dans l'urgence, ils saisissent les papiers, les cartes, le journal de bord, dont le contenu sera examiné plus tard. Il permettra de reconstituer presque pas à pas l'itinéraire des agents en Nouvelle-Zélande.

Dans le lot, quatre pièces essentielles. Une carte marine, sur laquelle est inscrite à la main l'une des adresses successives de *Frédérique*, la « taupe » de la DGSE à Auckland. Une note d'hôtel de 166 dollars correspondant aux nuitées des *Turenge* dans un motel de Paihia. Un plan de la région, où la zone de la forêt de Topuni, lieu du rendez-vous avec le couple, est entourée au crayon. Enfin, la brochure d'un tour-opérateur, sur laquelle le laboratoire de la police décèlera les empreintes digitales d'Alain Mafart et de Dominique Prieur. Ni l'un ni l'autre ne sont pourtant jamais montés sur l'*Ouvéa*. Durant la phase de montage de la mission, ils ont étudié la documentation rapportée par *Frédérique* au fort de Noisy ; l'équipage du voilier l'a ensuite emportée avec lui…

Dans le livre de bord, Vergé a également mentionné l'horaire et l'emplacement des rendez-vous avec un certain *Henry*, dont Galbraith et ses hommes devinent bien qu'il s'agit d'un de leurs complices, mais sans savoir que ce nom de code désigne leur chef, le commandant Dillais.

Sur tous ces points, les enquêteurs néo-zélandais ont une ou deux longueurs de retard. Le temps que les indices se changent en preuves, l'*Ouvéa* a remis les voiles, le 17 juillet. Cap sur Nouméa, où il n'arrivera jamais.

Le 23 juillet 1985, le juge Ron Gilbert délivre à Auckland un mandat d'arrêt contre l'équipage du bateau. Les marins sont encore désignés sous leurs « I.F. », faute de mieux : la police parisienne a officiellement informé le superintendant Galbraith que Velche, Audrenc et Berthelo n'existent pas. Les enquêteurs néo-zélandais espèrent maintenant les intercepter en Nouvelle-Calédonie, avec le concours des autorités françaises. Un groupe d'inspecteurs attend sur place, prêt à passer les menottes au trio.

L'amiral Lacoste est alerté. Cette fois, il ne peut reprocher au ministère de l'Intérieur de ne pas jouer le jeu ; c'est le cabinet de Pierre Joxe qui l'a fait prévenir. Avec toutefois cette mise en garde : si l'*Ouvéa* accoste en terre calédonienne, la PJ devra arrêter ses marins et permettre aux Néo-Zélandais de les interroger – encore une fois, coopération policière oblige…

Pour le directeur de la DGSE, c'est une sombre nouvelle de plus. Depuis l'arrestation de Mafart et Prieur, sa hantise est de voir « tomber » d'autres agents. La faillite du service serait consommée, le déshonneur pour son chef. Lacoste broie du noir. Il redoute de devoir abandonner ceux qui ont été pris et enrage d'être sans nouvelles des autres, qui sont encore là-bas. Au mariage de sa fille, le 20 juillet en Bretagne, ses proches l'ont trouvé préoccupé.

— Il n'était pas dans son état habituel, il semblait très tendu, se rappelle la mariée, qui ne pouvait alors en deviner la cause. En famille, on n'avait pas le droit de prononcer les quatre lettres « DGSE ». On disait « la Boîte » ou, plus simplement, on n'en parlait pas.

Pour préserver ses hommes, l'amiral s'évertue encore à convaincre Charles Hernu qu'une discussion doit s'engager « de gouvernement à gouvernement », seul moyen d'interrompre l'enquête. Hernu campe sur son refus. À vrai dire, il n'a guère le choix : pour qu'une négociation soit possible, il faudrait informer Laurent Fabius ; or Mitterrand l'a interdit. Lacoste doit donc régler seul le problème de l'*Ouvéa*.

> J'ai dû prendre sur moi de monter une nouvelle opération pour récupérer l'équipage de l'*Ouvéa*, écrira-t-il. M. Hernu n'écoutait pas mes explications ; il n'avait pas conscience des réalités... Il m'a dit que, quand il avait parlé de l'*Ouvéa* au président de la République, celui-ci lui avait donné l'ordre de faire disparaître l'équipage à l'étranger parce que, en France, il serait dans l'obligation de le faire arrêter. Je n'ai pas exécuté cet ordre, parce que c'était impossible. Cette fois encore, j'ai dû agir seul avec la certitude que si je suivais des directives aussi stupides, ce serait inéluctablement une catastrophe ; j'ai donc rapatrié et caché les hommes en France.

Qu'entendait François Mitterrand par « faire disparaître » les agents ? Lacoste ne le précise pas. On n'ose croire au scénario du pire – même si l'amiral confie alors à l'un de ses interlocuteurs avoir envisagé cette interprétation. Au demeurant, rien ne prouve que les propos cités par Charles Hernu étaient authentiques. Pour impressionner son auditoire, le ministre ne détestait pas en rajouter. Toujours est-il que la DGSE va s'efforcer de mettre ses hommes hors d'atteinte. Et cette fois, avec succès.

*Le sabordage de l'*Ouvéa

Avant de quitter Norfolk, l'équipage de l'*Ouvéa* a activé son unique contact avec « la Boîte ». Un coup de fil à l'agence de location qui a fourni le voilier, avec message en langage codé. Il est question d'un « méchant microbe » qui aurait rendu malade tout l'équipage et nécessiterait que l'on « envoie un médecin au plus vite ». Le SA dépêche un petit groupe d'agents en Nouvelle-Calédonie, chargé d'organiser l'exfiltration. Il comprend notamment la capitaine *Agathe*, et un skipper, l'adjudant *Ralph*. À leur tête, le chef des opérations, le lieutenant-colonel Faberon, alias *Flavien*. Les ordres sont de localiser l'*Ouvéa*, de le détruire, de récupérer ses marins et de leur faire regagner la métropole en toute clandestinité.

Une course contre la montre commence. Le 19 juillet, alors que le ketch est en haute mer, un journaliste d'Auckland – c'est en tout cas ainsi qu'il se présente – le contacte par radio. Vergé lui donne une fausse position et abrège l'échange. Les Australiens, furieux d'avoir été dupés, fournissent aux Néo-Zélandais un appui aérien pour traquer les fugitifs jusqu'à la limite des eaux territoriales françaises. Pendant ce temps, l'Aéronavale tricolore est elle aussi mobilisée, à la demande du ministère de l'Intérieur. Mais la DGSE y a des relais efficaces, qui font vibrer la corde de la solidarité militaire. Le haut-commissaire en Nouvelle-Calédonie, Fernand Wibaux, est mis dans la confidence. C'est un ancien résistant et une figure de la « Françafrique », pilier des sulfureux « réseaux Foccart* » : l'action clandestine a peu de secrets pour lui. Il donne son aval au dispositif. Deux Mystère 20 décollent de la base de Tontouta, à la recherche de l'*Ouvéa* – officiellement, le but est de permettre son interception ; en réalité, il s'agit de le faire disparaître.

Le voilier est repéré dans la journée du 20 juillet mais l'information n'est pas communiquée à la police. L'avion largue à la verticale un petit cylindre métallique contenant un talkie-walkie et un message : il comporte les coordonnées du point de récupération, où un autre navire viendra à sa rencontre. La nuit tombée, un second voilier arrive, tous feux éteints. Son propriétaire est une personnalité locale, que la DGSE classe parmi ses « honorables correspondants ». Deux « récupérateurs » montent à bord de l'*Ouvéa* pour procéder au sabordage, peu après minuit. Ils ouvrent les vannes d'évacuation des toilettes et de la cuisine et le ketch s'enfonce dans l'océan. Il termine ses aventures par 1 200 mètres de fond, à quelque 15 000 milles marins de la côte, au sud de l'îlot Amédée, dont le phare métallique éclaire l'entrée du port de Nouméa.

Les trois jours suivants, Vergé, Andriès et Barcelo sont cachés dans une dépendance de l'armée, un immeuble de bureaux dont les occupants ignorent leur présence. Le 24 juillet, ils enfilent un uniforme de l'infanterie de marine et un avion militaire les emporte vers l'île française de Wallis puis, de là, un autre vers Tahiti.

---

* Du nom de Jacques Foccart (1913-1997), conseiller du général de Gaulle puis de Georges Pompidou pour les affaires africaines, la diplomatie secrète et le renseignement. Fernand Wibaux (1921-2013) fut ambassadeur dans plusieurs pays africains puis au Liban, avant d'être nommé haut-commissaire en Nouvelle-Calédonie en mai 1985.

— L'aéroport de Nouméa était en état de siège, tous les voyageurs vers l'Europe étaient contrôlés et fouillés ; on les a fait partir tranquillement de la base, jubile un des « récupérateurs ».

À Papeete, le lieutenant-colonel de Loustal, alias *Sylvain*, commandant des nageurs de combat, les accueille en personne. Dans la soirée, ils s'envolent vers Los Angeles sous leurs véritables identités. De là, direction la France. La mission de l'*Ouvéa* est terminée. Loustal reste à Tahiti pour attendre les derniers agents encore en Nouvelle-Zélande.

Ce même 24 juillet, à Auckland, le commandant Dillais prend un avion de ligne pour Paris, via Sydney et Londres. Il utilise une dernière fois son passeport au nom de *Jean-Louis Dormand*. À l'arrivée, il est escorté par des agents du service et dissimulé dans le coffre d'une voiture. C'est longtemps après son départ que les policiers néo-zélandais reconnaîtront en lui le chef de l'opération « Satanic ».

L'amiral Lacoste et le colonel Lesquer respirent. Après tant de péripéties, les événements semblent enfin tourner à l'avantage de la DGSE. Reste à sortir Mafart et Prieur de leur prison. Et à rapatrier Kister et Camas, les plongeurs du port d'Auckland, dont ils sont sans nouvelle. Pour l'heure, le meilleur atout reste la discrétion. Or, si incroyable que cela puisse paraître, deux semaines après l'attentat, la presse française, qui a décidément la tête en vacances, ne s'intéresse toujours pas à l'affaire.

— Tant que l'histoire ne s'est pas ébruitée, un règlement à l'amiable est encore possible, veut croire Lacoste.

Ce n'est plus qu'une question de jours.

7

UN HOMME DE CONFIANCE

Quand deux journaux évoquent enfin l'affaire, Fabius confie une enquête au conseiller d'État Bernard Tricot, qui est aussitôt pris en main par la DGSE. De son côté, Hernu découvre avec stupeur que Lacoste avait vu Mitterrand avant l'opération...

Le mardi 6 août 1985 en fin d'après-midi, le cabinet du ministre de l'Intérieur est prévenu par le service des Renseignements généraux que deux magazines, *L'Événement du jeudi* et *VSD*, s'apprêtent à mettre en cause la DGSE dans le sabotage du *Rainbow Warrior*. Pierre Joxe ne se montre guère étonné :

— On savait bien qu'une telle histoire ne pouvait pas rester éternellement secrète, se souvient-il.

Police à tout faire du pouvoir, les « RG » ont assez d'entrées dans le monde de la presse et de l'imprimerie pour se procurer les sommaires des journaux avant leur sortie*. L'Élysée et Matignon sont informés sans délai de la teneur des révélations à venir. Les deux magazines ne sont pas catégoriques mais ils sont sur la bonne piste. « Les

* Créée en 1907 au sein du ministère de l'Intérieur, la Direction centrale des Renseignements généraux a été supprimée en 2008.

enquêteurs néo-zélandais sont convaincus de la complicité d'"officiels" français dans la préparation de l'opération », écrit *L'Événement du jeudi. VSD* assure que le couple de Suisses arrêté à Auckland est constitué de deux Français, dont la jeune femme serait « une capitaine de la DGSE »[1].

La publicité donnée à l'affaire place François Mitterrand devant un choix délicat : laisser Laurent Fabius dans le brouillard, quitte à le voir s'enferrer dans une affaire qu'il ne maîtrise pas ; ou le mettre enfin dans la confidence, au risque qu'il demande des comptes et veuille en savoir trop ? Avec une singulière duplicité, le Président choisit la première option.

Le lendemain matin, les deux chefs de l'exécutif se retrouvent comme chaque semaine, juste avant le conseil des ministres. Le Président a convoqué le directeur-adjoint de son cabinet, Gilles Ménage, pour qu'il se joigne à eux.

— Répétez donc au Premier ministre ce que vous m'avez écrit à propos du *Rainbow Warrior*, ordonne-t-il.

Dans une note datée du 5 août, le haut fonctionnaire affirmait que l'implication de la DGSE ne faisait « aucun doute ». « Il n'y a aucun moyen de cacher la participation de plusieurs officiers de l'armée française à l'opération », ajoutait-il.

Ménage appartient à la catégorie des « préfets policiers » : les questions de sécurité et de renseignement le passionnent plus que les dossiers politiques, et la préservation de l'État et de ses secrets tourne chez lui à l'obsession. S'il n'est pas chargé du suivi des services – que le Président a confié à Grossouvre –, il a vite pressenti que le mystère d'Auckland pouvait être l'occasion d'y mettre son nez. Aussi a-t-il mené sa petite enquête. Il s'est fait raconter par Jean-Louis Bianco, le secrétaire général de la présidence, la réunion du 16 juillet à Matignon, où

Charles Hernu a juré sur son honneur de l'innocence de la DGSE. Il en a surtout retenu l'existence d'appels téléphoniques des époux *Turenge* vers le fort de Noisy.

Ménage a également recueilli les confidences du directeur général de la police, Pierre Verbrugghe, qui a accès aux rapports que le superintendant Galbraith adresse à la France pour demander de l'aide. Depuis son passage, à la fin des années soixante, par la préfecture de la Nièvre, terre d'élection du futur Président, Verbrugghe occupe une place clé dans le dispositif mitterrandiste. Sa rondeur de chanoine cache la finesse d'un stratège et la malice d'un courtisan – il aurait eu sa place chez Saint-Simon. Il a des antennes partout et le sixième sens d'un vieux flic. D'emblée, il a senti poindre la menace. Aussi a-t-il pressé Ménage de « jeter un pavé dans la mare[2] ». D'où le rapport remis au Président, qui comportait cet avertissement :

> Il y a de fortes chances que les deux personnes aux mains des autorités néo-zélandaises ne soient pas en mesure de résister longtemps. Dans cette hypothèse, puisqu'elles connaissent l'identité de la dizaine de personnes qui ont participé à l'opération, il est à craindre qu'elles divulguent rapidement leurs noms et qualités[3].

C'est faire peu de cas de la résistance des *Turenge*, mais Ménage est convaincu que le temps presse. Et, comme la plupart de ceux qui entourent Mitterrand, il est loin de se douter que le Président en sait bien plus que lui.

Face à Fabius, le haut fonctionnaire résume donc ce qu'il a appris et ce qu'il en déduit. Il préconise « une coordination très étroite » au sein du gouvernement pour gérer la crise qui s'annonce. Mitterrand, qui a donné la consigne rigoureusement inverse, pousse la rouerie jusqu'à l'inviter à remettre sa note au Premier ministre. Deux lettres sont alors rédigées pour feindre un échange entre le Président et le Premier ministre. Leur publication, dans la nuit du 7 au 8 août, est destinée à prendre la presse de vitesse. Du tête-à-tête qui a précédé, on ne sait rien de précis*. L'amiral Lacoste en parlera comme d'une « séance orageuse » en regrettant d'en avoir été « écarté », sans indiquer toutefois d'où il tenait cette description.

Signe que Fabius a insisté pour rompre le silence officiel, c'est en tout cas Matignon qui assure la diffusion des deux textes.

— À ce moment-là encore, Mitterrand était partisan de ne rien dire ; c'était pour lui la meilleure solution, assure un protagoniste, témoin du rapport de force qui commençait à s'instaurer, sous les échanges de politesses.

Le premier courrier est signé par le chef de l'État :

> Monsieur le Premier ministre et cher ami,
>
> Je vous remercie des informations que vous m'avez communiquées au sujet du *Rainbow Warrior*. Je suis tout à fait d'accord avec vous pour estimer qu'il convient d'ordonner sans délai une enquête rigoureuse, et je vous invite à la mener de telle sorte que si la responsabilité est démontrée, les coupables, à quelque niveau qu'ils se trouvent, soient sévèrement sanctionnés.

Suit la réponse de Laurent Fabius :

> Monsieur le Président,
>
> Je vous ai indiqué qu'un lien avait été avancé entre les deux personnes inculpées par les autorités néo-zélandaises dans l'affaire du *Rainbow Warrior* et des services français.

---

* « Le Président et le Premier ministre mettent au point une contre-offensive [qui] prend la forme d'un échange de lettres », écrivent seulement à ce propos Pierre Favier et Michel Martin-Roland dans leur chronique de la présidence Mitterrand. Cf. *La Décennie Mitterrand*, *op. cit.*, p. 421.

> J'estime nécessaire de demander à une personnalité incontestable de réunir les éléments de toute nature sur cette affaire, afin de m'indiquer de la façon la plus nette si des agents, services ou autorités français ont pu être informés de la préparation d'un attentat criminel ou même y participer [...] Je demande aux ministres de la Défense, de l'Intérieur et à leurs services de lui apporter leur concours sans aucune réserve.

À son corps défendant, le Premier ministre est entraîné à son tour dans la spirale du mensonge. En le remerciant des « informations » qu'il lui aurait « communiquées » alors qu'il n'en est rien, Mitterrand l'oblige à admettre qu'il était au courant de l'affaire. En contrepartie, Fabius obtient l'ouverture d'une enquête impartiale.

— C'est moi qui l'ai exigé, affirme-t-il.

De fait, c'est à Matignon qu'en seront rendues les conclusions – pour le meilleur ou pour le pire. Les risques sont pour lui.

« Tout en préservant les formes, le Président a envoyé sans ménagement son Premier ministre "au charbon" pour résoudre une affaire dans laquelle, il le sait, ce dernier n'est nullement impliqué[4] », observe Gilles Ménage, aux premières loges.

Fabius désigne sans attendre son « enquêteur impartial ». À un militaire de haut rang, comme le suggérait l'Élysée, il préfère un haut fonctionnaire de renom : Bernard Tricot, qui fut son président de section au Conseil d'État et, jadis, le secrétaire général de l'Élysée auprès du général de Gaulle*.

* Bernard Tricot (1920-2000) a été secrétaire général de la présidence de la République de 1967 à 1969. Il a présidé la Commission nationale de l'informatique et des libertés (Cnil) de 1974 à 1980, puis la Commission des opérations de bourse de 1980 à 1984.

— Sa personnalité comme sa carrière inspiraient confiance, justifie Louis Schweitzer, qui dit avoir suggéré son nom.

Le 8 août au matin, l'annonce de la désignation de Tricot accompagne la sortie des articles impliquant la DGSE et les réactions qu'ils suscitent. Fabius préserve ainsi l'essentiel : il affiche sa volonté de rechercher la vérité en toute transparence. Mitterrand y trouve aussi son compte : il apparaît comme ayant appris l'existence de l'affaire par le Premier ministre, et désireux de le laisser faire.

Sur le fond, leurs stratégies diffèrent. Le Président sait de quoi il retourne : il considère que la France, en faisant exploser le navire de Greenpeace, a agi dans le sens de ses intérêts et qu'elle n'a pas de comptes à rendre. Fabius, lui, se demande qui a donné l'ordre d'une action aussi folle et cherche avant tout à ne pas en être tenu pour responsable. Depuis que Mitterrand l'a assuré être étranger à cette opération, le Premier ministre a tout fait pour ne pas s'en mêler. À Louis Schweitzer, son homme de confiance, qui lui proposait d'« explorer le sujet », il a donné instruction de ne pas bouger. À présent, les doutes de ses proches le préoccupent et il constate que ses propres ministres ne lui disent pas tout.

— C'était une position désagréable, se souvient Fabius, qui a toujours eu le goût de la litote.

Lacoste veut voir Mitterrand

Alors que l'affaire devenait publique, deux événements se sont produits, qui en changent le cours.

Le 31 juillet, Dominique Prieur a craqué. Non qu'elle ait cédé à l'abattement, mais plutôt à la colère. Se sentant abandonnée, refusant de « faire des années de prison pour une opération aussi lamentable et dont personne ne voulait », elle a composé de sa prison – comme le règlement l'y autorise – le numéro de téléphone de son mari à Paris. C'est celui de la caserne de sapeurs-pompiers de la rue du Vieux-Colombier, en plein quartier Latin, dont le capitaine Joël Prieur assure le commandement. Or celui-ci doit prendre de nouvelles fonctions – et un nouveau logement – à partir du 1er août. Dès cette date, elle ne saura plus où le joindre. C'est pourquoi elle se résout à l'appeler, quitte à violer la règle d'or des espions : aucun lien avec les proches pendant une mission. Elle ne prononce que quelques phrases, pour l'informer de la situation et lui demander de prendre contact avec « la Boîte », mais elle mesure qu'elle « franchit le Rubicon ». Pour Galbraith, cette communication est providentielle ; elle établit un lien direct entre la fausse *Sophie Turenge* et la vraie capitaine Prieur. La police néo-zélandaise demande l'identification du titulaire de la ligne. Cette fois, impossible de « dénuméroter » une caserne de pompiers…

Le second événement, justement, est l'arrivée au ministère de la Justice d'une commission rogatoire internationale délivrée par le juge d'Auckland. Avec ce document en bonne et due forme, plus moyen de tergiverser. Le cabinet du garde des Sceaux, Robert Badinter, est catégorique : la police est tenue d'effectuer les actes réclamés par Galbraith. Le superintendant délègue même un groupe d'inspecteurs en France pour participer aux recherches. Cela va de la vérification des adresses laissées en Nouvelle-Zélande par les *Turenge*, *Bonlieu* et les marins de l'*Ouvéa*, jusqu'aux sollicitations du ministère de la Défense pour connaître leurs identités véritables, ainsi qu'aux interrogatoires de leurs proches. Des témoins doivent parallèlement être interrogés en Nouvelle-Calédonie, pour reconstituer le parcours de l'*Ouvéa*.

Joël Prieur est questionné par des inspecteurs de la PJ. Après l'appel de Dominique, il a pris contact avec la DGSE ; on lui a intimé de taire le peu qu'il savait.

— Où se trouve votre femme en ce moment ? lui demande un policier.

— Elle est partie dans le Midi faire des recherches pour ses travaux universitaires…

On lui met sous les yeux une photographie. Il tressaille et, d'instinct, formule cette réponse alambiquée :

— C'est vrai qu'elle lui ressemble mais je ne peux pas affirmer que c'est elle[5]…

Le 7 août, impuissant face à la machine qui s'est enclenchée, l'amiral Lacoste décide d'en appeler à François Mitterrand.

Maintenant que son service est ouvertement mis en cause, le directeur de la DGSE pense qu'une ultime chance s'offre de négocier avec les Néo-Zélandais. Mais Charles Hernu s'y refuse obstinément en invoquant Laurent Fabius – « Pour lui, c'est inavouable », répète-t-il. Or plus les jours passent, moins Lacoste croit ce que son ministre lui dit. Ailleurs, ses appels sonnent dans le vide. Bianco semble le fuir. Le général Saulnier, promu chef d'état-major des armées, a quitté l'Élysée. Un autre général lui succède : Gilbert Forray ; mais l'amiral n'imagine pas aborder avec lui un tel dossier sans y être autorisé personnellement par le chef de l'État, et il n'arrive pas à rétablir le contact avec lui. Même les démarches entreprises à sa demande par l'historienne Georgette Elgey* et par Paul Legatte**, alors membre du Conseil constitution-

* Georgette Elgey (1929-2019), journaliste et historienne, célèbre pour son *Histoire de la IVe République* en six tomes (Bouquins, 2018).

** Paul Legatte (1916-2002), juriste et ancien collaborateur de François Mitterrand, futur médiateur de la République (1986-1992).

nel, qui ont tous deux l'oreille de Mitterrand, restent vaines. Le chef des services secrets se sent « pestiféré ».

« De guerre lasse, [se] rendant compte que M. Hernu devait donner au Président des versions incomplètes ou erronées », l'amiral rédige « un rapport détaillé » à l'intention de Mitterrand. Par souci d'éviter les fuites, alors que la presse consacre à présent une large place à l'affaire et que les détails s'accumulent pour désigner la DGSE, il tape lui-même le document à la machine dans un bureau du service Action.

Le texte est, en soi, déflagrateur : Lacoste y justifie le choix d'un attentat dans le port d'Auckland, seule option susceptible de garantir que l'objectif – immobiliser le *Rainbow Warrior* – serait atteint tout en minimisant les risques pour l'équipage. Il décrit la mission, défend le travail de ses agents, affirme que Mafart et Prieur ne sont pas les poseurs de bombes et rappelle l'entrevue du 15 mai, au cours de laquelle il estime avoir reçu de l'autorité suprême l'autorisation de mettre à exécution le plan du SA*.

Faute de pouvoir remettre sa note en main propre à Mitterrand, Lacoste la confie à Hernu. L'effet produit n'est pas celui qu'il escomptait.

« Deux jours plus tard, le ministre me disait : "Je ne peux pas faire lire cela au Président." »

En réalité, Hernu est tourneboulé par la teneur du rapport. S'il ne lui apprend rien d'essentiel sur le projet « Satanic », il dévoile l'existence du face-à-face secret entre Lacoste et Mitterrand. Ainsi, le chef de l'État avait connaissance de l'opération depuis le début et il ne lui a

* Ce document, adressé au président de la République et signé par Pierre Lacoste, a été versé au Service historique de la Défense et couvert par le « secret défense ». Selon les informations communiquées à l'auteur, l'amiral y a porté une mention manuscrite indiquant qu'il n'a jamais été remis à François Mitterrand.

rien dit ! Jusque-là, Hernu s'en voulait d'avoir placé son maître en position difficile. Apprendre que tout n'est pas entièrement de sa faute est un soulagement. C'est aussi un motif d'admiration supplémentaire envers le chef de l'État et son habileté florentine. Le ministre s'en ouvre à ses proches. L'un d'eux le rapporte dans ses notes personnelles : « Hernu est tombé des nues. Il était impressionné autant que stupéfait. » Enfin, c'est une raison de plus pour obéir. Pour le ministre, il ne s'agit plus tant de couvrir sa propre faute que de protéger le Président.

Le 10 août, Hernu est reçu par Mitterrand pour le week-end dans sa résidence de Latché. Il apporte deux versions du texte de Lacoste, écrites sur son ordre : « une "avouable", correspondant à la version qu'il [Hernu] veut accréditer vis-à-vis de M. Tricot ; la seconde, donnant l'exposé réel des événements, sous une forme résumée », résume l'amiral.

« Je me demande s'il les lui a effectivement fait lire », écrira-t-il.

Tricot mène l'enquête

Pour accomplir la mission dont Laurent Fabius l'a investi, Bernard Tricot s'installe dans une dépendance du ministère de la Défense, avec celui qu'il a choisi pour l'épauler : François Bernard, un autre conseiller d'État qui fut surtout le premier directeur du cabinet de Charles Hernu – curieuse façon d'assurer l'impartialité de l'enquête. Le cadre de leurs investigations a été fixé avec Louis Schweitzer. Le duo pourra convoquer les dirigeants de la DGSE, de hauts responsables de l'armée, des ministres. Le secret défense ne pourra pas lui être opposé et ses conclusions « seront rendues publiques ».

« Je vous demande d'établir la vérité, de préciser les responsabilités et cela, sans limitation d'aucune sorte[6] », lui écrit Laurent Fabius.

Autour d'Hernu, c'est le branle-bas de combat. Celui qui en sait le plus long, Patrick Careil, s'alarme :

— J'étais en vacances, j'ai appris la nouvelle en regardant la télévision. À ce moment-là, je n'y comprends plus rien. Le Président a demandé à Charles Hernu de mentir ; maintenant, il accepte que le Premier ministre déclenche une enquête ; c'était comme lancer deux trains en sens opposé sur la même voie…

Le profil de Tricot, pourtant, n'est pas exactement celui d'un fin limier. Froid et austère, il se définit comme un « homme de l'État » et confesse une propension à l'autosatisfaction – « Nous étions plutôt contents de nous[7] », admet-il dans ses Mémoires en relatant ses débuts au Conseil d'État. Ses opinions inclinent à gauche mais c'est au service du général de Gaulle qu'il a connu son apogée. Par la suite, Georges Pompidou l'a disgracié, en raison de sa duplicité envers lui durant la sordide affaire Markovic*. Depuis, Tricot attendait l'heure de la retraite au Conseil d'État. « L'affaire Greenpeace », comme l'appelle désormais la presse, lui offre une dernière occasion de se faire valoir.

À l'Élysée, jadis, Tricot a eu à connaître des « rapports confidentiels », des écoutes téléphoniques et même de l'usage des fonds secrets ; il n'y a pas pris goût pour autant. Chez lui, le dévouement implique la discipline. « Les secrets que

* Du nom de l'ancien garde du corps d'Alain Delon, retrouvé mort en 1968, dans des circonstances mystérieuses. L'enquête occasionna des rumeurs mensongères au sujet de la vie privée de Claude Pompidou, l'épouse du futur Président. Cf. *Un cadavre sur la route de l'Élysée. Les derniers secrets de l'affaire Markovic*, Flammarion, 2023 ; nouvelle édition, J'ai lu, 2025.

nous apprenions dans nos fonctions auprès du Général, nous ne pouvions en disposer, si l'intérêt général nous paraissait le requérir, qu'avec sa permission[8] », assure-t-il. Voilà aussi pourquoi Fabius compte sur lui. Quoi qu'il découvre, pense le Premier ministre, Tricot saura préserver le gouvernement.

— Tricot était une caricature de conseiller d'État, juge cruellement Pierre Joxe : le genre de type qui peut faire n'importe quoi s'il est persuadé que c'est pour le bien de l'État.

L'enquêteur du gouvernement se met au travail. Il s'entretient dès le 8 août avec Hernu, qui file aussitôt après à l'Élysée. Jacques Attali le voit cntrer « hilare » dans le bureau de Mitterrand[9] . Par la suite, le cabinet du ministre l'oriente aimablement. On lui recommande de convoquer l'amiral Fages et le général Saulnier, qui lui servent des versions lénifiantes préparées à l'avance. La DGSE ouvre grand les portes sur son passage sans qu'il y voie autre chose que l'effet de son prestige. Tricot interroge Lacoste et ses adjoints, le général Émin et le préfet Parant, qui écartent en chœur la responsabilité du service. Les colonels Lesquer et Faberon discutent avec lui comme entre gentlemen. Ils lui confirment que les *Turenge* sont bien « de la Maison » – mais bien sûr, jamais on ne leur a donné l'ordre de commettre un attentat. On fournit obligeamment à Tricot leurs vrais noms, pour mieux souligner que Dominique Prieur n'appartient pas aux nageurs de combat et qu'Alain Mafart « en a été radié[10] » – ce qui est évidemment faux.

Bref, « la DGSE arrive à rouler Bernard Tricot dans la farine[11] », résume Patrick Careil, qui témoigne que Charles Hernu était informé au jour le jour par Lacoste de l'avancement des investigations.

Le fait est que le conseiller d'État se montre très coopératif. Ainsi, il transmet à la DGSE un document que l'ambassadeur néo-zélandais à Paris lui a confié à la stricte condition qu'il ne soit divulgué à personne : la liste des éléments à charge recueillis par le superintendant Galbraith. Une aubaine pour Lacoste et les chefs du SA, qui désespéraient de connaître le dossier de l'accusation – même Joxe l'avait refusé à Hernu, au nom du respect du secret de l'enquête !

Pendant ce temps, la police française accomplit avec zèle les diligences sollicitées par les Néo-Zélandais. À Nouméa, on cuisine les employés de la marina où mouillait l'*Ouvéa* et ceux de l'hôtel où ont séjourné ses marins. Un certain *Philippe Dubast* y est arrivé en même temps qu'eux ; on dresse l'inventaire de ses appels téléphoniques à Auckland et à Paris. En fait, c'est sous cette « I.F. » que le lieutenant-colonel *Gervais* a accompli sa part de la mission : la remise des explosifs à l'équipage de l'*Ouvéa.* Autant dire que son apparition dans le dossier de Galbraith a de quoi donner des sueurs froides à la DGSE. Et ce n'est pas la seule raison. Le 12 août, deux inspecteurs de la PJ se présentent à la Direction du personnel militaire de l'armée de terre (DPMAT), pour vérifier l'appartenance aux effectifs des capitaines Prieur et Cabon. Ils présentent aussi des photos de Mafart, « aux fins d'identification ». Ils obtiennent « une réponse affirmative à la première question » et la promesse de lancer des recherches sur le second point[12].

Le surlendemain, au ministère de la Justice, la Direction des affaires criminelles et des grâces active le mandat d'arrêt néo-zélandais contre les trois marins de l'*Ouvéa.* Si la « circulaire de recherches » émise aussitôt ne mentionne que leurs fausses identités – *Velche*, *Audrenc* et *Berthelo* –, elle est assortie des photographies prises à Norfolk par la police australienne.

Ce même 14 août, à Auckland, Alain Mafart et Dominique Prieur comparaissent devant un juge, qui doit fixer la date de leur procès. La DGSE a envoyé sur place Me Derouin. L'avocat sollicite leur libération sous caution. Refus du juge, qui renvoie l'affaire au 4 novembre.

Le procureur, Michael Parker, prévient : « Nous avons en notre possession plus de mille pièces à conviction[13]. » À ce stade, la procédure britannique ne l'oblige pas à les divulguer. La défense est condamnée à attendre, et à se taire.

La DGSE réécrit l'histoire

Lacoste est accablé. En un mois, il a vu tomber peu à peu toutes les protections de ses agents. Les uns sont en prison, les autres recherchés, leurs visages s'afficheront bientôt au grand jour. Comment stopper cette machine infernale ? À ses accès de colère succèdent des moments d'abattement. Le général Forray, chef d'état-major à l'Élysée, s'efforce de le soutenir et prévient Gilles Ménage :

— Il dort une nuit sur deux. Il faut lui remonter le moral deux fois par jour. En aucun cas il n'acceptera que ses hommes soient livrés à la police ; dans cette hypothèse, il rendra tout public pour sauver son honneur et les hommes qui ont agi sur ordre[14].

Lacoste fait part à Hernu de son écœurement. Mentir à une police étrangère, passe encore quand il en va de l'intérêt du pays ; mais tromper délibérément un haut magistrat mandaté par le gouvernement, voilà qui heurte ses principes… Le ministre l'éconduit sèchement :

— Amiral, allez à la messe et puis mentez ! C'est un ordre du Président[15].

Le 16 août, une nouvelle étape est franchie. *L'Express* révèle l'identité de la fausse *Mme Turenge* et son grade à la DGSE[16*]. La muraille du secret se lézarde. L'amiral, au

* L'identité de Christine Cabon sera ensuite révélée le 23 août, à nouveau par *L'Express*, puis celle d'Alain Mafart par *Minute*, le 24 août.

bord de la démission, fait porter une lettre à Charles Hernu. Elle ressemble à un cri d'alarme.

> M. le ministre,
>
> Les dommages déjà causés à mon service, à la défense et à l'État deviendront vite irréparables si aucune mesure de riposte n'est prise.
>
> J'ai regretté, vous le savez, que M. le Premier ministre n'ait pas cru devoir retenir la suggestion que je vous avais soumise dès le 17 juillet, à savoir de faire connaître au gouvernement néo-zélandais les identités réelles des époux Turenge et leur mission de renseignement.
>
> Les développements prévisibles de l'enquête nous ont mis peu à peu dans une situation des plus délicates. Mais c'est aussi une situation très injuste : la police néo-zélandaise, aidée sans restriction par la police et la presse françaises, est en mesure de nous mettre en accusation en présentant de plus en plus d'éléments à charge, sans que la défense puisse s'exprimer. [...]
>
> Si rien n'est fait dans les plus brefs délais, les dégâts causés par nos adversaires seront immenses et irréversibles.
>
> J'ai le devoir d'appeler très haut votre attention sur la nécessité pour le gouvernement de protéger les institutions et les hommes qui les servent dans l'honneur et la fidélité. Je ne doute pas que les plus hautes autorités de l'État partageront ce point de vue[17].

Lacoste ne précise pas à quelle « riposte » il songe pour s'extirper du piège. Du reste, est-ce encore possible ? À ce stade, même des consignes données pour que la police refuse son aide aux Néo-Zélandais arriveraient trop tard. Le feuilleton du *Rainbow Warrior* emplit désormais les journaux et le lien entre l'attentat et la DGSE ne fait plus guère de doute ; un revirement français signerait le crime. Dans une lettre rendue publique par l'Élysée, François Mitterrand n'est-il pas allé jusqu'à promettre à la Nouvelle-

Zélande « l'entière collaboration de la France » ? Devant ses visiteurs, le Président ne décolère pas de se trouver en si mauvaise posture.

— Deux agents pris qui téléphonent au ministère de la Défense, des espions qui signent un livre d'or, d'autres qui achètent un bateau dans un grand magasin à Londres, quels crasseux[18] ! enrage-t-il devant Jacques Attali.

Sans doute le Président s'en veut-il de s'être laissé entraîner dans une nasse indigne de lui. « Entre l'ordre que j'ai donné – ne pas laisser atteindre Mururoa – et ce qui s'est passé, il y a un monde[19] », argumentera-t-il devant Hubert Védrine*, alors jeune conseiller diplomatique à l'Élysée. A-t-il manqué d'attention ou de scrupule ? Peut-être les deux. « Son comportement traduit mieux les sentiments d'un homme mêlé à un "loupé" que ceux d'un innocent[20] », observe Jean Lacouture.

Pour les chefs de la DGSE, la seule issue consiste à maintenir, envers et contre tout, la thèse de la « mission de renseignement » : les agents présents en Nouvelle-Zélande n'avaient pas d'autre objectif que d'espionner ; ils sont donc étrangers à l'attentat. Quelles que soient les « preuves » que prétend détenir le procureur, elles ne pourront établir ce qui n'est pas. Or il est exact que ce ne sont pas les *Turenge* qui ont posé les bombes, et les plongeurs qui l'ont fait ont quitté le pays sans être repérés. Entre l'aveu et le mensonge, la voie est étroite mais elle existe.

Hernu, à moitié convaincu, accepte de lâcher du lest. Un communiqué est publié le 18 août au nom du ministère : il reconnaît que les agents emprisonnés à Auckland et ceux de l'*Ouvéa* appartiennent à la DGSE mais réaffirme

---

* Futur secrétaire général de l'Élysée (1991-1995), puis ministre des Affaires étrangères (1997-2002).

leur innocence dans l'explosion du *Rainbow Warrior*. Au SA, on prépare à la hâte des argumentaires pour conforter cette ligne. On s'appuie, pour cela, sur les « notes secrètes » de l'ambassadeur remises à Lacoste par Tricot[21].

Par exemple, un faux « emploi du temps » du couple *Turenge* est reconstitué pour accréditer qu'il devait « effectuer différents périples touristiques entre les phases d'observation, de manière à réaliser l'"habillage" de leur séjour », sans aucune mention de la préparation du sabordage. Du 8 au 10 juillet, soit les deux jours précédant l'explosion, Mafart et Prieur étaient censés s'adonner au « camping itinérant » dans la région d'Auckland[22].

De même, le skipper de l'*Ouvéa*, l'adjudant-chef Roland Vergé, rédige un compte rendu en trompe-l'œil de la mission confiée à l'équipage. Son rapport occulte le transport des explosifs livrés par *Gervais*, leur remise aux *Turenge* et la supervision de l'ensemble par le commandant Dillais. Au lieu de cela, il indique que leur tâche consistait à « nouer sur place le plus de contacts possible avec les autres bateaux » de Greenpeace et à « sonder les possibilités de pénétrer » l'organisation « pour faire partie d'une de leurs expéditions »[23]. Vergé va jusqu'à prétendre que lui et ses acolytes devaient constituer « un dossier photo sur les voiliers de la campagne de Greenpeace » mais que « ces pellicules n'ont pas été ramenées suite à l'exécution du plan d'urgence ».

Ces rapports mensongers sont présentés officieusement à Tricot, puis entreposés au SA afin que la police tombe dessus au cas où une perquisition aurait lieu – hypothèse peu vraisemblable mais « la paranoïa régnait, on imaginait le pire », témoigne un ancien. Pour achever d'endormir le conseiller d'État, Lacoste lui fait rencontrer *Dubast*, l'homme de Nouméa – c'est-à-dire le lieutenant-colonel P., alias *Gervais*. Lui aussi se garde d'évoquer son rôle dans la livraison des bombes. Devant Tricot qui boit ses paroles, il se lance dans un exposé sur « la nature et la sensibilité des opérations clandestines ». Que faisait-il à Nouméa ? Il vérifiait que l'*Ouvéa* « ne faisait l'objet d'aucune surveillance suspecte »[24]... Mais pourquoi donc le voilier aurait-il été surveillé, et par qui ? Tricot n'a pas la présence d'esprit de le demander.

Avant d'achever son rapport, il insiste en revanche pour rencontrer le trio de marins de l'*Ouvéa*. Lacoste prévient Hernu, qui s'affole :

— Tricot va les faire arrêter, le Premier ministre veut qu'on les livre à la justice !

L'amiral plaide, quant à lui, qu'un refus « pourrait avoir des effets désastreux » et, après avoir sondés discrètement les intéressés, se porte garant de leur loyauté. « J'ai de fortes raisons de penser que des témoignages directs ainsi apportés devront emporter la conviction que [...] les témoins en question ne peuvent pas matériellement être coupables et sont, par ailleurs, de bons professionnels[25] », écrit-il à Charles Hernu.

Lacoste : « Il s'en est fallu de quelques minutes... »

Alors que l'entrevue secrète se prépare, ce que craignait Lacoste se produit. Aiguillonnée par les Néo-Zélandais, la police française exige à son tour de connaître l'identité des hommes de l'*Ouvéa* et de pouvoir les interroger. Le ministère de la Défense résiste mais le parquet de Paris avertit la Chancellerie : en cas de refus, la seule solution sera de diffuser un avis de recherche et de livrer aux médias les photos du trio. Dans l'après-midi du 21 août, Lacoste est prévenu. « Sous la pression de ses collègues Joxe et Badinter, note-t-il, Hernu est prêt à céder et à divulguer les trois noms. »

Furibond, l'amiral tente le tout pour le tout. Il fait porter une nouvelle note au ministre de la Défense.

> Trois sous-officiers du service sont sous le coup d'un mandat d'arrêt international pour des crimes (meurtre et incendie volontaire) qu'ils n'ont pas commis. Ils n'ont d'ailleurs aucune possibilité de se défendre, le dossier de l'affaire étant inaccessible dans la procédure néo-zélandaise avant le procès.
>
> Pour leur donner une possibilité de se défendre, il conviendrait donc de les extrader, ce qui est impensable.
>
> Dans ce contexte, les livrer à la police française reviendrait en fait à enlever toute protection à des hommes qui ont agi sur ordre dans une mission de renseignement.
>
> Pareilles situations mettraient en danger tous les personnels du service qui font de la recherche fermée, puisque l'appropriation des secrets des pays étrangers tombe dans ces pays sous le coup de leurs lois.
>
> Il est évident que le précédent ainsi créé ne permettrait plus à quiconque de servir dans les missions habituelles des services spéciaux et justifierait chez les subordonnés tous les refus d'obéissance[26].

Une conversation téléphonique orageuse s'ensuit entre le ministre et le directeur de la DGSE. Hernu invoque les ordres du chef de l'État ; Lacoste, l'honneur militaire. En raccrochant, l'amiral pense avoir perdu la partie. Fidèle à la tradition de la marine, il est prêt à sombrer avec ses hommes, mais non sans livrer bataille. Il s'enferme dans son bureau et rédige un communiqué, qu'il menace d'adresser aux journalistes à la minute où les identités des agents seraient rendues publiques.

> Devant la divulgation, dans les journaux et à la télévision, des photos de trois personnes faisant l'objet d'un mandat d'arrêt international et dont toute la presse a dit, sur la foi d'informations obtenues à la suite d'enquêtes

policières, que ce sont des militaires appartenant à la DGSE, j'estime qu'il est de mon devoir et de mon honneur de rompre le silence et d'assumer, devant mon pays, toutes mes responsabilités.

Bien que la commission d'enquête présidée par M. Bernard Tricot, seule habilitée à connaître des missions et du rôle des services dans cette affaire, n'ait pas encore déposé ses conclusions, je peux dire, en toute liberté et en toute connaissance de cause, que ces trois militaires ne sont pas coupables des crimes dont on les accuse.

Cette publication revient concrètement à lancer pour le compte de l'étranger, après la police et la gendarmerie nationales, l'opinion publique à la recherche de trois sous-officiers ayant agi sous les ordres de leurs chefs au service de la République.

Ces mêmes autorités [...] ne semblent pas avoir mesuré le caractère odieux d'une divulgation qui revient à faire appel à la délation publique pour faciliter l'identification de militaires français, accusés sans preuve et sans moyen de défense d'être des criminels.

Dans ces conditions, responsable du principal des services de renseignement français et chef militaire de ces hommes, je demande à être présenté à la justice en leurs lieu et place.

Pierre Lacoste[27].

Pour une fois, la menace porte. Hernu envoie prestement l'un de ses collaborateurs au ministère de la Justice, place Vendôme, pour bloquer la diffusion des photos. Soulagé, Lacoste classe un exemplaire de son communiqué et de la note précédente – il y porte, à la main, cette mention : « Ces deux communiqués, rédigés le 21 août, étaient prêts pour être passés à la presse si M. Hernu n'avait pas pu dissuader ses collègues d'interrompre leurs actions. Il s'en est fallu de quelques minutes... »

Deux jours après, Lacoste charge le colonel Lesquer d'amener Bernard Tricot jusqu'aux trois sous-officiers recherchés. L'idée est d'impressionner le conseiller d'État en le faisant pénétrer au cœur du secret. « Ce fut tout un scénario[28] », relatera Tricot. Un des présents se souvient avec amusement : « On lui a sorti le grand jeu. »

En pleine nuit, on le fait monter dans un avion militaire qui se pose au camp de Cercottes, d'où il est conduit en voiture à travers la forêt. Dans une clairière, une maison isolée apparaît dans la lueur des phares. Vergé, Andriès et Barcelo attendent à l'intérieur, pendant que d'autres agents surveillent les alentours, comme dans une scène d'échange de prisonniers pendant la guerre froide. Le temps que les trois sous-officiers soutiennent à leur tour la thèse de la « mission de renseignement » et Tricot reprend la direction de la capitale, par la route et par les airs. Les marins de l'*Ouvéa,* eux, repartent vers un refuge inconnu. Après coup, ils confieront à leurs camarades qu'au moment où on les fit monter dans un camion bâché pour les convoyer jusqu'au point de rendez-vous, ils avaient remarqué que le chauffeur et leur escorte étaient armés ; ils avaient alors « craint pour leur vie[29] ».

— On était en plein roman d'espionnage, se remémore un ancien du SA.

Les fausses pistes de la presse

Pendant que Tricot mène son enquête, la presse fait elle aussi la part belle au romanesque. Dans le calme plat de l'été, les deux articles de *L'Événement du jeudi* et de *VSD* ont donné le coup d'envoi d'une mirobolante chasse au scoop. Certains journaux brodent en tirant sur le premier fil venu. Dans les rédactions, les reporters chargés des faits divers font équipe, bon gré mal gré, avec les « rubricards » accrédités au ministère de la Défense. Les uns récoltent des bribes d'information auprès de la police et de la justice, qui en lâchent juste assez ; les autres auprès de l'armée, qui n'en dit jamais trop. La concurrence entre médias fait le reste et bientôt se déverse un flot de détails plus ou moins authentiques[30] : le canot et les bouteilles retrouvées dans la baie d'Auckland, le kilométrage des voitures louées par les *Turenge* et les marins de l'*Ouvéa*, les lieux de leurs rendez-vous supposés, jusqu'aux témoignages des femmes de chambre des motels sur ce couple étrange qui fêtait ses dix ans de mariage dans des lits séparés...

À la recherche d'un mobile crédible, *Le Matin de Paris* évoque une opération « montée par quelques anciens des services avec la bénédiction des réseaux britanniques, australiens et néo-zélandais » pour déstabiliser la DGSE. *Le Monde* mise plutôt sur une « provocation montée par d'anciens agents de renseignement alliés à des activistes mercenaires d'extrême droite pour nuire à l'image de la France dans le Pacifique » et croit déceler, chez le docteur Maniguet, des « liens avec la droite musclée de Nouvelle-Calédonie » et le RPCR, branche calédonienne du parti de Jacques Chirac*. *France-Soir* affirme carrément que « l'attentat a été préparé à Londres par des mercenaires » et *Le Canard enchaîné* imagine que les agents français auraient été manipulés... par les services néo-zélandais eux-mêmes ! *Last but not least*, une revendication de l'attentat surgie de nulle part, signée d'un fantomatique « groupe d'anciens combattants du Vietnam et d'Afrique », est montée en épingle dans *Paris Match*. Le procédé est à ce point grossier que personne n'y croit.

---

* Xavier Maniguet fera condamner *Le Monde* pour diffamation.

Évidemment, la DGSE n'est pas pour rien dans ces intox en série. Pendant que ses chefs promenaient Bernard Tricot, le service activait ses réseaux et désignait de faux coupables comme une pieuvre jette de l'encre pour se rendre invisible. Des émissaires ont été chargés de parler aux journalistes « amis » pour leur présenter des versions « clés en main » de l'affaire. Le propre directeur de cabinet d'Hernu, Patrick Careil, est sollicité pour jouer les pourvoyeurs de tuyaux percés.

— La DGSE m'a envoyé un journaliste de France Inter, je devais lui raconter que nous avions la preuve que le coup venait des Anglais, se rappelle-t-il.

Le reporter en question, dirigeant assidu de l'Association des journalistes parachutistes, mouillera effectivement le MI6 britannique, sans exclure néanmoins que le *Rainbow Warrior* ait été plastiqué… par le KGB ! « Initiative grotesque faite contre mon gré [par] par deux officiers du service Action », déplore l'amiral Lacoste.

Cette tentative de contre-feu ne reste toutefois pas sans conséquence. À Londres, le *Foreign Office* convoque un haut responsable de l'ambassade de France pour exprimer son mécontentement. Il dit avoir appris que « certaines sources françaises semi-officielles s'employaient à répandre la rumeur selon laquelle les services spéciaux britanniques étaient responsables du sabordage du *Rainbow Warrior* » et souligne, en guise d'avertissement, « l'extrême réserve observée jusqu'ici par les autorités de Londres dans une affaire qui concerne pourtant la destruction d'un navire britannique ». Le sermon se termine par « le souhait qu'il soit mis un terme à ces bruits »[31].

Le message est transmis par le Quai d'Orsay à l'Élysée et à Matignon. Il s'accompagne d'un post-scriptum plus amical mais non moins ferme, adressé de vive voix au ministre des Relations extérieures, Roland Dumas, par son homologue anglais, Geoffrey Howe, qui dit avoir « enquêté dans tous les coins » :

— Je te donne ma parole que les services britanniques ne sont pour rien dans cette affaire[32].

Dumas rapporte l'échange à Mitterrand qui, une fois de plus, enregistre sans rien dire. Pour lui, l'affaire Greenpeace relève à présent du Premier ministre. À Fabius de jouer. Il a tout misé sur l'enquête de Tricot ; advienne que pourra.

8

M. Tricot perd le fil

En innocentant naïvement la DGSE, le conseiller d'État s'attire critiques et sarcasmes, tout en plaçant Fabius dans l'embarras. Pour se tirer d'affaire, le Premier ministre n'a plus qu'une idée en tête : confondre Hernu et obtenir sa tête…

Laurent Fabius n'est pas le seul à guetter les conclusions de Bernard Tricot. À Wellington, son homologue, David Lange, fait le pari que le rapport du conseiller d'État mettra en cause – au moins partiellement – les services secrets français et il espère en tirer les bénéfices politiques. L'attentat contre le *Rainbow Warrior* lui a apporté une notoriété inespérée. Depuis la mi-juillet, cet avocat de 43 ans, joufflu et volubile, tient l'opinion néo-zélandaise en haleine en consacrant à l'« affaire » plusieurs conférences de presse par semaine. Leader des travaillistes bien qu'il mène une politique économique ultralibérale, bon vivant en dépit d'une santé fragile, Lange sait jongler avec les contradictions. Dans un télégramme confidentiel adressé au Quai d'Orsay et à l'Élysée, l'ambassadeur de France, Jacques Bourgoin, a du mal à suivre ses raisonnements :

> Au stade actuel, ses propos oscillent entre la prudence et le durcissement. On l'entend dire que rien de ce qu'il sait de l'enquête ne permet de conclure à une responsabilité

> des services officiels français. Mais parallèlement, il n'écarte pas l'hypothèse d'une implication de l'État à quelque niveau que ce soit et déclare qu'au cas où une telle hypothèse serait vérifiée, il n'hésiterait pas à en tirer toutes les conséquences, dont la principale serait d'intenter une action devant une juridiction internationale pour obtenir une condamnation morale de notre pays et pour réclamer des compensations financières[1].

Autrement dit, Lange souffle le chaud et le froid. En réalité, il est convaincu que le gouvernement français va utiliser Tricot pour admettre sa responsabilité tout en se défaussant sur la DGSE. En tout cas, prévient l'ambassadeur, « c'est le contenu du rapport Tricot qui déterminera [son] attitude ». La preuve : Lange a fait savoir, par son ambassadeur à Paris, que « les autorités néo-zélandaises seraient heureuses de recevoir le rapport de M. Tricot quelque temps avant sa publication officielle », histoire de préparer leur réaction[2]. Le problème, c'est que le gouvernement français ignore quand le conseiller d'État va terminer son enquête, et *a fortiori* quel en sera le résultat.

De fait, la même incertitude règne à Paris qu'à Wellington. Après une longue période d'expectative, la direction du Parti socialiste sort du silence pour qualifier l'attentat d'Auckland d'« opération criminelle » et proclamer que ses responsables « devront être sanctionnés ». La presse en déduit que le parti du Président a vérifié où il mettait les pieds. « Sans doute les socialistes attendaient-ils d'être sûrs que le rapport Tricot ne mettrait en cause ni le président de la République ni le gouvernement », écrit *Le Matin*, journal proche du pouvoir et dont le directeur, Max Gallo, est lui-même une figure du PS*.

* Écrivain, journaliste et homme politique, Max Gallo (1932-2017) a été secrétaire d'État et porte-parole du gouvernement de Pierre Mauroy de 1983 à 1984.

Le Figaro, lui, comprend que c'est « le fusible Hernu » que ses camarades désignent par avance, quand *Le Monde* pressent, au contraire, que le conseiller d'État « absoudra M. Hernu » – allez savoir…

Pendant ce temps, François Mitterrand continue à feindre l'indifférence.

— Tout au long de l'affaire, il a eu l'attitude de celui qui ne veut pas s'en mêler. Il semblait considérer que ça ne le concernait pas, analyse Louis Schweitzer.

Jean-Louis Bianco est néanmoins envoyé aux nouvelles. Le secrétaire général de l'Élysée rencontre discrètement Bernard Tricot, qui se dit prêt à « arranger les choses ». Qu'entend-il par là ? Ayant « tiré une bonne impression de ses entretiens à la DGSE », il « veut défendre la thèse selon laquelle il se serait agi d'une mauvaise transmission des ordres [et] ne souhaite pas faire de Charles Hernu un coupable[3] », résume Bianco à Ménage.

Cette présentation épargnerait, certes, le pouvoir politique, mais elle revient à lâcher les militaires. Or le ministre de la Défense sait bien que ni lui ni le Président ne peuvent prendre ce risque. « Trop dangereux, Lacoste peut sortir de ses gonds », note l'un des conseillers d'Hernu dans ses carnets personnels.

François de Grossouvre, l'homme de l'ombre de l'Élysée, reçoit d'ailleurs une visite surprenante. Alexandre de Marenches, l'ancien directeur des services secrets, vient l'avertir : « Si on lâche la DGSE sur cette affaire, elle sortira des dossiers compromettants sur plusieurs personnalités politiques et sur leurs liens présumés avec les services de renseignement soviétiques[4]. »

Marenches laisse entendre que le message vient de Lacoste. Impressionné, Grossouvre s'en ouvre à Ménage – et sans doute au Président. Mitterrand prend la chose suffisamment au sérieux pour demander à l'ancien directeur du Sdece de venir à l'Élysée lui en parler de vive voix. Sans pouvoir jauger la réalité de la menace, il en conclut que la DGSE doit être ménagée.

Ensemble, Hernu et lui élaborent donc une autre solution, qui – dans leur esprit – peut compléter utilement le verdict attendu de Tricot. À l'Élysée, le chef d'état-major, le général Forray, rédige une « directive aux forces armées » qui réaffirme la nécessité des essais nucléaires et justifie la sécurisation du périmètre où ils sont effectués. Le texte fait dire au Président qu'il « réitère l'ordre donné aux armées d'interdire, au besoin par la force, toute entrée non autorisée dans les eaux territoriales des atolls polynésiens ». La ruse est cousue de fil blanc : l'emploi du verbe « réitérer » laisse croire qu'une telle instruction préexistait au plastiquage du *Rainbow Warrior* et que c'est dans ce cadre que l'attentat a été commis – ainsi, la DGSE pourrait avoir fait du zèle sans manquer à ses devoirs.

Comme Mitterrand ne veut pas monter seul en première ligne, il envoie l'un de ses conseillers, Michel Charasse, montrer le projet à Laurent Fabius, qui passe la semaine du 15 août près de Saint-Tropez, pour le lui faire approuver. En découvrant le document, le Premier ministre fait la grimace ; il modifie une ou deux phrases et supprime le verbe gênant. Embarrassé, Charasse téléphone à Mitterrand et le lui passe. Froidement, le chef de l'État exige que la formulation initiale soit rétablie. La directive est rendue publique le dimanche 18 août[5].

Cette fois encore, Fabius plie. Il mesure de plus en plus clairement qu'Hernu est soutenu – peut-être davantage – par Mitterrand.

Dans l'entourage du Président, un homme s'inquiète plus que les autres : Gilles Ménage. Grâce à ses entrées au ministère de l'Intérieur, il a poursuivi son enquête personnelle ;

il sait maintenant à peu près ce que contient le dossier des Néo-Zélandais. En tirant les vers du nez à François de Grossouvre, l'un des rares à garder le contact avec l'amiral Lacoste, il reconstitue peu à peu ce qui s'est passé à la DGSE. Enfin, ses discussions avec Jean-Louis Bianco lui confirment que Tricot s'apprête bel et bien à innocenter le service secret. Or cette issue lui semble moins favorable qu'elle n'en a l'air. Ménage l'écrit à François Mitterrand :

> Bien que plus confortable dans l'immédiat, ce choix, s'il était confirmé, présenterait des risques politiques considérables s'il s'avérait dans la suite de l'enquête et au cours du procès que la participation à l'attentat est établie (ou même simplement très vraisemblable) ; le scandale politique rebondirait et, cette fois, sans parade ni ligne de défense[6].

Ménage a compris que les chefs de la DGSE mentent à Tricot et que celui-ci se fait manipuler comme un débutant. Dès lors, il considère que la diffusion d'un rapport exonérant les services français de toute responsabilité constituerait un mensonge d'État susceptible de mettre en cause le pouvoir tout entier. Aussi recommande-t-il avec vigueur d'exiger de la DGSE qu'elle livre enfin « le schéma réel et complet de l'opération ». Mais qui veut vraiment que la vérité soit dite ?

« Curieusement, cette note m'est revenue sans annotation, pas même le "Vu" habituel du Président », relève Ménage dans ses Mémoires. Bianco lui confirme pourtant que François Mitterrand l'a lue[7*] – sans en tenir aucun compte, la suite va le montrer.

* L'ancien collaborateur de François Mitterrand dit avoir ajouté cette mention sur l'original du document : « Note lue par le Président ce jour, confirmation de Jean-Louis Bianco. » Elle ne figure pas sur la copie consultée par l'auteur.

Comment croire un espion sur parole ?

Le lundi 26 août en début d'après-midi, le rapport de Bernard Tricot est rendu public par les services de Matignon. Laurent Fabius l'a reçu de ses mains la veille ; sa teneur l'a décontenancé.

— Le moins qu'on puisse dire est que ça m'a semblé étrange, se souvient-il.

Il est vrai que les conclusions de Tricot épousent si parfaitement la position du ministère de la Défense qu'elles suscitent le malaise, sinon le fou rire. Souscrivant aveuglément aux récits des témoins qu'il a fait défiler devant lui, le conseiller d'État affirme qu'aucune des hypothèses impliquant la DGSE ne tient. « Dans l'état actuel de mes informations, je ne crois pas qu'il y ait eu responsabilité officielle française », avance-t-il. Son raisonnement tient du syllogisme : puisque la DGSE n'a ni reçu ni donné l'ordre de détruire le *Rainbow Warrior*, et que ses membres paraissent tous loyaux et disciplinés, c'est donc que la DGSE n'est pas en cause dans l'attentat – C.Q.F.D.

Avec autant de légèreté que de suffisance, Tricot va jusqu'à écrire qu'on lui a montré « les libellés des missions confiées aux agents » déployés en Nouvelle-Zélande et qu'ils correspondent bien à ce que leurs supérieurs lui ont décrit : l'objectif était de « renforcer la surveillance » de Greenpeace et non de détruire son bateau. Et s'il prend soin de « ne pas exclure l'hypothèse où ces officiers se seraient concertés pour [lui] taire une partie de la vérité », tout indique, dans les mots comme dans le ton, qu'il n'en croit rien du tout.

De fait, le haut fonctionnaire se dit assuré que l'emploi du temps, la formation et le tempérament de ces soldats rendaient impossible leur participation à un tel coup tordu. Prieur, parce qu'elle n'a jamais appartenu aux nageurs de

Le *Rainbow Warrior*, le 11 juillet 1985, dans le port d'Auckland. © Miller / AP / SIPA

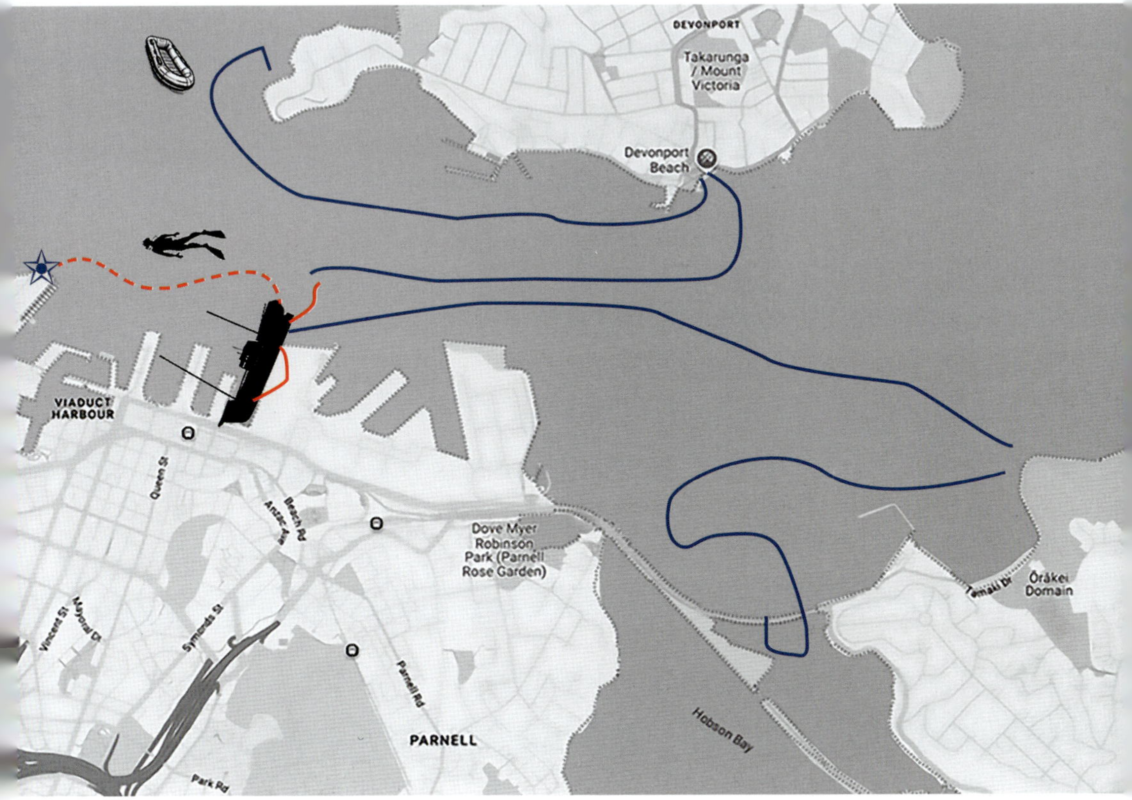

Le plan d'attaque du *Rainbow Warrior* dessiné par Jean-Luc Kister. DR

Jean Camas (alias *Jacques Camurier*) et Jean-Luc Kister (alias *Alain Tonel*) photographiés en Nouvelle-Zélande quelques jours après avoir posé les bombes sous le *Rainbow Warrior*.

Centre des nageurs de combat, à Aspretto, en Corse.

© Villard / SIPA

François Mitterrand et Charles Hernu en 1981.

DR

Entraînement sous-marin des nageurs de combat dans la baie d'Ajaccio.

© Philippe Wojazer / AFP

L'amiral Lacoste en 1983.

© Laurent MAOUS / GAMMA

Laurent Fabius, Premier ministre, le 22 septembre 1985 : « La vérité est cruelle… » À ses côtés, Paul Quilès, nouveau ministre de la Défense.

David Lange,
Premier ministre
néo-zélandais,
en 1984.

© AP / SIPA

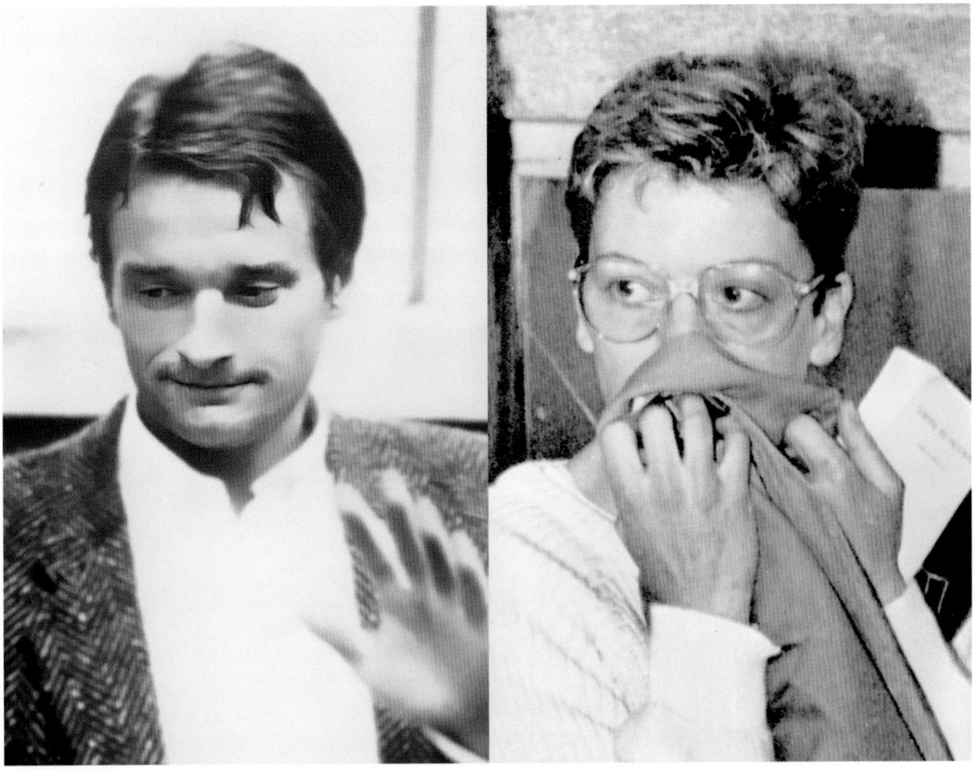

Alain Mafart et Dominique Prieur – « les faux époux Turenge » – arrivant au tribunal d'Auckland, le 18 juillet 1985.

Daniel Soulez Larivière, l'avocat des « époux Turenge ».

L'équipage de l'*Ouvéa*.

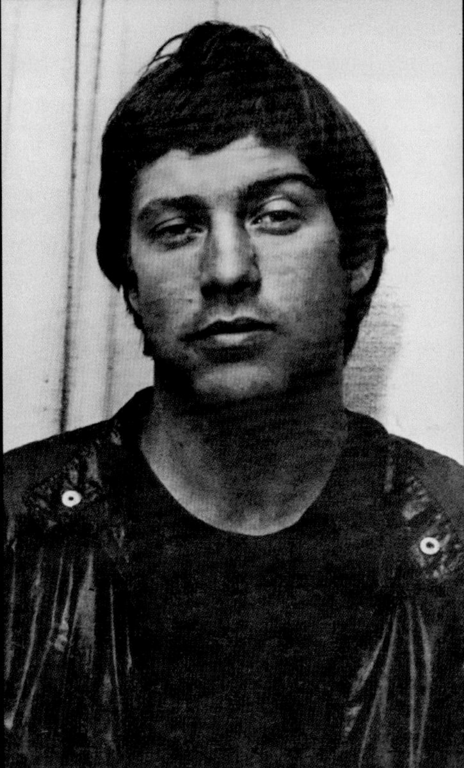

Gérald Andriès.

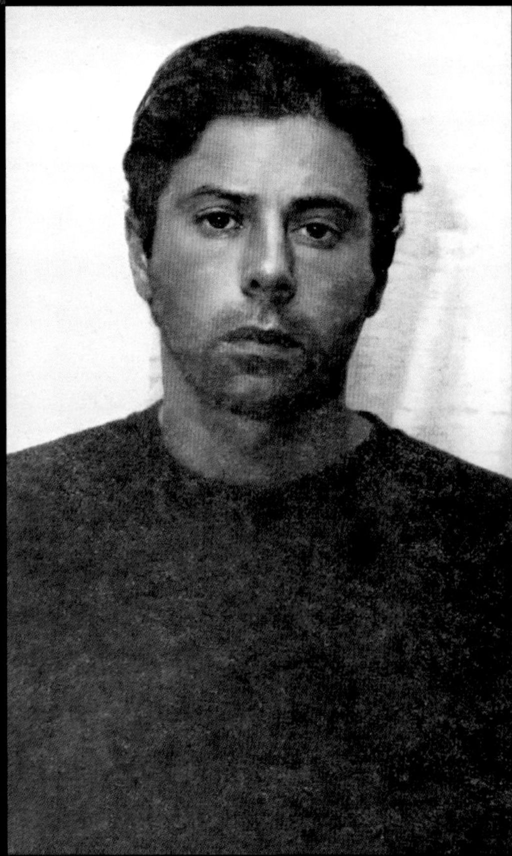

Jean-Michel Barcelo.

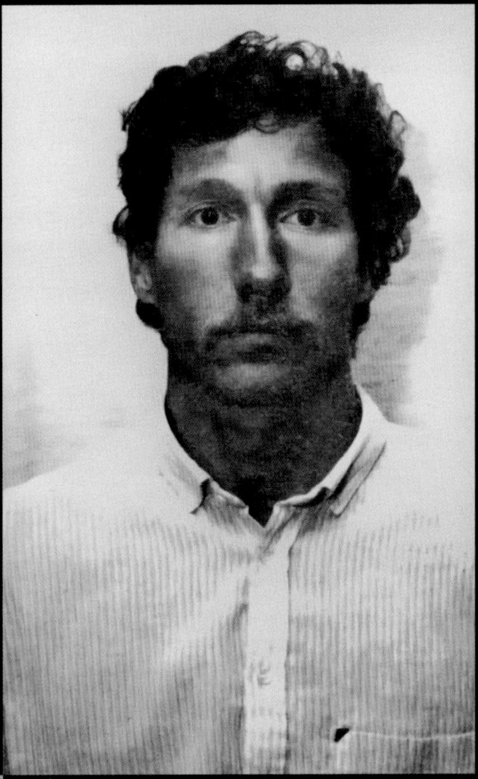

Roland Vergé.

Le docteur
Xavier Maniguet.

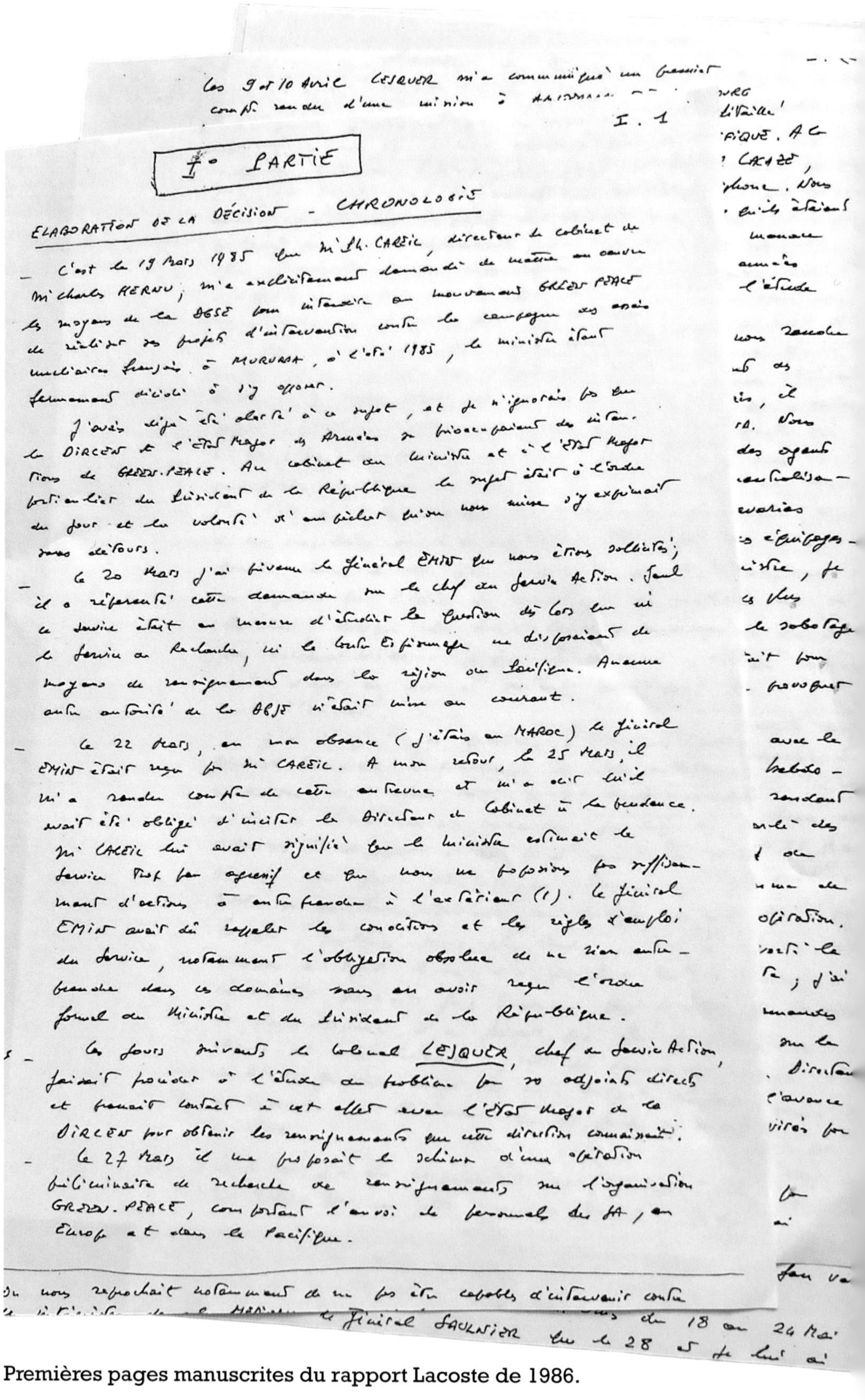

Les 9 et 10 avril LESQUER m'a communiqué un premier compte rendu d'une mission à [illegible]

I. 1

Iᵉ PARTIE

ÉLABORATION DE LA DÉCISION – CHRONOLOGIE

– C'est le 19 mars 1985 que M. Ch. CAREIL, directeur du cabinet de M. Charles HERNU, m'a explicitement demandé de mettre en œuvre les moyens de la DGSE pour interdire au mouvement GREEN PEACE de réaliser ses projets d'intervention contre la campagne des essais nucléaires français à MURUROA, à l'été 1985, le ministre étant fermement décidé à s'y opposer.

J'avais déjà été alerté à ce sujet, et je n'ignorais pas que la DIRCEN et l'État Major des Armées se préoccupaient des intentions de GREEN-PEACE. Au cabinet du ministre et à l'État Major particulier du Président de la République le sujet était à l'ordre du jour et la volonté d'empêcher toute mise s'y exprimait sans détours.

– Le 20 mars j'ai prévenu le Général EMIN que nous étions sollicités; il a répercuté cette demande sur le chef du Service Action. Seul ce service était en mesure d'étudier la question dès lors que ni le Service de Recherche, ni le [illegible] ne disposaient de moyens de renseignement dans la région du Pacifique. Aucune autre autorité de la DGSE n'était mise au courant.

– Le 22 mars, en mon absence (j'étais au MAROC) le général EMIN était reçu par M. CAREIL. A mon retour, le 25 mars, il m'a rendu compte de cette entrevue et m'a dit qu'il avait été obligé d'inciter le Directeur de Cabinet à la prudence. M. CAREIL lui avait signifié que le ministre estimait le service trop peu agressif et que nous ne proposions pas suffisamment d'actions à entreprendre à l'extérieur (1). Le général EMIN avait dû rappeler les conditions et les règles d'emploi du service, notamment l'obligation absolue de ne rien entreprendre dans ce domaine sans en avoir reçu l'ordre formel du Ministre et du Président de la République.

– Les jours suivants le Colonel LESQUER, chef du Service Action, faisait procéder à l'étude du problème par ses adjoints directs et prenait contact à cet effet avec l'État Major de la DIRCEN pour obtenir les renseignements que cette direction connaissait.

– Le 27 mars il me proposait le schéma d'une opération préliminaire de recherche de renseignements sur l'organisation GREEN-PEACE, comportant l'envoi de personnels du SA, en Europe et dans le Pacifique.

(1) On nous reprochait notamment de ne pas être capables d'intervenir contre [illegible]

[illegible] le général SAULNIER [illegible] du 18 au 24 mai [illegible] que le 28 et je lui ai [illegible]

Premières pages manuscrites du rapport Lacoste de 1986.

Collection particulière

combat ; Mafart, parce qu'il n'en serait plus – un bobard de plus, on l'a vu. Le colonel *Gervais*, alias *Dubast*, parce qu'il n'a pas quitté Nouméa ; et les marins de l'*Ouvéa*, parce que leur mission était de naviguer, de copiner avec les autochtones et de prendre des photos. Si Tricot relève, comme avec admiration, qu'ils ont porté en Nouvelle-Zélande « une attention soutenue à la partie féminine de la population », il se porte garant de leur obéissance : « Je n'imagine pas ces hommes prenant une décision aussi contraire aux instructions reçues que d'aller couler le *Rainbow Warrior.* » Sous sa plume, les hommes-grenouilles se changent en agneaux : le rapport tourne au conte de fées…

Le conseiller d'État n'y a-t-il vu que du feu ou précède-t-il les désirs du gouvernement ? Probablement les deux. Factuellement, ses attendus sont justes : ni les *Turenge* ni le trio de l'*Ouvéa* n'ont fait sauter le bateau de Greenpeace. Mais sa conclusion est fausse : la DGSE n'est pas hors de cause pour autant. Tricot est simplement passé à côté du point essentiel ; il y avait, à Auckland, d'autres agents pour faire le coup. Or les chefs de la DGSE lui ont certifié le contraire, et il les a crus sur parole. C'est ainsi qu'il a perdu le fil. « La DGSE n'avait pas en Nouvelle-Zélande, outre les *Turenge*, d'autres agents que ceux qui composaient l'équipage de l'*Ouvéa* », écrit-il sans la moindre réserve.

Au cours d'un de ses entretiens avec Lacoste, Tricot a pourtant demandé :

— Y a-t-il dans votre conviction personnelle des motifs qui pourraient faire que vous ne me diriez pas la vérité ?

— Oui, s'il s'agissait de protéger mes collaborateurs, a répondu l'amiral[8].

Le conseiller d'État dit avoir clos l'échange en le remerciant de sa franchise et en concluant à voix haute devant lui : « Je saurai donc qu'il se peut que vous me cachiez certaines choses. » Son rapport montre qu'il l'a vite oublié.

Ainsi, Tricot a avalé sans sourciller le scénario concocté à son intention pour expliquer l'opération d'Auckland par un simple quiproquo. Charles Hernu lui a mis sous les yeux la note de l'amiral Fages qui préconisait, lors de la réunion d'avril à Matignon, d'« anticiper les actions de Greenpeace »*. Le ministre lui a même fait remarquer que le mot « anticiper » était souligné deux fois sur son exemplaire – exemplaire que, soit dit en passant, il se souvient d'avoir montré à l'amiral Lacoste. Et si, tout bêtement, le chef de la DGSE avait surinterprété l'expression et requis la « neutralisation » du navire en guise d'« anticipation » ? Hernu feint de le craindre. Tricot reprend à son compte l'hypothèse… et l'écarte après avoir questionné Lacoste et Fages sur le sens qu'ils donnent au verbe « anticiper » – considérations sémantiques au demeurant inutiles puisque la note de l'amiral Fages remonte au 26 mars, alors que, on l'a vu, l'opération « Satanic » était déjà en route à cette date…

Un autre épisode illustre le manque de sagacité de Tricot et la volonté de dissimulation à laquelle il a été confronté. Pour éclairer ses investigations, le conseiller d'État a rendu visite au ministre de l'Intérieur, Pierre Joxe. Il espérait obtenir des précisions sur les indices recueillis par les Néo-Zélandais et pensait pouvoir se fier à lui. N'est-il pas le fils de l'ancien ministre Louis Joxe, qu'il a connu et apprécié au temps du général de Gaulle ? L'entretien, pourtant, est stérile – le rapport ne le mentionne d'ailleurs pas. Joxe s'est bien gardé de lui dire qu'il savait

* Cf. *supra*, chapitre 4, p. 82.

tout ou presque de l'implication de la DGSE dans l'attentat. Il a volontairement laissé Tricot s'égarer.

« Il ne m'a pas aidé, relèvera Tricot. Il avait l'air de se méfier, il ne m'a pas reçu seul ; un membre de son cabinet était là, ce qui me gênait pour poser des questions sur Charles Hernu[9]... »

Entre Mitterrand, qui exige le silence, et Fabius qui réclame la vérité, Joxe a choisi son côté.

Il y a cependant un passage, dans le rapport Tricot, qui provoque l'irritation à l'Élysée :

> Comme il s'agissait d'envoyer plusieurs agents dans le Pacifique, écrit Bernard Tricot, la dépense était de celles qui dépassaient les charges courantes du service et qui donnent lieu à l'attribution de fonds exceptionnels. Cette attribution fut demandée et accordée dans des circonstances normales, c'est-à-dire avec l'accord du chef de l'état-major particulier du président de la République. J'ai vu le général Saulnier, qui exerçait à l'époque ces fonctions. Il se souvient bien que l'affaire lui avait été soumise et qu'il s'agissait uniquement d'accroître l'effort de renseignement et qu'il donna son accord.

Même banalisée à l'extrême par son auteur, cette révélation inattendue constitue la première mise en cause – certes indirecte – de François Mitterrand dans l'affaire. En effet, dès lors que Saulnier admet avoir débloqué la somme réclamée par la DGSE, on a du mal à envisager qu'il n'ait pas informé le Président ; c'est en son nom que les décisions sont prises et les opérations de ce type sont rares. À supposer que Lacoste ait dissimulé au chef d'état-major la destination des fonds – ce qui n'aurait guère eu de sens puisque l'opération était approuvée par le Président –, Saulnier n'aurait pu manquer de faire le rapprochement en apprenant le sabordage du *Rainbow Warrior* ; il aurait alors couru prévenir Mitterrand, ne fût-ce que pour se couvrir. Dans les deux cas, cela confirme que Mitterrand est au courant de l'implication de la DGSE et que, depuis un mois et demi au moins, il joue double jeu.

Les fonds de Matignon, les noms des agents

Où Tricot a-t-il déniché cette histoire de fonds secrets ? Il n'est pas difficile de le deviner. L'amiral Lacoste ne voulait pas que l'enquête commandée par le gouvernement aboutisse à accuser son service comme s'il avait agi d'initiative et sans rendre compte. Le recours aux fonds secrets permet de relier la présidence de la République au déclenchement de l'opération. Le chef de la DGSE a orienté à dessein Tricot sur cette piste, pas fâché de savoir qu'elle conduirait jusqu'à Saulnier, dont l'attitude le heurte – depuis que Mitterrand l'a promu chef d'état-major des armées, le plus haut poste de la hiérarchie militaire, il s'est mis aux abris et ne lui donne plus signe de vie. De surcroît, Lacoste est indigné qu'on lui ait suggéré de « falsifier les documents comptables du service », ce qu'il a refusé*. Effectivement, les registres de la DGSE gardent la trace d'une avance de 1,5 million de francs, puisée au mois de mai dans la caisse du service (quand Saulnier tardait à signer la demande), ainsi qu'un document attestant la réception du montant équivalent, le 8 juillet 1985, issu des fonds spéciaux gouvernementaux. Par la suite, le budget de la mission bénéficiera même d'une « rallonge » de 1,8 million, nécessitée par des frais

* Dans son rapport de 1986, l'amiral admet seulement avoir « fait disparaître quelques éléments (factures, ordres de mission) correspondant à ceux des exécutants qui n'ont jamais été découverts ».

imprévus – peut-être l'exfiltration des agents a-t-elle fait « exploser » les coûts...

Ces versements, Tricot se les est fait confirmer par le préfet Philippe Parant, l'adjoint de Lacoste chargé de l'administration et des finances*. Mais il ne livre pas cette précision dans son rapport. Étonnamment, il ne précise pas non plus que les transferts de fonds secrets, s'ils requièrent l'autorisation de l'Élysée, sont effectués sur l'ordre de Matignon – en l'occurrence au travers d'un décret dit « de dépenses accidentelles » revêtu de la signature du Premier ministre, qui permet de camoufler des paiements confidentiels sous un intitulé anodin et d'éluder le contrôle du Parlement et de la Cour des comptes. Le procédé existe depuis le début de la Vᵉ République ; impossible qu'un ancien secrétaire général de la présidence comme Bernard Tricot l'ignore. Cette omission-là est donc volontaire. Simplement, Louis Schweitzer lui a expliqué que, s'agissant de l'activité des services de renseignement, le visa du Premier ministre était purement formel et que les consignes de Laurent Fabius étaient d'entériner toutes les décisions de l'état-major particulier du Président sans y regarder de plus près. Décidément conciliant, Tricot a pris cela aussi pour argent comptant.

Boulevard Mortier, au siège de la DGSE, le rapport du conseiller d'État provoque le soulagement – la tactique de l'enfumage a payé. Il est cependant une chose qui désarçonne les hommes du secret : le grand commis de l'État s'est laissé aller à divulguer les noms des agents engagés dans l'opération d'Auckland. Pourquoi diable a-t-il fait

* On se souvient d'ailleurs que ce haut fonctionnaire a été imposé à ce poste par François Mitterrand, qui souhaitait un civil de confiance auprès du directeur de la DGSE (cf. *supra*, chapitre 5, p. 103). On a du mal à penser que lui aussi ait pu taire de tels éléments au Président.

cela ? Qu'il ait cité ceux des faux époux *Turenge*, Alain Mafart et Dominique Prieur, peut à la rigueur s'expliquer : eux ont déjà été démasqués par la presse. Qu'il expose au grand jour l'identité des hommes de l'*Ouvéa* est autrement discutable. L'amiral Lacoste a refusé de les lui donner et le colonel Lesquer n'y a consenti, lui, qu'en insistant pour qu'ils demeurent confidentiels – la règle d'or des services impose un silence de plomb. Dans le rapport, Vergé, Andriès et Barcelo sont désignés avec leurs grades et leurs années d'ancienneté, mais sans les prénoms pour les deux derniers, et avec une faute dans le nom de Barcelo, qui est appelé « Bartelo », ce qui témoigne d'une certaine précipitation. C'est en tout cas une première : jamais un gouvernement n'avait divulgué l'identité d'agents secrets en activité, fût-ce pour les innocenter.

Le lundi 26 août à la première heure, peu avant que le rapport Tricot soit rendu public, les trois sous-officiers se rendent à la Direction de la police judiciaire. Le colonel Lesquer tenait à ce que ses hommes se présentent librement ; il a refusé qu'on vienne les chercher avec sirène et gyrophare. On les conduit directement dans le bureau du directeur de la PJ, Michel Guyot, qui les questionne en personne. L'interrogatoire est bref. Ils déclarent appartenir aux effectifs de la DGSE et avoir été « en service commandé » dans le Pacifique Sud. Ils ne sont pas les auteurs de l'attentat contre le *Rainbow Warrior*, jurent-ils, et se retranchent derrière le « secret défense » pour ne pas aller plus loin. À cet instant, ils ne sont plus considérés comme fugitifs.

« L'avis de recherche devenu caduc, ils étaient libres », note Lacoste.

Ils remontent dans une voiture du service Action et s'évanouissent à nouveau dans la nature. On ne les reverra pas de sitôt.

Fabius est-il Candide ou Machiavel ?

Si Bernard Tricot pensait donner le la, c'est un concert de reproches qui accueille son rapport. Les grands journaux rivalisent de sarcasmes et d'indignation. *Le Monde* évoque « Un rapport trop beau pour être cru ». « Tricot n'a rencontré que des innocents », s'esclaffe *Le Canard enchaîné.* « Tricot lave plus blanc », ironise *Libération. L'Humanité* dénonce un « mensonge d'État ». Dans le texte du haut fonctionnaire, *France-Soir* compte « plus de questions que de réponses » et *Le Figaro*, « vingt raisons de croire à la piste française ». Dans *Le Nouvel Observateur*, le caricaturiste Wolinski dessine un mari adultère au téléphone : « Allô, Monsieur Tricot ? Ma femme me soupçonne, vous ne pourriez pas dégager ma responsabilité ? » Et dans *Le Monde*, Plantu croque un Charles Hernu en treillis, lisant le rapport en se grattant la tête : « Mais alors, s'exclame-t-il, je n'étais pas dans le coup ?!... »

Surpris et vexé, le conseiller d'État multiplie les interviews pour se justifier et défendre son travail. Mais plus on le questionne, plus il se tortille, perd de sa superbe et baisse pavillon.

— Il est possible que, dans des cas où j'ai cru qu'on m'aidait, on ne m'aidait pas, hasarde-t-il sur TF1.

— Je n'exclus pas que j'aie été berné, envisage-t-il sur Europe 1.

— Il n'est pas inconcevable que des chefs de la DGSE m'aient caché une partie de la vérité, qu'ils se soient trouvés en face d'un conflit de devoir, poursuit-il sur Antenne 2.

Le Premier ministre néo-zélandais, David Lange, tempête. Il qualifie le rapport Tricot d'« incroyable » – au sens propre –, affirme que « le gouvernement français est bien sûr impliqué » et exige « des excuses immédiates » de la France.

S'il se contrôle mieux, Laurent Fabius enrage tout autant. Il avait ordonné une enquête indépendante pour qu'elle établisse les faits, désigne les coupables et mette un terme à l'affaire sans l'éclabousser. C'est tout l'inverse qui se produit : Tricot n'a pas trouvé les auteurs de l'attentat, pas aperçu le moindre donneur d'ordres, et les journalistes se régalent à lui opposer leurs découvertes et celles de la police néo-zélandaise. Il y a pire, même, pour Fabius : c'est lui qu'on suspecte d'avoir tout manigancé pour étouffer le scandale. N'a-t-il pas choisi Tricot en se portant garant de son indépendance ? « L'entourloupe de Fabius », titre *Le Quotidien de Paris*, dont l'éditorial dénonce « le mutisme puis l'art d'esquiver » du chef du gouvernement. Le dessinateur du *Figaro*, Jacques Faizant, l'affuble d'un parapluie qui ne le quittera plus : l'ustensile d'un dirigeant qui ne veut pas se mouiller.

C'est prêter bien de la fourberie à un homme qui, jusqu'à présent, s'est fait abuser par à peu près tout le monde. Mais vaut-il mieux, pour un Premier ministre, passer pour Candide ou pour Machiavel ?

Pour sortir de l'impasse, Fabius n'a plus qu'une idée en tête : régler son compte à Charles Hernu.

— C'est devenu une obsession, il en a fait une affaire personnelle, se souvient Pierre Joxe. Je lui disais : « Laurent, pourquoi t'acharnes-tu à ce point ? Tu n'es pas en cause… » Il me répondait : « Et mon autorité ? »

Le plus probable est que Fabius concentre sur Hernu le ressentiment qu'il est obligé de taire envers Mitterrand – impossible de s'en prendre au Président sans s'affaiblir lui-même. Pour que le mensonge ait un prix, il réclame la tête du ministre de la Défense ; non seulement pour sa faute mais aussi, et peut-être d'abord, parce qu'il est un proche, un fidèle, un grognard de François Mitterrand.

Le problème, c'est qu'en disculpant sottement la DGSE, Tricot a certes mis en relief le double langage des militaires, mais il a fourni à Hernu le meilleur des boucliers – pourquoi sanctionner le ministre si ses troupes n'ont rien fait ? Aussi Fabius se résout-il à prendre ses distances avec le rapport qu'il a lui-même commandé. Le soir même, il fonce à la télévision et déclare :

— Tant qu'on n'aura pas trouvé qui est à l'origine, qui est le coupable du coulage du bateau, toutes les hypothèses continueront et cela ne sera pas terminé. Voici ma ligne de conduite, il n'y en aura pas d'autre : des interrogations subsistent, j'ai des doutes ; je demande la vérité.

Sur le conseil de Robert Badinter, son meilleur allié dans cette épreuve, Fabius ramène ensuite Hernu au centre du jeu, au prix d'un artifice. Il dit avoir constaté dans le rapport « des carences importantes dans le fonctionnement de la DGSE » – Tricot n'a pourtant rien écrit de tel – et, pour y remédier, il commande au ministre de la Défense… un nouveau rapport, cette fois pour dessiner une réforme des services secrets. La manœuvre est subtile ; elle constitue néanmoins une entaille dans le « domaine réservé » qui n'échappe pas au Président. Or Mitterrand n'est toujours pas décidé à « lâcher » Lacoste ni son service, pas même à en donner l'impression.

— Pas question de s'en prendre à la DGSE pour l'instant[10], a-t-il intimé à Bianco, qui transmet à Ménage.

Sans rien savoir des mobiles du chef de l'État, Michel Charasse pond, de ses vacances auvergnates, un long argumentaire au ton de boutefeu qui conforte cette position et appelle à ne pas baisser la tête.

> Le moment est venu de dire que tous les grands pays ont des services de renseignement, écrit le sénateur et conseiller ; que chacun doit se défendre, qu'il arrive que la mesure soit dépassée [...], que la Nouvelle-Zélande elle-même a des services qui agissent à travers le monde et notamment en France, puisque nos activités militaires intéressent ce pays au plus haut point ; la DGSE a certainement quelques biscuits utiles à cet égard.
>
> Il faut contre-attaquer, se féliciter du sérieux et du contenu du rapport Tricot, défendre Tricot dont l'honnêteté est mise en doute, à moins qu'il ne soit considéré comme naïf ; l'accepter en bloc et attaquer systématiquement toutes les affirmations de presse qui constituent une diffamation à l'égard d'autorités publiques, gouvernementales, militaires ou administratives[11]...

C'est sur cette ligne que va camper Mitterrand, abandonnant Fabius à ses « doutes ».

Le 30 août, l'amiral Lacoste met la dernière main à un dossier de « réplique » constitué par ses adjoints avec l'aide du service Action. À l'intérieur, une série de fiches destinées à réfuter certaines des accusations qui s'étalent dans la presse ; une suivante consacrée à Greenpeace, dont une partie s'intitule : « Actions contre le nucléaire en France et convergence avec l'attitude soviétique », une autre encore sur le président du mouvement, David McTaggart. Le même jour, Jean-Louis Bianco adresse à ce dernier, qui avait demandé audience à l'Élysée, un courrier très sec au nom de François Mitterrand. Il lui reproche d'avoir, dès avant la publication du rapport Tricot, « accusé la France » et annoncé que Greenpeace continuerait ses « actions hostiles à ses intérêts ». « Votre demande d'audience est donc désormais sans objet », conclut le secrétaire général.

Avec le gouvernement de Nouvelle-Zélande, c'est encore plus rude. Son ambassadeur à Paris est convoqué au Quai d'Orsay et se fait chapitrer. La France, lui notifie-t-on, réclame « toutes les garanties du droit international » pour les deux prisonniers d'Auckland, que le rapport Tricot vient d'innocenter. Galbraith et ses détectives sont mis au défi d'apporter des preuves indiscutables contre eux. Voilà l'accusateur en position d'accusé.

De son côté, pour répondre à la commande de Fabius, Hernu fait rédiger en quelques jours un rapport empli de généralités sur une hypothétique réforme de la DGSE. C'est Patrick Careil, inspecteur des finances et directeur de son cabinet, qui tient la plume.

— On ne pouvait pas en attendre grand-chose, je ne connaissais rien au sujet, confie humblement l'intéressé.

De son côté, le conseiller-scribe d'Hernu mentionne dans ses notes la consigne donnée alors par le ministre : « Faire en sorte qu'il n'y ait aucun os à ronger. »

Sur les instructions du ministre, le rapport exonère à nouveau le service secret de toute participation à l'attentat d'Auckland. Quand Fabius en prend connaissance, son seul commentaire est : « Tout cela n'a pas de sens[12]. »

Le 13 septembre, François Mitterrand s'envole pour les antipodes. Il veut assister à un tir de la fusée Ariane à Kourou, en Guyane, puis visiter le centre d'expérimentation nucléaire à Mururoa et y présider un comité stratégique destiné à « réaffirmer la présence française dans la région[13] ». Deux semaines après l'épisode Tricot, le voyage ressemble à un pied-de-nez. Six ministres accompagnent le Président, dont Pierre Joxe, Roland Dumas et Charles Hernu. Le ministre de la Défense exulte. Il enfile des colliers de fleurs, embrasse les jeunes filles à pleines joues, se baigne dans les eaux turquoise de l'atoll. Au dîner, il conte des histoires de corps de garde jusqu'à point d'heure.

Le *Rainbow Warrior* ne lui semble déjà plus qu'un mauvais souvenir.

Mitterrand, lui, est contrarié. Au départ de Paris, le Concorde présidentiel n'a pas pu décoller, il a fallu en affréter un second. À Kourou, un ascenseur et un hélicoptère sont tombés en panne et le lancement du satellite prévu a échoué ; la fusée a dû être détruite en vol. Le voyage de la revanche est gâché. Cette série noire s'est déroulée un vendredi 13... Souvenir d'un participant à la visite :

— On s'est demandé si Hernu et Greenpeace n'étaient pas en train de nous porter la poisse.

Bonne question.

9

La preuve par trois

En révélant l'existence d'une « troisième équipe » d'agents ayant posé les bombes, Le Monde *ruine la défense d'Hernu et force Mitterrand à lâcher son ministre et ami. Tel était précisément l'objectif de la source qui a renseigné le journal...*

Le temps de traverser le globe, François Mitterrand a repris du poil de la bête. Le retour de Guyane en Concorde effectué sans encombre, le mauvais sort est dissipé. Dimanche 15 septembre, dans la tiédeur du soir, le Président devise avec quelques journalistes sur la terrasse de l'Élysée en dégustant des petits fours. Il est d'humeur malicieuse. Les explosions du Pacifique Sud ? Qu'on ne l'en rende pas responsable. Celle de la fusée Ariane l'a déçu, mais il préfère en sourire : « Je me demande si on n'exagère pas mon influence sur les astres et les métaux... [1] » Quant à celle du *Rainbow Warrior*, qu'en dire d'autre que le rapport Tricot ? « Rien de plus licite » que la présence d'agents français en Nouvelle-Zélande, puisqu'il « ne s'agissait que d'une opération de renseignement dans un pays qui sert de plateforme à des actions hostiles à la France ».

— Sont-ils allés plus loin, ces agents de la DGSE ? le relance-t-on.

— Je me refuse à le croire.

Le lendemain, la présidence de la République fait connaître la teneur d'un courrier officiel adressé au Premier ministre néo-zélandais. C'est la réponse – sèche – à sa demande d'excuses. « Il serait bon que les griefs accumulés et les accusations infondées dont la France est l'objet soient évités », écrit le chef de l'État.

Le même ton de dignité outragée est employé devant ses ministres et conseillers. Mitterrand ne cache plus son irritation envers David Lange, qu'il trouve « agité » et « prétentieux ». Que Michel Rocard, revendiquant une amitié ancienne avec lui, se soit proposé pour rétablir le dialogue avec la Nouvelle-Zélande n'a rien arrangé. Le Président a levé les yeux au ciel.

Autour de lui, les ministres ont chacun leur idée sur la suite du feuilleton. Laurent Fabius s'est fait une raison : la manœuvre Tricot a échoué, d'autres rebondissements peuvent survenir. Il veut rester aux aguets. C'est pourquoi il ouvre un débat sur le contrôle des services de renseignement par le Parlement. C'est une façon d'occuper le terrain, tout en maintenant Hernu et la DGSE dans son viseur.

En juriste intransigeant, Badinter estime, lui, qu'il faut geler toute coopération avec les Néo-Zélandais jusqu'au procès des *Turenge*, fixé au 4 novembre. Joxe est plus radical : puisque le rapport Tricot les innocente, la cohérence impose d'exiger la libération des deux agents emprisonnés, presse-t-il. Quant à Hernu, il respire mais reste sur ses gardes. Il n'exclut pas de devoir répliquer à de nouvelles attaques. L'amiral Lacoste lui a remis, au cas où, un dossier « qui réfute la plupart des allégations de la police néo-zélandaise » et défend le travail de ses hommes. On peut y lire ceci :

> La publicité donnée aux prétendues carences du service a été telle que même les plus hautes autorités sont convaincues que quantité d'erreurs ont été faites. En réalité, elles sont

> beaucoup moins nombreuses et évidentes [...]. Plusieurs éléments du dispositif de surveillance et d'infiltration de Greenpeace n'ont pas été dévoilés. M. Tricot a eu la possibilité de le constater personnellement ; il ne pouvait naturellement pas en faire état dans son rapport. C'est dire que tout ne marche pas si mal au service Action[2] !

S'il est attaché à « couvrir » ses subordonnés, l'amiral ne prétend pas pour autant que la DGSE serait à l'abri de tout reproche.

> Le fait que deux officiers en mission aient été arrêtés à Auckland, que trois sous-officiers ayant conduit la mission de l'*Ouvéa* aient été repérés et que ces cinq personnes soient accusées d'avoir coulé le *Rainbow Warrior* ne résulte pas seulement de la malchance ou d'éventuelles actions d'un service adverse [...].
>
> Nous avions observé que la Nouvelle-Zélande était un pays de tourisme, la couverture de tourisme et de navigation pour nos agents était la meilleure. En fait, nous avons sous-estimé certains facteurs : la Nouvelle-Zélande est un petit pays ; la surveillance policière est étroite ; la population coopère aisément avec la police. Dans ces conditions, la préparation de nos agents, en particulier ceux de l'*Ouvéa*, a été insuffisante.

De tout cela, Lacoste est disposé à s'expliquer, et même à proposer des améliorations dans le fonctionnement de la DGSE – n'est-ce pas ce que le Premier ministre a publiquement souhaité ? Toutefois, il a à cœur de souligner que « pour la première fois dans l'histoire, le service s'est trouvé en butte aux investigations de la police de son pays », et que les enquêteurs néo-zélandais « ont été puissamment aidés par les recherches menées sur notre territoire par les journalistes français ». En somme, lui et ses hommes ont peut-être été négligents mais qui aurait pu penser qu'on les poignarderait dans le dos ?

Hernu n'en pense pas moins mais il fait rentrer l'amiral dans le rang. Pas question de déclarer la guerre à Joxe, ni de remettre du carburant dans la machine à scandale.

Dans cette période étrange, « la Boîte » garde un œil attentif sur le sort de Mafart et de Prieur. Le service leur envoie des colis et les a fait abonner aux principaux journaux français dans leur prison aux antipodes. Des officiers du SA se relaient pour leur passer un coup de téléphone de temps en temps. La publication du rapport Tricot n'a pas rassuré du tout les deux agents. Le regain de tension qui s'est ensuivi avec les autorités néo-zélandaises leur fait craindre une aggravation de leurs conditions de détention. Mafart a subi un choc quand son identité a été dévoilée. « Mes yeux ne peuvent plus se détacher de ces six lettres, j'ai l'impression de ne plus m'appartenir totalement[3] », relate-t-il. S'y ajoute l'évocation par Tricot de sa prétendue « radiation » des nageurs de combat. Cherche-t-on à faire de lui « un mouton noir », un soldat perdu ?

Sitôt le rapport diffusé, les *Turenge* ont « fait savoir à la police néo-zélandaise qu'ils avaient une déclaration à faire[4] ». Cette annonce, relayée par leurs avocats locaux, provoque une onde d'angoisse jusqu'au fort de Noisy. Il faut à tout prix les empêcher de parler. Leur avocat parisien, Philippe Derouin, est reçu par le colonel Lesquer. Le chef du SA est obligé d'admettre que la situation est devenue confuse. Il en appelle à leur sens du devoir. « L'affaire ne dépend pas entièrement de la DGSE, explique-t-il ; d'autres instances, les échelons les plus élevés de l'État, font leur propre analyse juridique et politique. » À l'intention de Mafart et Prieur, le colonel ajoute une consigne ferme de mutisme : « Les inculpés devront s'abriter derrière le secret d'État. »[5]

Mais le secret d'État est en train de s'écrouler.

Les plongeurs sortent de l'eau

Mardi 17 septembre à la mi-journée, l'édition du *Monde* sort de l'imprimerie*, barrée d'une manchette qui relance le scandale : « Le *Rainbow Warrior* aurait été coulé par une troisième équipe de militaires français. »

Malgré le conditionnel du titre, les signataires de l'article, Bertrand Le Gendre et Edwy Plenel, assurent que les poseurs de bombes étaient « deux nageurs de combat de l'armée française », des sous-officiers issus du Centre d'Aspretto, et qu'ils ont agi « sur ordre » de leur hiérarchie. « Leur mission achevée, ils ont quitté Auckland par avion sans être repérés, l'un pour Nouméa, l'autre pour Sydney. » Outre l'amiral Lacoste, « trois responsables » sont mis en cause, pour avoir « autorisé ou laissé faire » : le général Saulnier, chef de l'état-major particulier à l'Élysée ; le général Lacaze, chef d'état-major des armées ; le ministre de la Défense, Charles Hernu. François Mitterrand, quant à lui, « n'aurait pas été informé par le ministère de la Défense, ni avant ni après l'attentat ».

Dans les rédactions parisiennes, c'est comme si une nouvelle bombe venait d'exploser, et, avec elle, les démentis du gouvernement et les faux-fuyants du rapport Tricot volent en morceaux. En quelques minutes, les agences de presse donnent à la révélation du *Monde* un écho international.

Au même moment, François Mitterrand est en visite en Bourgogne, sur le site antique de Bibracte, où Vercingétorix fédéra les tribus gauloises. Durant le déjeuner avec des élus du cru, il reçoit des encouragements inattendus.

— Vous avez drôlement bien fait de vous débarrasser de ces gêneurs de Greenpeace, lui lance-t-on.

— Non, puisque je n'ai rien fait[6] ! se défend le Président.

* Par tradition, le quotidien du soir est daté du lendemain de sa parution. Il s'agit donc de l'édition du 18 septembre 1985.

Charles Hernu, qui fait partie de la délégation, est livide. Il trouve un téléphone et appelle Pierre Joxe. « Qui a balancé ? » hurle-t-il. Le ministre de l'Intérieur nie catégoriquement être l'informateur du journal. Au bout du fil, Hernu ne veut rien entendre.

— Il était hors de lui, il criait qu'il allait se venger, ça n'avait aucun sens, se souvient Joxe. Je lui ai dit de se calmer, et qu'il n'avait qu'une seule chose à faire, qu'il aurait dû faire depuis longtemps : virer l'amiral Lacoste.

Hernu, bien sûr, n'en fera rien. Lâcher Lacoste, il le sait, risquerait de l'inciter au grand déballage – c'est-à-dire à révéler qui a donné le feu vert à l'opération d'Auckland. Pour préserver Mitterrand, le ministre et l'amiral sont dans le même bateau ; ils tiendront ou ils sombreront ensemble.

Si la source du *Monde* n'est pas Pierre Joxe, qui est l'auteur de la fuite ? Le tout-État se le demande, ainsi que la presse et, *last but not least*, les professionnels du secret.

— C'était comme après l'assassinat de Kennedy, tout le monde cherchait d'où était partie la balle meurtrière, raconte un ancien de la DGSE.

Dans la presse, c'est plutôt l'exemple de « Gorge profonde », la légendaire source du *Washington Post* dans le scandale du Watergate, qui sert de référence : une décennie auparavant, ses confidences dans un parking guidaient les journalistes sur la piste qui conduisit à la chute du président Nixon*.

Pour créditer leur récit, les enquêteurs du *Monde* ont écrit que leurs informations avaient été « recueillies et recoupées jusque dans l'entourage de M. Mitterrand ».

* On n'apprendra qu'en 2005, près de trente ans après l'affaire, qu'il s'agissait du directeur-adjoint du FBI, Mark Felt. Cf. Bob Woodward, *Gorge Profonde*, Denoël, 2005.

Pour brouiller les pistes, ils ont ajouté que « certains de [leurs] interlocuteurs [étaient] liés à l'opposition ». À l'Élysée, les regards se tournent plutôt vers Fabius, suspecté de vouloir forcer la main au Président pour sacrifier Hernu. Dans les rédactions, beaucoup s'obstinent à désigner Pierre Joxe ; d'autres se demandent si les militaires eux-mêmes n'auraient pas créé une diversion pour mieux blanchir les *Turenge.* Hypothèses hasardeuses qui s'entrecroisent sans convaincre, car la question centrale reste posée : qui pouvait à la fois *détenir* l'information sur la « troisième équipe » et *avoir intérêt* à la révéler ?

La solution de l'énigme tient en un seul nom : Pierre Verbrugghe.

L'homme qui ne savait pas tout

La révélation remonte au 13 septembre – le même vendredi 13 que la visite maudite de Mitterrand dans le Pacifique. Le directeur général de la police a invité Edwy Plenel à dîner dans un restaurant proche du ministère de l'Intérieur, en compagnie d'un confrère : Georges Marion, du *Canard enchaîné*, avec qui l'enquêteur du *Monde* forme un binôme officieux. Dans leur jeunesse trotskiste, les deux journalistes ont milité ensemble à la Ligue communiste révolutionnaire. Pour être plus efficaces dans les dossiers délicats, il leur arrive de partager des informations et des sources. Le préfet Verbrugghe est de celles-là. Pour éviter d'avoir à prononcer son nom, Plenel et Marion le surnomment entre eux « le Consul », clin d'œil au roman de Malcolm Lowry, *Au-dessous du volcan*, où un diplomate britannique se laisse ronger par l'alcoolisme et tarauder par le remords[7]. Ce soir-là, leur interlocuteur leur met sous les yeux la vérité qui, jusqu'alors, se dérobait à tous.

« Puisque le sabotage avait bien eu lieu mais que, en dépit de ses longues recherches, la police néo-zélandaise n'avait pas réussi à l'attribuer aux marins de l'*Ouvéa* (première équipe) ni aux faux époux *Turenge* (deuxième équipe), c'est qu'une troisième équipe avait fait le coup[8] ! »

Verbrugghe n'en dit pas davantage, sinon que le commando comprenait deux hommes ; mais c'est assez pour démêler l'écheveau et ruiner la version officielle.

Marion apporte le tuyau au *Canard enchaîné*. Il s'y heurte au scepticisme de Claude Angeli, rédacteur en chef qui suit les questions militaires. Celui-ci, très introduit à l'Élysée, s'est fait intoxiquer par les hommes du Président, qui lui ont pourtant livré une thèse à dormir debout : les plongeurs de la DGSE étaient bien à Auckland pour couler le *Rainbow Warrior* mais… les services secrets anglais les ont pris de vitesse et l'ont fait à leur place !

Au *Monde*, Plenel passe en force. Convaincu par la démonstration du « Consul », il n'a pas les moyens de recouper l'information mais n'entend pas y renoncer. Avec sa moustache de guérillero, ses havanes et ses contacts privilégiés dans la police, il étonne et détonne, mais il s'est déjà forgé une réputation. Et son tandem avec Le Gendre, au parcours et à la mise plus classiques, rassure l'aristocratie du journal. Le lundi 16 septembre à la mi-journée, il revoit Verbrugghe seul et lui fait répéter toute l'histoire – « afin de me réassurer[9] », expliquera-t-il. Puis il s'enferme avec Le Gendre et rédige le papier en tirant sur son cigare.

Le directeur du quotidien, André Fontaine, arrondit quelques angles et ajoute le conditionnel, puis décide de porter l'information en première page sans demander à en connaître la provenance.

— Edwy Plenel a fait confiance à sa source, moi j'ai fait confiance à Edwy Plenel et le journal nous a fait confiance[10], résume Bertrand Le Gendre.

L'audace est d'autant plus grande que l'article ne repose sur aucun fait précis. L'invocation de sources multiples, l'implication de hauts gradés, le saupoudrage de noms et de dates, tout cela ne vise qu'à présenter comme une enquête minutieuse ce qui est avant tout un coup de bluff. Le duo n'a ni détail ni preuve ; il procède par affirmation et parie que la déflagration suffira à renverser l'édifice de la raison d'État. Plusieurs points du récit sont même erronés. Ainsi, la « troisième équipe » n'était pas formée que de sous-officiers, Jean-Luc Kister portant le grade de capitaine. Elle comprenait trois hommes et non deux – aux plongeurs s'ajoutait le pilote du zodiac, Gérard Royal, lui aussi capitaine. Les auteurs confondent par ailleurs le coordinateur de la mission, Louis-Pierre Dillais, entré en Nouvelle-Zélande sous le faux nom de *Dormand*, avec le convoyeur des explosifs, le lieutenant-colonel P., alias *Dubast*, l'officier mentionné dans le rapport Tricot. Enfin, les deux saboteurs sont repartis ensemble de Nouvelle-Calédonie, ni vers Nouméa ni vers l'Australie mais sur un vol pour Tahiti. Le « Consul » savait l'essentiel mais il ne disposait pas d'informations de première main. À moins qu'il n'ait volontairement égaré Plenel pour mieux se protéger.

De fait, le directeur de la police ne pouvait avoir de la « troisième équipe » qu'une connaissance officieuse. Son existence ne figurait pas dans les dossiers de la police. Ni l'enquête de la PJ parisienne ni celle du superintendant Galbraith ne l'avaient établie. À la date où paraît l'article du *Monde*, le dispositif intégral de la mission « Satanic » n'était accessible qu'à la DGSE – et encore, le plan n'était pas censé sortir du service Action.

Même le cabinet de Charles Hernu n'en dispose pas. Le 4 septembre 1985, l'amiral Lacoste est interrogé à ce sujet. « La presse commence à développer le thème de la présence ou de l'implication d'autres agents français que ceux officiellement dévoilés par le rapport de M. Tricot », écrit un conseiller du ministre. La note évoque « d'autres touristes présents en Nouvelle-Zélande », dont « trois sont recherchés en particulier », et se conclut ainsi :

> Rien n'est sûr mais on peut tout de même craindre de nouvelles révélations (police, presse). Sans doute serait-il très utile de disposer d'un rapport précis de tous les agents non démasqués portant sur les indices laissés sur place et les liens qui pourraient être établis entre eux et les personnes arrêtées et recherchées par la police néo-zélandaise. Dans l'éventualité d'une offensive, via la presse, d'accusations d'autres Français [...], il conviendrait sans doute de préparer dès maintenant une parade voire une riposte[11].

Rien ne permet de savoir quelle réponse est donnée à la requête du ministère. En tout cas, les termes du document attestent que l'hypothèse d'une intervention d'autres agents que les *Turenge* et les marins de l'*Ouvéa* progressait à grands pas. Plusieurs journaux y ont d'ailleurs fait allusion avant la sortie du *Monde*. Dès le 10 août, l'hebdomadaire d'extrême droite *Minute* envisageait que « plusieurs équipes de plongeurs » aient pris part à l'attentat. Reprise par *VSD*, cette éventualité était qualifiée d'« invérifiable » par Edwy Plenel dans *Le Monde* du 15 août. Le 4 septembre, dans *Libération*, le reporter Jean Guisnel, l'un des meilleurs experts du dossier, citait une indiscrétion lâchée par Galbraith à l'avocat des *Turenge*, d'où il ressortait que « les autorités de Wellington cherch[ai]ent en fait la trace d'une autre équipe qui ne serait ni celle des *Turenge* ni celle de l'*Ouvéa* »...

Cette rumeur, Plenel a lui-même contribué à la répandre avant d'en faire une révélation. Le 7 septembre, alors qu'il parle au téléphone avec Claude Angeli, du *Canard enchaîné*, les deux confrères confrontent leurs pistes et impressions respectives. Ils ne se doutent pas que leur échange est capté par la cellule antiterroriste de l'Élysée*.

— Il y a un maillon manquant, confie l'enquêteur du *Monde*. C'est pour cette raison qu'au début on te dit : « Ils sont innocents. » C'est la vérité, ce qui signifie en clair qu'aucun d'eux n'a posé la bombe.

— Tu sous-entends que c'est une autre équipe ? demande Angeli.

— C'est ça, il y a une troisième équipe.

Le mercredi suivant, *Le Canard* consacre à l'hypothèse un entrefilet au ton goguenard, dans lequel il reprend l'expression.

Nul ne sait pourquoi, à ce moment-là, Plenel se refuse à franchir le pas dans son propre journal. L'identité de sa source, elle, ne fait pas de doute : c'est déjà Pierre Verbrugghe. À la fin du mois d'août, le « Consul » a pris un verre avec le journaliste. Il l'a sermonné au sujet des articles du *Monde* évoquant une « piste d'extrême droite » ou celle de mercenaires, et l'a invité à ouvrir les yeux : « Il y a d'autres équipes. »

« Ce soir-là, raconte Plenel, je n'ai rien appris mais j'ai compris[12]. »

Il n'a en tout cas rien écrit.

L'homme qui a trouvé la « troisième équipe »

Pierre Verbrugghe n'a jamais trahi son secret. Fidèle à l'éthique journalistique, Edwy Plenel s'en est fait le gardien

* Le dialogue, retranscrit par les gendarmes de la présidence et saisi huit ans plus tard par la justice, est reproduit par Edwy Plenel. Cf. *La Troisième équipe, Souvenirs de l'affaire Greenpeace*, Don Quichotte, 2016, p. 86-87.

jusqu'à la mort du haut fonctionnaire, en 2017 – de sorte que les motivations du « Consul » sont restées mystérieuses. Il est toutefois une vérité incontestable : l'expression « troisième équipe » ne fut pas inventée par *Le Monde*. Sa véritable origine éclaire les coulisses d'une révélation dont les journalistes furent les auteurs, mais aussi les instruments.

L'homme qui, pour la première fois, baptisa ainsi le commando invisible de la baie d'Auckland n'est autre que le directeur-adjoint du cabinet de François Mitterrand, Gilles Ménage. Il le fit par écrit, le 22 août, dans une note destinée à attirer l'attention du Président sur le fiasco annoncé du rapport Tricot*. En croisant ses propres informations avec celles de la presse, et en raisonnant à partir des confidences de Tricot à Jean-Louis Bianco, Ménage avait résolu l'équation. C'était donc près d'un mois avant la parution fracassante du *Monde*. Voici ce qu'écrivait Ménage :

> Je suis convaincu que les responsables de l'opération interrogés par M. Tricot n'ont pas dit la vérité, car sinon, celui-ci ne pourrait soutenir la thèse d'une mission innocente [...]. Or pour que cette attitude ait pu être adoptée, il faut qu'elle repose sur des éléments solides qui laissent à penser à ceux qui savent que la clé de l'opération n'est pas (et ne sera pas) connue des enquêteurs ni au cours du procès.
>
> Le déroulement de l'enquête permet de déterminer quel est ce point qui sous-tend l'attitude de la DGSE : l'impossibilité pour les membres de l'équipage de l'*Ouvéa*, compte tenu du trajet du bateau qui est connu avec précision, d'avoir participé à l'attentat lui-même. [...] Cette difficulté est facilement résolue si l'on admet qu'il y avait,

* Cf. *supra*, chapitre 8, p. 159.

en plus des époux *Turenge* et des équipiers de l'*Ouvéa*, une *troisième équipe* qui a posé les explosifs. Comme elle n'est jamais apparue dans l'enquête et que les responsables savent que ce sont eux, la thèse de la mission de surveillance leur paraît pouvoir être soutenue.

Dans le même document, Ménage décrivait la répartition des tâches entre les différents groupes : « logistique » pour les marins de l'*Ouvéa*, « renseignement et recueil » pour les *Turenge*, « élément opérationnel » pour la troisième équipe. Il voyait juste. Il ajoutait : « Je crois savoir que le commando qui a agi en Nouvelle-Zélande était composé d'une dizaine de personnes. » C'était en dessous de la réalité.

Ces quelques précisions, dans une note adressée au plus haut personnage de l'État, attestent qu'il ne se fondait pas que sur des conjectures. Ménage, on l'a dit, échangeait fréquemment avec Verbrugghe, et tous deux mesuraient depuis la fin juillet que l'opération d'Auckland allait dégénérer en scandale politique si rien n'était fait pour arrêter l'engrenage. Les deux préfets, l'un à l'Élysée, l'autre à l'Intérieur, cheminaient ensemble vers la solution avec une volonté commune : préserver le Président. Verbrugghe savait, depuis les premiers jours, que d'autres agents de la DGSE étaient en Nouvelle-Zélande – le contrôleur général Le Moël, qui le tenait du colonel Moreau, le lui avait appris*. Ménage « traitait » François de Grossouvre, qui restait le seul contact de l'amiral Lacoste à la présidence. Dans ses Mémoires, il mentionne un entretien avec Grossouvre le 20 août 1985 et signale avoir obtenu le même jour – mais sans indiquer par qui – « la confirmation que l'*Ouvéa* n'avait jamais été à Auckland » et que, dès lors, « ce n'était pas son équipage qui avait posé les bombes »[13].

---

* Cf. *supra*, chapitre 3, p. 67.

Tout laisse supposer que cette confidence venait de Grossouvre, qui la tenait lui-même de Lacoste.

Pour sa part, le colonel Lesquer affirme s'être rendu au ministère en compagnie du colonel Moreau et avoir « déposé une note à Hernu pour lui dire qu'il y avait une troisième équipe », sans être capable de situer exactement le moment.

— Quelques jours après, c'était dans la presse, complète-t-il néanmoins.

Dans l'esprit des chefs de la DGSE, révéler l'existence de la troisième équipe ne visait évidemment pas à mettre à bas le mensonge officiel. Tout au contraire, ils espéraient rassurer le pouvoir sur l'étanchéité du dispositif « Satanic » ; convaincre que, malgré l'arrestation des *Turenge*, le service resterait hors d'atteinte car les vrais poseurs de bombes avaient échappé aux recherches. Cette ligne était aussi celle de Charles Hernu. Ménage et Verbrugghe usèrent de leur information dans le sens exactement opposé. Deux logiques s'affrontaient : les militaires serraient les rangs pour cacher la vérité ; les préfets passaient à l'offensive pour la faire éclater. Comme en physique, c'est la confrontation de ces pressions contraires qui provoqua le choc.

Début août, on s'en souvient, Verbrugghe incitait Ménage à « jeter un pavé dans la mare » pour pousser Mitterrand à réagir, mais le Président ne bronchait pas. Les deux hauts fonctionnaires ignoraient la cause de cette inertie – l'implication personnelle de Mitterrand. Ils y voyaient l'effet d'une erreur stratégique, qu'ils attribuaient à la fidélité du Président envers Hernu. La fuite dans la presse était la dernière option pour le contraindre au sacrifice qu'il refusait d'envisager. Pierre Verbrugghe en fit le choix raisonné ; il se résigna à trahir l'État pour le sauver, et pour en sauver le chef. Florentin jusqu'au bout, il assuma seul cette décision ; il n'en souffla mot à Gilles Ménage, qui ignora jusqu'à sa mort comment la presse avait pu percer le secret*. Ménage, il est vrai, se méfiait des journalistes plus que tout, et nourrissait envers Plenel une détestation personnelle.

En livrant à la presse le chaînon manquant, Verbrugghe faisait éclater la vérité. Mais il faisait aussi en sorte d'éviter qu'elle ne remonte trop haut. Sa position d'apporteur de « scoop » lui donnait l'ascendant. Sur sa seule parole, Plenel et Le Gendre écrivirent que François Mitterrand avait été tenu à l'écart de toute l'opération. Et cela était grossièrement faux.

Plus lucide que d'autres, Serge July, alors directeur de *Libération*, analysait ainsi la motivation du « Consul », sans deviner qui il était : « La source qui alimente *Le Monde* a voulu forcer la main à l'homme qui, à la tête de l'État, défend bec et ongles son ami, le ministre de la Défense. Une "Gorge profonde" qui a un sens aigu de la survie du Président et qui, malgré lui, a pris sa défense par ce jeu d'ombre et de lumière parfaitement maîtrisé[14]. »

Mitterrand à Hernu : « Battez-vous ! »

La déflagration causée par l'article du *Monde* pousse Charles Hernu au bord de l'abîme. « Grande muette » par tradition, l'armée est présentée en grande menteuse,

* Comble de l'aveuglement, Gilles Ménage était persuadé que celui qu'Edwy Plenel appelait « le Consul », c'est-à-dire la source du *Monde*, « avait pour but ultime de mettre en cause les institutions, du moins celui qui était à leur tête, à savoir le président de la République ». Cf. Gilles Ménage, *L'Œil du pouvoir*, tome 1, *Les Affaires de l'État, 1981-1986*, Fayard, 1999, p. 806.

son ministre au premier rang des accusés. Fabius ne veut pas laisser passer l'occasion de lui porter le coup de grâce. Le 17 septembre en fin d'après-midi, il lui fait porter un mot par un motard de Matignon : « Je vous demande d'inviter les généraux Jeannou Lacaze et Jean Saulnier et l'amiral Pierre Lacoste à vous indiquer par écrit s'ils ont donné des instructions ou reçu une information relative à la préparation de l'attentat contre le *Rainbow Warrior.* » Les trois responsables désignés sont ceux mis en cause par *Le Monde.* Que l'un d'eux au moins invoque un ordre supérieur, et c'en est fini de Charles Hernu.

Va-t-il baisser la tête, rendre les armes ? Son entourage s'inquiète. Sa secrétaire alerte son ex-femme, Dominique, dont il est séparé depuis quelques mois.

— Il va très mal, il a l'air complètement absent, ça va mal finir...

Les médecins lui ont recommandé de ménager son cœur, et de ne pas boire d'alcool. Mais rue Saint-Dominique, dans les appartements du ministre, le champagne rosé coule à l'excès. Hernu y puise du réconfort et y noie ses angoisses. Peu après la sortie du *Monde*, il s'entretient au téléphone avec François Mitterrand, à qui il offre sa démission. Au lieu de l'accepter, le Président l'encourage : « Battez-vous[15] ! » C'est assez pour le revigorer. Dans la soirée, Hernu diffuse un communiqué où il proclame – à la troisième personne – qu'« aucun organisme dépendant de son ministère n'a reçu l'ordre de commettre un attentat contre le *Rainbow Warrior* » et réaffirme, contre toute évidence, que « la DGSE n'avait pas, en Nouvelle-Zélande, d'autres agents » que ceux mentionnés dans le rapport Tricot.

Le lendemain est jour de conseil des ministres. Autour de la grande table, chacun guette les réactions d'Hernu et de Fabius. L'ambiance est glaciale. Mitterrand, hiératique, surjoue l'indignation.

— Le gouvernement n'est pas responsable des agissements, s'ils sont démontrés, de gens qui se seraient visiblement mal conduits, déclare le Président. [...] Il ne faut pas hésiter à sanctionner, le cas échéant, à condition de savoir ce qu'il en est. Or moi je n'en sais rien. Entre le renseignement et l'action, il y a un monde. C'est là que peut se glisser soit la sottise, soit la malignité.

Et de conclure, marmoréen :

— J'approuve la mission de renseignement. Fallait-il mener une action violente ? Non. Cette action doit être désapprouvée, et éventuellement punie.

Avec ces mots, le Président tente de raviver le soupçon d'un dérapage commis par des agents incontrôlés, voire séditieux. Pour inviter Hernu à le suivre, il lui confie une nouvelle enquête – la troisième. Et lui suggère ouvertement de gagner du temps :

— Beaucoup de choses reposent sur vous, Monsieur le ministre de la Défense. Il faut exposer à l'opinion celles que l'on connaît. Celles qu'on ne connaît pas, il faut les découvrir. Mon expérience est qu'il ne faut pas s'emballer. Dans trois mois, de quoi parlera-t-on ?

« Beaucoup de choses reposent sur vous... » Seul Hernu peut comprendre le message entre les lignes. La séance levée, lui et Joxe s'interpellent. Le ton monte, les autres ministres regardent leurs chaussures. Sortant de la salle, Mitterrand invite Hernu à l'accompagner à l'étage, dans son bureau. Ils vont préparer ensemble la réplique. Le ministre donnera une conférence de presse, il fera front. Pas question de reculer. Une fois encore, le Président joue double jeu : au grand jour, il réclame « la vérité », comme

Fabius ; en coulisse, il soutient Hernu à bout de bras, contre Fabius.

De retour à l'hôtel de Brienne, Hernu, les yeux rougis, souffle devant ses conseillers :

— C'est la curée[16].

Et L'Express *sauva* Le Monde

À 16 h 30, deux cents représentants des médias du monde entier s'entassent dans le salon jaune du ministère. L'estrade est ornée de drapeaux tricolores, afin de renforcer la gravité du moment. Pour étoffer le propos convenu avec Mitterrand, Hernu s'est fait préparer « des éléments de langage musclés », se rappelle Patrick Careil.

— Il m'a demandé de puiser des citations dans les ouvrages sur l'affaire Dreyfus ; je ne suis pas allé jusque-là. Il ne reculait vraiment devant rien…

À la tribune, avec un incroyable aplomb, le ministre mêle tous les registres, de l'indignation au patriotisme, jusqu'à frôler la paranoïa. Il avance tout et son contraire.

— Aujourd'hui, lance-t-il, comme malheureusement souvent dans notre histoire, on utilise la rumeur, l'insinuation et la calomnie ; et c'est l'honneur de la gauche que d'avoir toujours dénoncé ces méthodes indignes.

S'il persiste à nier toute responsabilité dans l'attentat d'Auckland, il admet pour la première fois que les agents sur place répondaient à ses ordres :

— Je le savais et c'est même moi qui l'ai ordonné ; et je l'affirme, ils ne faisaient que leur devoir en défendant les intérêts de la France.

Il poursuit en invoquant « le sort d'un homme et d'une femme, [détenus] dans des quartiers de haute sécurité, on ne joue pas avec ces choses-là ». Mais c'est pour ajouter aussitôt que si on lui a menti, il sera « impitoyable dans les sanctions ».

Il termine en empruntant la voie – sinueuse – tracée par Mitterrand :

— Au moment où le président de la République vient d'aller solennellement réaffirmer notre détermination en matière de dissuasion nucléaire, ce n'est peut-être pas le seul fait du hasard si tous ceux qu'on attaque sont des hommes de la chaîne nucléaire. Je m'adresse à vous tous : que personne ne tombe dans le piège du contournement de la dissuasion nucléaire. Je remarque à ce propos que Paris est plus proche des champs d'expérimentation nucléaire soviétiques qu'Auckland ou Sydney ne le sont de Mururoa…

La charge a du panache mais elle tient du baroud d'honneur. L'auditoire est abasourdi.

Le soir, un dîner d'État est offert à l'Élysée en l'honneur du Président argentin. Le mot « Greenpeace » est sur toutes les lèvres. Hernu est parmi les invités. Fabius aussi. Mitterrand les réunit le temps d'un bref aparté. Qu'ont-ils encore à se dire ? Le Premier ministre n'avait même pas été prévenu de la conférence de presse d'Hernu. Il y voit une provocation de plus. De son côté, il n'est pas resté inactif : il a confié une enquête – encore une ! – au chef de la Sécurité militaire*, le général Jean Deiber, qui est parti dans la nuit pour la base d'Aspretto. Objectif : interroger un à un les nageurs de combat, identifier les membres de la « troisième équipe ».

* L'actuelle Direction du renseignement et de la sécurité de la Défense (DRSD), ainsi rebaptisée en 2016.

— Cette fois, je veux le fin mot de l'histoire, a ordonné Fabius.

Le rapport du général devra lui être remis « en mains propres ».

Au sein de la rédaction du *Monde*, la tension est presque aussi élevée. Les rodomontades d'Hernu en ont impressionné quelques-uns. Le soutien de Mitterrand, plus encore. Le service politique bat froid aux deux investigateurs. Certains leur reprochent d'avoir mis le journal en péril. Le ministre a convoqué le journaliste chargé des questions militaires au quotidien du soir, Jacques Isnard, et l'a mis au défi :

— Soit vous publiez les noms, soit je vous poursuis en diffamation.

Isnard est rentré au journal ventre à terre et s'est rué sur Plenel :

— Tu es sûr de ton coup ? Tu as les noms ?

— Bien sûr, mais je ne vois pas pourquoi je les sortirais[17], biaise Plenel.

Le Gendre, lui, est inquiet :

— On est obligé d'assumer cet article sans avoir le moindre biscuit[18].

Un soutien inattendu arrive de *Libération*, qui affiche en une le visage d'Hernu et ce titre, en caractères énormes : « Mensonges ». L'envoyé spécial en Nouvelle-Zélande met en lumière les nombreuses failles du rapport Tricot et de la version Hernu. Mais les noms des plongeurs manquent toujours à l'appel. C'est le duo d'enquêteurs de *L'Express*, Jacques Derogy et Jean-Marie Pontaut, qui va les trouver et sauver *Le Monde* de la déconfiture. Pontaut avait lui aussi sa « Gorge profonde » – « un militaire qui ne voulait pas que le pouvoir se défausse sur les agents qui n'avaient fait que leur travail », précise-t-il. Le mercredi matin, à l'heure où siégeait le conseil des ministres, il l'a retrouvé place des Ternes, à deux pas de l'Arc de triomphe, pour un rendez-vous à la *OSS 117*. Le journaliste est entré dans une cabine téléphonique, a décroché le combiné et... s'est retrouvé en ligne avec l'occupant de la cabine voisine. Ensuite, tous deux sont montés en voiture et, après s'être assurés que personne ne les suivait, l'informateur a confirmé l'existence de la « troisième équipe ».

— Les deux nageurs de combat qui ont posé les bombes ont respectivement le grade de capitaine et de sergent-chef, a-t-il murmuré. Ils appartiennent au Centre d'Aspretto...

— Leurs noms ? a insisté Pontaut.

— Les noms, c'est trop tôt. Seulement leurs initiales : C et K. Avec ça, ça m'étonnerait qu'on démente votre article[19].

L'hebdomadaire paraît le vendredi matin. Ses révélations sont annoncées dès le jeudi après-midi par *Le Monde*, soulagé qu'un tel renfort lui tombe du ciel. Alerté par le service de presse de Matignon, qui a eu vent de ce que *L'Express* préparait, Plenel a imploré Pontaut de lui confier une copie de l'article en avant-première. Pontaut a dit oui.

— La crédibilité de la presse était en jeu, se souvient-il. C'était plus important que la concurrence entre journaux.

In extremis, le magazine s'abstient de publier les initiales des plongeurs – pour ne pas faciliter leur identification par la police*. Les grades suffisent pour attester la véracité du scoop. Pour appuyer son effet, *Le Monde* insinue, quant à lui, que « les noms des membres de la troisième équipe

* Les journalistes de *L'Express* ne les divulgueront que dans leur livre, paru un an plus tard. Cf. Jacques Derogy et Jean-Marie Pontaut, *Investigation, passion*, Fayard, 1993.

peuvent être aisément trouvés par le ministre de la Défense ou par le ministre de l'Intérieur, si ce n'est déjà fait… »

Au moment du bouclage de *L'Express*, un conseiller d'Hernu a appelé le rédacteur en chef en vociférant.

— Nous allons casser *Le Monde* et après, on vous cassera à votre tour. Vous y passerez !

Une forfanterie de trop. À présent, ce sont les heures du ministre qui sont comptées.

10

Le naufrage de Charles Hernu

Alors que l'odyssée de la « troisième équipe » livre enfin ses secrets, le ministre est poussé à la démission et le chef de la DGSE, limogé. Fabius croit la vérité à portée de main, mais le service Action refuse de livrer les noms des poseurs de bombes...

Laurent Fabius veut aller vite. Maintenant qu'il a sommé Hernu d'interroger – par écrit – les chefs de l'armée, il exige des réponses sur-le-champ. « La vérité est en marche », écrit *Le Monde*, dans une référence explicite à l'affaire Dreyfus. Zola ajoutait : « Rien ne pourra l'arrêter. » Le Premier ministre aimerait pouvoir en dire autant. En quelques heures, il est tombé de haut. Les serments d'Hernu, les ruses de Mitterrand, les atermoiements des militaires, sa propre mise à l'écart pendant des semaines, tout lui semble désormais clair.

— Il y avait des gens qui savaient la vérité et qui ne me l'ont pas dite, constate-t-il, meurtri.

— Certains devaient penser que j'étais au courant et que je manipulais tout ça, ajoute-t-il – et cela lui est plus désagréable encore.

Il est décidé à ne plus se laisser abuser. Pas même par le Président.

Pris au piège, Hernu n'est pas encore prêt à céder. Jeudi 19 septembre, Mitterrand le fait venir de bon matin à l'Élysée. Signe d'une disgrâce déjà inéluctable, on ne le fait pas passer par l'entrée principale. L'un de ses collaborateurs, qui le croise peu après, note dans son cahier : « Le ministre ne veut pas voir. Cherche désespérément une sortie. »

Peut-il jouer la montre ? Le général Lacaze, qui a rejoint son cabinet au mois d'août, est en voyage en Afrique. Hernu suggère d'attendre son retour pour connaître sa réponse. « Pas question », tonne Fabius. Lacaze saute dans un avion et rapplique. Il affirme par écrit qu'il n'a jamais rien su de l'attentat d'Auckland. C'est sa parole contre celle de l'amiral Lacoste*. Saulnier fait de même avec aplomb, au mépris des révélations du rapport Tricot sur sa responsabilité dans le déblocage des fonds spéciaux, qu'il était pourtant bien en peine de démentir. Plus haut gradé de l'armée française, le général se dit indigné par sa mise en cause publique. Il prépare un courrier de réplique au *Monde*, prétend saisir les tribunaux. Le secrétaire général de l'Élysée, Jean-Louis Bianco, sollicite l'avis du chef de l'État… qui s'empresse de mettre le holà. « Je ne crois pas opportun de placer le général Saulnier au centre des attaques[1] », tranche Mitterrand. Pour lui, la priorité est inchangée : tenir la présidence le plus loin possible du scandale.

Reste Lacoste. Lui refuse de se réfugier derrière de faux-semblants. Le mensonge a fait assez de dégâts, estime-t-il. Pour sauver l'honneur, il refuse d'en rajouter. Si le naufrage

* Dans son rapport de 1986, l'amiral Lacoste écrit avoir « évoqué l'opération d'Auckland » avec le général Lacaze « à deux ou trois reprises » sans que celui-ci « manifeste de réticences, encore moins une opposition de principe ». Il admet néanmoins n'en avoir « pas gardé de trace précise ».

doit avoir lieu, il restera à bord jusqu'à la fin. C'est ce qu'il répond à Hernu, d'une plume ferme.

Monsieur le ministre,

À la suite des dernières allégations de la presse relative à l'affaire du *Rainbow Warrior*, vous m'avez demandé si j'avais des déclarations complémentaires à vous faire. J'ai l'honneur de vous confirmer que je n'ai rien à ajouter aux dépositions que j'avais faites auprès de M. Bernard Tricot et dont il a rendu compte dans son rapport à M. le Premier ministre.

Dans l'hypothèse où, à la suite de nouvelles révélations provenant de la presse ou de services de police, certains membres de mon service viendraient à être déférés devant la justice de mon pays, je ne manquerais pas de demander aux autorités judiciaires d'être moi-même déféré dès lors qu'ils sont mes subordonnés et que je n'ai aucun doute sur leur sens de la discipline et de l'honneur.

Hernu fait porter la lettre à Matignon. Fabius, frustré, en exige davantage. Le matin même, le magazine *VSD* revient sur la « troisième équipe », en désignant cette fois les nageurs par des initiales : « D.P., spécialiste des explosifs sous-marins », « A.T. et B.D. », présentés comme des « mercenaires » recrutés pour « servir de leurre ». La clarté n'y gagne rien, puisque les initiales sont fausses, mais cela fait encore augmenter la pression. Fabius en profite pour revenir à la charge.

À 12 h 35, nouvelle réponse de Lacoste :

Monsieur le ministre,

Après avoir pris connaissance de la première lettre que je vous ai adressée ce matin, vous avez bien voulu me demander, à la requête du Premier ministre, si j'étais en mesure de répondre précisément aux questions suivantes :

– Y avait-il une autre équipe ou d'autres agents de la DGSE en Nouvelle-Zélande ?

– Les initiales de deux prétendus agents, telles qu'elles figurent dans certains articles de presse, correspondent-elles, à ma connaissance, à celles d'agents de mon service ?

En raison des responsabilités qui m'ont été confiées, au regard de la sécurité de mon pays, de la pérennité des services de renseignement français et de l'obligation morale absolue dans laquelle je me trouve de défendre l'honneur et la sécurité de mon service et de mes subordonnés, j'estime que le devoir m'impose de ne pas répondre à ces questions.

D'une part, elles pourraient mettre en péril la vie de certaines personnes qui ont accompli récemment ou dans un passé plus lointain des missions délicates et dangereuses. D'autre part, elles s'inscrivent dans le contexte de rumeurs, d'accusations publiques et d'interventions d'enquêteurs étrangers qui, aidés et soutenus par des policiers français, n'hésitent pas à conduire leurs investigations dans les Armées et dans les services secrets de la République.

Je mesure pleinement les risques et les conséquences de cette attitude et je les assumerai s'il le faut en toute conscience.

Un pas est franchi avec l'invocation par Lacoste de son « devoir » et de son « honneur » pour garder le silence. Fabius comprend que l'amiral a bien exécuté des ordres supérieurs mais que, fidèle à la tradition du secret, il ne « balancera » personne – ni Hernu, ni le Président. Le Premier ministre tente un dernier mouvement. Lacoste serait-il à prêt à revendiquer l'ordre donné à la DGSE ? Ce serait une façon d'épargner le gouvernement et – pour complaire à Mitterrand – de ménager Hernu...

Dans l'après-midi, troisième réponse de Lacoste :

À la demande de M. le Premier ministre, vous m'avez invité à vous indiquer par écrit si j'ai donné une instruction ou reçu une information relative à la préparation de l'attentat contre le *Rainbow Warrior.*

Comme je l'ai rappelé dans la lettre que je vous ai écrite ce matin même, je n'ai rien à ajouter aux déclarations que j'avais faites à M. Bernard Tricot, à savoir que j'ai reçu et donné mission de surveiller les activités du mouvement Greenpeace en raison des intentions affichées à l'encontre de nos sites d'expérimentation nucléaire de Polynésie.

Dans le cadre des missions générales de mon service, j'avais prescrit en outre de tenter de recueillir le plus de renseignements possibles sur ce mouvement et sur ses liens avec d'autres organisations internationales à caractère écologique, pacifiste voire subversif.

Fermez le ban. L'amiral consent à payer de sa tête le fiasco de « Satanic », mais il n'ira pas au-delà. S'il a reçu des ordres, il ne dira pas de qui. Fabius doit rester sur sa faim.

« Tradition militaire contre tradition républicaine », en concluent Pierre Favier et Michel Martin-Roland : « L'amiral Lacoste préfère désobéir au chef du gouvernement plutôt qu'être celui qui, en exposant son service, contribuera à faire éclater la vérité[2]. » On peut faire la lecture inverse : en se taisant, le soldat s'incline devant le pouvoir, et protège le Président. Jacques Attali estime d'ailleurs qu'« il y a là quelque grandeur : ne rien dire plutôt que mentir[3] ».

Au même moment, le chef de la DGSE traverse un drame intime dont seuls ses proches sont informés. La nuit précédente, un tremblement de terre a dévasté la ville de Mexico et causé des milliers de morts. L'un de ses fils y est installé. On est sans nouvelles de lui.

— Pendant ces heures-là, la vie de mon frère le préoccupait plus que le feuilleton du *Rainbow Warrior*, se rappelle Sophie Lacoste.

Ce n'est qu'une fois rassuré sur le sort de son enfant que l'amiral se décide à préparer ses cartons.

« Hernu doit partir »

Au palais de l'Élysée, l'instant de la confrontation est arrivé. Fabius fait face à Mitterrand. « Discussion très violente entre eux », consigne Attali, qui occupe la pièce voisine. Quand le Premier ministre s'en va, la messe est dite. Lacoste sera limogé, Hernu démissionnera.

— Hernu doit partir ; il n'y est pour rien mais c'est ainsi, confie Mitterrand, blême, à Attali[4].

Demi-vérité lâchée dans un souffle, sous le coup de l'abattement. Le ministre n'est pas exempt de tout reproche, mais qu'a-t-il fait d'autre qu'ordonner, puis couvrir, une opération que Mitterrand avait validée en personne ?

— Les conditions du renvoi de Charles Hernu ont été conflictuelles, confirme Louis Schweitzer. Laurent a dû batailler pour l'obtenir. Mitterrand ne rompait pas facilement avec ses vieux compagnons.

Tel qu'en lui-même, Fabius euphémise, lèvres pincées :

— Mitterrand avait une fidélité avec ses plus anciens amis qui pouvait le conduire jusqu'à des situations critiquables…

Pour sauvegarder les apparences, le Premier ministre consent à laisser la main au Président – mieux vaut ne pas le brusquer davantage. Dans la soirée, Matignon rend publiques les « instructions » données par Mitterrand pour mettre un terme au scandale : « Le moment est venu de procéder sans délai aux changements de personnes qui s'imposent », écrit le chef de l'État. Il feint de découvrir ce qu'il a toujours su et de requérir les sanctions qu'il a tout fait pour éviter.

« Puisque ces mystères nous dépassent, feignons d'en être l'organisateur », disait Cocteau.

Dans la soirée, Hernu effectue deux allers-retours entre le ministère de la Défense et l'Élysée. Au second, il a en poche sa lettre de démission. Il ne relatera jamais la teneur de ses entretiens avec François Mitterrand. Attali se propose de l'inviter à déjeuner dans un restaurant couru du Tout-Paris, histoire d'afficher qu'il n'est pas pestiféré. « Aucun obstacle, montrez-vous », encourage Mitterrand. Il ajoute : « La DGSE n'a rien fait, mais elle a tout su[5]. » À croire qu'il s'est perdu dans son propre labyrinthe.

Rentré à l'hôtel de Brienne, Hernu semble « presque soulagé », raconte son directeur de cabinet, Patrick Careil.

— Il s'est laissé tomber dans un fauteuil et il a lâché : « Le Président m'a dit que je pars, mais je garde l'avion et la voiture… » J'étais sidéré.

À Aspretto, c'est l'état de siège. Arrivé à l'aube dans un avion gouvernemental, le général Deiber s'est enfermé dans un bureau, où se présentent tour à tour devant lui les nageurs de combat. Tard dans la nuit du 19 au 20 septembre, les interrogatoires se poursuivent. Le chef de la Sécurité militaire est assisté de trois colonels de gendarmerie, ce qui donne à ses auditions « un air de cour martiale », décrit l'un des agents soumis à la question. Juste avant leur arrivée, le « pacha » de la base, le lieutenant-colonel de Loustal, a convoqué Kister et Camas, les deux hommes d'Auckland.

— Pas un mot sur la mission en Nouvelle-Zélande, a-t-il ordonné. Vous n'avez pas quitté le Centre, point.

— Il y a un problème, a objecté le capitaine Kister. Pour partir dans le Pacifique, nous avons pris un vol de la Dircen pour Tahiti. On nous a enregistrés sous nos vrais noms. C'est très facile à retrouver.

— Alors trouvez une raison pour justifier votre présence dans la zone. Dites que vous étiez chargés de surveiller des activistes de Nouvelle-Calédonie.

— OK, on essaiera.

— On vous fera passer dans les derniers. Ils seront fatigués, ça aidera…

Vers 3 heures du matin, *Frantz* et *Cédric* se présentent au garde-à-vous. Ils mentent comme convenu. Le général Deiber enregistre leurs dépositions, sans être dupe. Personne ne le sait mais la Sécurité militaire a posé des écoutes téléphoniques sur plusieurs agents du SA et anciens d'Aspretto, afin de vérifier leurs contacts à l'extérieur de la base et d'identifier d'éventuelles « fuites » d'informations sensibles. Dans ce cadre, une conversation a été surprise le 5 septembre sur la ligne d'un sous-officier, qui désignait expressément les poseurs de bombes d'Auckland par leurs initiales : « C » et « K ». Mais une écoute n'est pas une preuve et rien ne permet de corroborer ce soupçon…

Alors que l'interrogatoire de Kister touche à sa fin, le général Deiber tente, au bluff :

— Si votre objectif était la Nouvelle-Calédonie, pourquoi êtes-vous passé par Auckland ?

— Je n'ai jamais mis les pieds en Nouvelle-Zélande, balaie le capitaine.

— J'ai tenté, au cas où… s'incline le général.

Dans la journée, le lieutenant Royal, le pilote du zodiac, a prétendu qu'il se trouvait en Corse au moment de l'attentat. Lui pouvait s'y risquer sans être confondu : son départ pour les antipodes s'est effectué sur un avion de ligne, et sous une fausse identité. Son absence au moment de l'attentat est indémontrable.

L'inspection terminée, Deiber se précipite à Paris, le vendredi 19 septembre au matin, et rend à Laurent Fabius un rapport rédigé à la hâte. Ce document ne sera jamais rendu public. Très rares sont ceux qui ont pu le lire. D'après l'un d'eux, le général Deiber y aurait écrit, noir sur blanc, que « seuls le capitaine Kister et le sergent-chef Camas, alors en mission en Polynésie, ont pu constituer la "troisième équipe" de la DGSE qui aurait posé les bombes sous le *Rainbow Warrior* ». Aucun détail supplémentaire n'y figure – et pour cause : les plongeurs sont restés muets, le service Action s'est renfermé dans sa coquille. Aucun résumé de la mission n'a été conservé dans les archives. L'odyssée de la « troisième équipe » est demeurée un secret d'État.

Il est temps d'en faire le récit.

Les derniers jours de « Satanic »

Kister et Camas ont embarqué pour Papeete le 4 juillet 1985. Ils n'emportaient avec eux aucun équipement de plongée sous-marine. Pas d'armes non plus : la violence est proscrite dans ce type de mission. Leurs combinaisons, masques, palmes, bouteilles et instruments de navigation ont été expédiés par avion miliaire jusqu'à Nouméa, puis chargés sur l'*Ouvéa*, de même que le zodiac acheté à Londres et les explosifs fabriqués par la Salle 10.

À Tahiti, les plongeurs sont hébergés dans la villa d'un « honorable correspondant », où leurs faux passeports leur sont remis dans une enveloppe. Jean-Luc Kister devient *Alain Tonel*, Jean Camas est rebaptisé *Jacques Camurier*. Ils sont professeurs d'éducation physique dans un collège de jeunes filles à Papeete. En vacances, ils se rendent en Nouvelle-Zélande pour faire des randonnées en montagne et du ski. Le 7 juillet, ils prennent le vol de 8 h 15 pour Auckland.

Sur place, leur seul contact est le chef de mission, le commandant Dillais. Lui a débarqué dès le 23 juin, en provenance de Los Angeles. Son « I.F. » est *Jean-Louis Dormand*, vendeur dans une librairie parisienne venu pratiquer le rafting dans les fjords du sud de l'archipel. Il est descendu à l'hôtel South Pacific, chambre 819, avec vue imprenable sur le port. Pour rester discrets, les plongeurs font du camping sauvage à l'écart des grandes villes.

Le 8 juillet, sur une aire de stationnement située dans la forêt de Topuni, les hommes de l'*Ouvéa* remettent à Mafart la valise contenant les bombes.

Le 9 juillet, ils lèvent l'ancre et mettent le cap sur Norfolk.

Le soir a lieu l'unique rencontre de la deuxième et de la troisième équipe. Mafart conduit Kister et Camas dans un motel de Helensville, à 20 kilomètres d'Auckland. Dillais et Royal sont également de la partie. Un bungalow est réservé au nom des *Turenge*, doté d'un jacuzzi où les plongeurs testent les respirateurs en immersion à l'abri des regards. C'est aussi là qu'ils assemblent les bombes et les détonateurs, avec l'aide de Royal. Coïncidence stupéfiante : l'un des copropriétaires de l'établissement n'est autre que le Premier ministre néo-zélandais, David Lange ! Quand l'enquête le révélera, les agents n'auront pas le cœur à en sourire.

Le 10 juillet, Kister et Camas sont à Auckland, pour d'ultimes observations. Question de professionnalisme : ils complètent les « RFA » (reconnaissances aux fins d'action) de Christine Cabon par des « RAA » (reconnaissances avant action) de leurs propres yeux. Bien leur en prend, car ils observent que le quai Marsden, où stationne le

Rainbow Warrior, est plus long de 100 mètres que sur leurs plans.

— On avait travaillé sur la base de vieilles cartes postales, explique Kister.

De son côté, Dillais a constaté l'après-midi qu'un autre bateau de Greenpeace, le voilier *Django*, s'était amarré à couple avec le navire de Greenpeace, côté bâbord. Or c'est sur ce flanc que doit être posée la charge principale. Mafart et lui décident alors que l'engin sera placé à tribord, pour ne pas risquer d'endommager l'autre bateau. Grâce aux relevés effectués à Amsterdam sur le vaisseau jumeau du *Rainbow Warrior**, les nageurs ont calculé la hauteur idéale où fixer l'explosif, au niveau de la salle des machines.

À quelques heures de l'attaque, Mafart et Dillais sont pris d'un doute : et si la première explosion n'était pas assez puissante pour pousser l'équipage à évacuer le navire ? Dans ce cas, la seconde charge, bien plus forte, surprendrait les occupants restés à bord et le naufrage pourrait être meurtrier. C'est pourquoi, *in extremis*, l'ordre des deux explosions est inversé. Les plongeurs n'en seront informés qu'une fois à bord du zodiac.

— La priorité absolue restait : ne pas faire de victimes, confirme Kister.

En fin d'après-midi, Dillais, Royal et les nageurs se retrouvent dans une crique déserte à l'ouest de Devenport, sur la presqu'île qui fait face au port d'Auckland. Ils montent le pneumatique et le mettent à la mer. Puis Dillais accompagne Kister et Camas en voiture au point de récupération prévu, une petite plage située sur la même côte, à l'extrémité est. Le duo reste dans le van en attendant le soir, qui tombe peu après 17 heures. Mafart guette l'arrivée

* Cf. *supra*, chapitre 4, p. 88.

du zodiac en simulant un jogging sur la berge. À son approche, il est empêché de donner le signal par des passants qui déambulent au bord de l'eau. La météo est clémente et la pleine lune illumine à présent le ciel, ce qui ne fait pas les affaires du commando. Les jours précédents, il pleuvait à verse et les parages étaient déserts. Quand Mafart repasse, les promeneurs sont partis ; il toque sur la vitre du van pour donner le top. Kister et Camas sortent du véhicule, gagnent la plage en contrebas et grimpent à bord du zodiac, qui file vers le large.

Les plongeurs s'allongent au fond de l'embarcation et, en quelques minutes, cachés sous une toile, ils quittent leurs vêtements civils et enfilent leurs combinaisons – seules des heures d'exercice à Aspretto permettent d'acquérir une telle dextérité. Au milieu de la baie, à 2 kilomètres au nord de l'objectif, ils s'immergent et se plaquent sous le zodiac, selon une autre technique travaillée à l'entraînement, dite « du rémora », ce poisson ventouse qui se colle sous le ventre des requins. Un kilomètre plus loin, ils descendent à 7 mètres de profondeur puis nagent l'un au-dessus de l'autre, reliés par une sangle – « pour ne pas se perdre, explique Kister : sous l'eau, c'est le noir complet ». Faute de lampes torches qui les feraient repérer, les deux hommes se fient à leurs compas phosphorescents pour se diriger. Chacun porte une bombe dans un sac à dos, enveloppée dans de la mousse pour obtenir une flottabilité neutre.

Ils approchent des docks du port d'Auckland aux environs de 19 heures. Ils longent le quai jusqu'au *Rainbow Warrior*, toujours invisibles. Les Oxygers leur permettent d'évoluer sans qu'aucune bulle remonte à la surface. Comme le prévoit le protocole, Kister sort la tête de l'eau pour vérifier le nom du navire. Il constate que le *Django* a disparu. Il maintient néanmoins la dernière consigne : « On pose quand même les charges à tribord. »

— Sous l'eau, il n'y a plus d'improvisation possible ; on applique les ordres, dit-il.

La partie la plus délicate est la fixation des bombes. Camas place la plus petite sur l'arbre d'hélice, son compagnon l'aide à l'attacher. « Puis on prend le nombre de brassées nécessaires pour se positionner au niveau de la salle des machines – on a les distances en tête », poursuit Kister. Le geste sûr, ils fixent l'étrier métallique et disposent la bombe principale. Kister retire la goupille pour actionner le retardateur. Il est 19 h 38. Le minuteur est réglé sur 4 heures. Le binôme retourne ensuite à la charge posée à la poupe pour l'activer à son tour. Kister place les deux goupilles dans sa manche ; la plongée terminée, la règle exige qu'il les remette à Dillais pour prouver que la mise à feu a bien été enclenchée.

Retour au bout du quai, le zodiac repêche les nageurs et longe la côte vers l'est jusqu'au point d'évacuation. Sur le trajet, ils vident leurs bouteilles, les larguent dans la baie et se changent à nouveau pour arriver à terre en tenue de ville, impeccablement secs, coiffés et parfumés. Là, ils montent dans le camping-car de Dillais et roulent toute la nuit vers Wellington, pour passer sur l'île du Sud.

En chemin, la radio leur apprend qu'un homme est mort sur le *Rainbow Warrior*.

À Auckland, Royal ramène le zodiac vers le lieu convenu avec les *Turenge*. La douceur de la nuit ayant attiré des pêcheurs sur les rives, il est obligé de se dérouter vers le rendez-vous de secours. Ralenti par les courants, il y parvient tant bien que mal. En passant sous un pont, il jette le moteur à l'eau – c'est à cet instant qu'un cycliste de passage entend le « plouf » qui guidera la police. Il navigue jusqu'au point de secours, suivi du regard par Mafart, qui court sur la berge pour le rejoindre. Au moment où Royal touche la berge et que Mafart vient l'aider à tirer le canot à terre, leur manège est remarqué par les vigiles de la marina voisine. Un des gardiens relève le numéro du van des *Turenge.*

Dans la lueur des phares, Prieur le voit.

— On est grillés, s'écrie-t-elle.

Puis, au moment où ils déposent Royal, qui va s'enfuir de son côté, elle lui lance :

— Tu nous apporteras des oranges...

La mission a basculé.

Le 11 juillet à Wellington, *Dormand*, *Tonel* et *Camurier* prennent le ferry-boat pour l'île du Sud. Conformément à leurs légendes, ils continuent leur séjour de touristes ordinaires. « Sa qualité principale est d'être un passe-muraille », avait écrit le supérieur de Kister au terme de sa formation d'« officier traitant ». Dans ces circonstances, c'est un atout majeur. Il n'empêche, la nervosité les gagne. Dans le port, la police perquisitionne un bateau occupé par des Français... Alors que Dillais gare son camping-car, un policier lui fait signe. L'agent retient son souffle. En fait, le flic veut seulement le prévenir qu'il est tout près d'accrocher un véhicule voisin. Fausse alerte.

Le trio se sépare. *Dormand* va descendre les rapides de la rivière Shotover, les plongeurs slalomer sur les pentes enneigées du Mont Cook. Ils conviennent de dates et de lieux de rencontre pour les jours suivants. Aucun coup de téléphone ne doit être échangé. Ils sont censés rester en Nouvelle-Zélande jusqu'au 24 juillet, date de leur vol pour Tahiti. Dans le contexte de l'attentat, des Français qui changeraient leurs billets pour anticiper leur retour pourraient attirer l'attention de la police.

— Pas de raison de modifier nos plans, dicte Dillais.

Le 12 juillet, il pose ses valises dans un hôtel de Queenstown, près des chutes Sutherland. Kister et Camas s'installent 400 kilomètres plus au sud, dans une auberge de jeunesse de la station de Mount-Hutt.

Le 13 juillet, la presse néo-zélandaise annonce l'arrestation du couple *Turenge.* Elle évoque un camping-car suspect, peut-être un deuxième. Dillais s'inquiète. Il se demande si ce n'est pas son véhicule qui a été repéré.

Le 14 juillet, le SA confirme à Dillais que Mafart et Prieur sont sous les verrous. En ce jour de fête nationale, il a prévu de retrouver Kister et Camas dans un restaurant de montagne, pour simuler une rencontre fortuite entre compatriotes. Les deux plongeurs préfèrent rester à distance. Ils déjeunent à des tables séparées.

Les jours suivants, Dillais apprend que Royal a réussi à s'envoler pour l'Europe – « autour du 20 juillet », croit se souvenir un ancien du SA. Il s'est tranquillement enregistré à l'aéroport de Wellington, direction Sydney, Londres et Paris. Sa fausse identité ne sera jamais découverte.

Pour achever l'opération, Dillais opte pour la « stratégie d'éclatement ». Au cas où la police serait sur sa piste, il doit éviter tout contact avec ses compagnons. Plus question de voyager dans le même avion. Il enjoint à Kister et à Camas de repousser leur départ de deux jours, pendant que lui avancera le sien. Les nageurs ne sont pas enchantés de prolonger leur séjour, mais les ordres ne se discutent pas. Eux n'ont aucune communication avec le service.

— Pour nous, tout se passe normalement, pas de raison d'appeler, raisonne Kister.

Bien lui en prend. Il constatera après coup que le numéro de secours donné par le SA est le même que celui remis à Mafart et Prieur. Or les appels internationaux en Nouvelle-Zélande passent encore à l'époque par une opératrice. S'il avait demandé cette ligne, la police n'aurait pas manqué de faire le recoupement.

Le 18 juillet, dans son hôtel, Dillais tombe sur un employé français, qui l'interroge sur le grand sujet du moment : le *Rainbow Warrior*. « Une honte », fait mine de s'indigner l'agent secret.

Le 23 juillet, il revient à Wellington et s'embarque pour Londres via Sydney, sans éveiller le soupçon.

Le 26 juillet, *Tonel* et *Camurier*, revenus à Auckland, décollent pour Papeete, soulagés. Ils retrouvent le chef des nageurs de combat, Patrice de Loustal, et redeviennent Kister et Camas. Dès leur arrivée à Aspretto, Kister fonce à la maternité d'Ajaccio, où sa femme est sur le point d'accoucher. Puis il part en permission.

— J'ai lu la suite du feuilleton dans les journaux, se rappelle-t-il.

Contrairement aux usages du service, la hiérarchie n'organise pas de débriefing complet de l'opération. Aucun document de synthèse n'est établi – sans doute par peur des fuites.

— On s'est réunis entre nous pour passer en revue ce qui n'avait pas fonctionné, confie néanmoins Kister.

Les agents sont seulement priés par le lieutenant-colonel de Loustal de rédiger une note individuelle sur le déroulement de la mission, qui sera transmise au colonel Lesquer, chef du SA.

— On nous a demandé de dire si Dillais nous avait laissé tomber ; le bruit courait qu'il nous avait abandonnés derrière lui pour rentrer le premier, ça a jeté un froid, se souvient Kister.

L'heure était aux règlements de comptes. La DGSE cherchait des coupables. Elle n'en a pas trouvé. Les agents de l'opération « Satanic » sont restés solidaires.

— Nous sommes des soldats, pas des politiques, souligne un ancien.

Mitterrand craint qu'il y ait des morts cette nuit...

Charles Hernu veut une sortie en beauté. Il s'agit de porter haut ses couleurs ; il arbore une cravate rayée rose et rouge pour se montrer une dernière fois en ministre de la Défense – le rose des socialistes, le rouge de la colère. Dans la lettre de démission qu'il adresse formellement à Laurent Fabius – signe de soumission exigé par le Premier ministre –, il prétend encore qu'on lui a « caché la vérité ». Mitterrand fait le maximum pour le conforter. Le jeudi soir, en lui faisant ses adieux, il lui a remis un courrier personnel et l'a autorisé à le publier. Hernu n'a pas osé le lire devant lui. Quand il en a pris connaissance, il a eu les larmes aux yeux. Mieux qu'un éloge de circonstance, c'est un véritable plaidoyer.

> Au moment où vous demandez à quitter vos fonctions, écrit le chef de l'État, je tiens à vous exprimer ma peine, mes regrets et ma gratitude [...] pour avoir dirigé avec honneur et compétence le ministère de la Défense.
>
> Vous gardez toute mon estime, vous gardez celle des Français qui savent reconnaître les bons serviteurs de la France. À l'heure de l'épreuve, je suis comme toujours votre ami.

Fabius a de quoi s'étrangler. Voilà le départ du fautif présenté comme un acte d'héroïsme ! Comment Mitterrand ose-t-il invoquer l'« honneur » et la « compétence » d'un ministre qui ment effrontément depuis deux mois pour couvrir un fiasco de ses services ? La rage froide du Premier ministre en est décuplée.

— Il est exact que j'ai eu du mal à digérer ces louanges publiques ; c'était assez curieux, se remémore Fabius.

Plus direct, son principal collaborateur, Louis Schweitzer :

— Hernu n'a jamais dit : « J'étais couvert par le Président. » Cela méritait bien une lettre émouvante. En lui exprimant sa gratitude, Mitterrand s'assurait de sa loyauté pour l'avenir…

Le chef du gouvernement se console avec le choix du remplaçant : Paul Quilès, 43 ans, un de ces « sabras » de la jeune garde du PS que l'on dit proches de lui. Un polytechnicien – et fils d'officier – aux dents longues et à la nuque courte, qui s'est distingué au congrès socialiste de Valence, après l'élection de Mitterrand en 1981, en réclamant maladroitement que « des têtes tombent » dans la haute administration – il lui en est resté le surnom de « Robespaul »*. Fabius compte sur lui pour exécuter Hernu.

Sa première tâche : poursuivre les investigations du général Deiber pour arriver à une conclusion définitive de l'affaire. Le vendredi à midi, Quilès est à pied d'œuvre à l'hôtel de Brienne. Il garde Patrick Careil à la tête de son cabinet.

— À peine nommé, Quilès m'a téléphoné : « Le Président me demande de vous dire qu'il veut que vous restiez. » J'ai compris qu'il fallait que j'assure la continuité, relate Careil.

À l'en croire, il reçoit pour consigne formelle que « personne, y compris à l'Élysée, ne soit mis au courant des détails de l'affaire ». Avec ou sans Hernu, le secret reste de mise.

* Paul Quilès (1942-2021) deviendra par la suite ministre des Postes et des Télécommunications (1988-1991), du Logement (1991-1992) et de l'Intérieur (1992-1993).

Tout le week-end, Quilès se fait apporter « des piles de dossiers », convoque les chefs de la DGSE, travaille « comme un juge d'instruction »[6].

— Il est très tendu, raide, parfois brutal, décrit Careil, qui assiste aux entretiens et note à la main les réponses des militaires.

Face à lui, le général Émin, adjoint de Lacoste, semble embarrassé, les mots lui viennent avec difficulté.

— Ça suffit ! Dites-moi qui a donné l'ordre ! hurle Quilès.

Careil préfère s'esquiver.

— Je n'étais pas habilité au secret-défense, justifie-t-il.

Le nouveau ministre rend compte en parallèle de ses progrès à Fabius et à Mitterrand – le premier s'impatiente, le second feint de s'étonner. « Quilès pense qu'Hernu et Lacoste savaient tout depuis le jour où la DGSE a commis ce crime sans ordre[7] », note Attali. Sans ordre, vraiment ? Avec le feu vert du chef de l'État, en tout cas : le ministre en acquiert la certitude après les explications des militaires. Il s'en ouvre immédiatement à Laurent Fabius.

L'enquête de Quilès se déroule dans un climat bizarre, irrationnel.

— S'il y avait eu dans ces deux jours et deux nuits blanches un assassinat, je n'en aurais pas été étonné[8], confiera-t-il.

Patrick Careil témoigne que, le samedi 21 septembre vers minuit, Paul Quilès lui rapporte la mise en garde du Président, qui « craint qu'il y ait des morts cette nuit – des règlements de comptes ou des suicides[9] ». Le directeur de cabinet alerte alors le chef du contre-espionnage de la DGSE, le colonel Moreau, qui lui tient des « propos hallucinants ».

— Il me soutient la théorie du complot : des pneus crevés, des gens bizarres qui tournent autour de la DGSE...

Leur tête-à-tête manque de mal tourner, quand l'officier dégaine nerveusement son arme. Careil sort lui aussi un pistolet de son tiroir.

— Comme je ne savais pas m'en servir, nous aurions pu nous entretuer, frémit-il *a posteriori*.

Le colonel Lesquer évoque également une ambiance délétère.

— Plusieurs fois, j'ai aperçu une voiture en bas de chez moi, avec une plaque d'immatriculation corse – comme si on voulait me faire comprendre que j'étais surveillé...

Pour Fabius, « la vérité est cruelle »

Hernu s'est retiré à Villeurbanne. Le dimanche matin, Quilès le fait revenir à Paris. Il lui affirme avoir reconstitué l'ensemble des événements, grâce aux aveux des militaires. Il n'attend plus de son prédécesseur qu'une seule chose : qu'il endosse la responsabilité de l'opération d'Auckland, dans les termes qu'il voudra. Réponse d'Hernu ? C'est toujours non.

Quilès l'emmène chez Laurent Fabius, où le Premier ministre tient un quasi-conseil de guerre dans son appartement, place du Panthéon, dont les fenêtres donnent sur le dôme des Grands Hommes. Il veut avoir les idées claires avant de prendre la parole publiquement. Badinter et Schweitzer sont là, ainsi que le général Saulnier. À leur grande surprise, Mitterrand les rejoint après le déjeuner. Joxe, prévenu par les canaux du ministère de l'Intérieur, est intrigué de ne pas en être. Il téléphone dans tous les sens pour apprendre ce qui se trame.

« L'atmosphère est tendue[10] », note Fabius. Devant ses hôtes, le Premier ministre donne libre cours à son courroux. Il exige que la justice prenne le relais, un procès pour les responsables, politiques et militaires. Il y a eu mort d'homme ; il en va, dit-il, de l'honneur de la gauche et du gouvernement. Mitterrand reste mutique.

— J'avais en tête *Z*, le film de Costa-Gavras, se rappelle Fabius.

À l'écran, un jeune juge – interprété par Jean-Louis Trintignant – confondait les plus hauts dirigeants du pays et de l'armée, responsables de l'assassinat d'un opposant, qu'on tentait de maquiller en accident. Le scénario est tiré d'un épisode authentique, qui s'est passé en Grèce, en 1963. Le destin a voulu que le magistrat chargé du dossier, Christos Sartzetakis, devienne plus tard président de la République. Il a été élu au mois de mars 1985 : quatre mois avant l'affaire Greenpeace. Après avoir joué le rôle du naïf, Fabius se verrait bien à la place du héros.

Les invités partis, Schweitzer le dissuade pourtant de s'en remettre à la justice.

— S'il y a un procès, entre des généraux en grande tenue et des politiques, tu sais bien qui sortira gagnant, lui souffle-t-il.

Fabius est bien obligé d'en convenir. L'histoire le prouve, les Français sont sensibles au prestige de l'uniforme – pas toujours à raison. Le soir, le Premier ministre fait interrompre les journaux télévisés pour lire une déclaration solennelle. À l'inverse d'Hernu, il porte une cravate noire de circonstance. Paul Quilès se tient à ses côtés.

— Le nouveau ministre de la Défense vient de m'informer des premières conclusions de l'enquête menée sur l'affaire du *Rainbow Warrior*, déclare-t-il. J'ai tenu à vous les faire connaître immédiatement. Ces conclusions permettent désormais de cerner la vérité. Ce sont des agents de la DGSE qui ont coulé ce bateau. Ils ont agi sur ordre.

La mine sinistre, il annonce que l'amiral Lacoste sera limogé dans la semaine, que le gouvernement encourage la création d'une « commission d'enquête parlementaire » et achève ainsi son propos :

— La vérité de cette affaire est cruelle. Mais il importe, comme je m'y suis engagé, qu'elle soit clairement et totalement établie.

Alors qu'il prononce ces mots, Fabius sait qu'il n'en sera rien. S'il a percé à jour le mensonge de Mitterrand, il ne peut envisager de s'attaquer à lui sans s'affaiblir lui-même.

Le mercredi suivant, le Premier ministre doit accorder, comme tous les mois, un entretien au journaliste Jean Lanzi, sur TF1. Chacun s'attend à ce qu'il revienne sur l'affaire. À la sortie du conseil des ministres, Mitterrand le tance :

— J'aimerais que vous n'oubliiez pas que Charles Hernu est mon ami.

— J'aimerais que vous n'oubliiez pas que c'est moi qui parle, ce soir, à la télévision, réplique Fabius.

Entre eux, la confiance est brisée.

11

Les branches pourries

Le successeur de l'amiral Lacoste fait une entrée en scène fracassante : il prétend « verrouiller » la DGSE et lance la chasse aux informateurs de la presse. Mitterrand, lui, ordonne que les chefs militaires soient épargnés. À Auckland, les Turenge *préparent leur procès dans l'inquiétude...*

L'heure des adieux est venue pour l'amiral Lacoste. À mesure que la tempête se rapprochait, il a eu le temps de préparer sa sortie. Officier de devoir, il consent à périr avec le navire, mais pas à se laisser clouer au pilori. Avant de quitter la caserne Mortier, il a réuni ses principaux adjoints et leur a donné ordre de ne plus rien cacher :

— Vous savez ce que nous avons fait, vous avez les comptes rendus, tous les documents sont en ordre[1].

Il a spécialement insisté pour que les dossiers de la mission « Satanic » soient mis à la disposition du successeur de Charles Hernu – ce qui va sans dire allait mieux en le disant : dans le renseignement, alternance rime rarement avec transparence...

Pour l'amiral, le gouvernement ne doit plus pouvoir invoquer l'ignorance. Ainsi, il sera clair que la DGSE a répondu à une commande du ministre, et que ses agents ont obéi à leur hiérarchie. C'est ce qu'il expose, sans périphrase, à Paul Quilès, dans l'après-midi du dimanche 22 septembre. Le nouveau ministre de la Défense l'a convoqué à l'hôtel de Brienne peu avant de se rendre chez Laurent Fabius. En l'écoutant, Lacoste comprend que les mensonges de Charles Hernu ont volé en éclats et que sa responsabilité ne fait plus de doutes. « Dès lors, mon honneur était sauf », écrira-t-il.

Il ajoute néanmoins cette condition, toujours la même : la protection des agents impliqués dans l'affaire d'Auckland. « Si un seul de ces hommes était traîné en justice, alors je me présenterais moi-même devant les autorités judiciaires de mon pays, pour dire la vérité, toute la vérité… »

Vers 21 heures, en quittant Fabius après sa déclaration solennelle, Quilès téléphone à l'amiral pour le rassurer.

Le limogeage du chef de la DGSE est entériné le mercredi au conseil des ministres. Officiellement, Lacoste est révoqué pour « insubordination », pour avoir refusé de répondre aux questions du Premier ministre. Ce motif permet d'éviter qu'il ne soit sanctionné pour une opération dont il n'était pas l'initiateur, et qui a été validée au plus haut niveau politique. À la table du gouvernement, Quilès annonce que l'amiral est réintégré dans la deuxième section du cadre des officiers généraux de la marine, façon d'indiquer que sa carrière n'en souffrira pas.

— Je considère qu'il serait très maladroit, de la part du gouvernement, de le charger de tous les péchés. Ce serait une erreur stratégique, ajoute le ministre.

— Ce serait peut-être simplement une injustice, abonde François Mitterrand, qui sait de quoi il parle.

Les jours précédents, le Président a confirmé par écrit, dans un échange confidentiel, l'existence de son tête-à-tête avec Lacoste, prélude à l'envoi des agents en Nouvelle-Zélande. Mitterrand répondait au résistant Jean Munier, son ancien compagnon de captivité durant la guerre, qui est aussi un proche de l'amiral, et qui l'interrogeait à son sujet. Munier a montré la lettre à Lacoste, qui en retient ceci : « Le Président évoque l'audience du 15 mai, et reconnaît que je lui ai parlé de l'opération, sans qu'il ait eu, dit-il, précisément conscience de ce qu'il en était. » Un autre témoin ayant eu le courrier sous les yeux en corrobore la teneur, sans pouvoir être plus précis*.

Ce document apporte en tout cas à l'amiral un réconfort auquel il ne s'attendait pas. Si Mitterrand a imposé un mensonge public, au moins n'a-t-il pas travesti la vérité dans le cadre privé.

Aussitôt après le conseil des ministres, Lacoste reçoit un mot de Fabius, qui requiert sa présence à Matignon. C'est la première fois que les deux hommes se font face. Quilès assiste à l'entretien. « Je compris, résume l'amiral dans ses Mémoires, qu'il voulait entendre de ma bouche la confirmation de ce que son nouveau ministre lui avait appris. Lorsque je lui confirmai avoir toujours fourni en temps utile à mon ministre les comptes rendus oraux et écrits qu'il m'avait demandés, il a pâli comme si c'était pour lui un véritable choc[2]. »

Lacoste ne précise pas si, à ce moment-là, Fabius l'a aussi questionné sur le feu vert donné par François Mitterrand.

Le soir, à la télévision, le Premier ministre tente de refermer le couvercle sur l'affaire. Il a compris l'importance de ménager l'armée et ses chefs. Hernu écarté, la DGSE

---

* La famille de Jean Munier n'a pas souhaité communiquer ce document, considérant – en dépit de son indéniable intérêt historique – qu'il relevait d'une correspondance privée.

humiliée, l'ancienne fracture menace de se rouvrir entre la gauche et les militaires. Invoquant les conclusions de l'enquête de Paul Quilès et ses propres conversations avec Lacoste et Hernu, Fabius assure que « c'est à leur niveau que se situe la responsabilité » – ce qui évite de regarder vers le bas, mais aussi vers le haut.

— L'armée n'est nullement en cause et elle ne doit pas l'être, insiste-t-il.

Rompez.

Le choix du successeur de Lacoste s'explique par le même impératif : rassurer la hiérarchie militaire. Quilès avance le nom du général René Imbot – « le plus républicain et le plus prestigieux dans le grade le plus élevé », justifie Careil. En tant que chef d'état-major de l'armée de terre, Imbot est à la tête de 300 000 hommes. Nul n'a plus de poids au sein des forces françaises. Maquisard à 19 ans, officier en Algérie, major de l'école de guerre, légionnaire, parachutiste et polyglotte, il collectionne les campagnes, les blessures et les citations. C'est un soldat à l'ancienne au physique de bouledogue, mâchoire épaisse et cheveux en brosse. Lui aussi a fixé une condition : il ne veut pas avoir à se désolidariser de Lacoste ni d'Hernu. Une aubaine pour l'Élysée et Matignon, qui acceptent avec empressement. Dans *Libération*, Jean Guisnel entrevoit « la conclusion d'un diktat imposé par la hiérarchie militaire au pouvoir politique » et pose la bonne question : « Au prix de quelle contrepartie[3] ? »

Dans l'entourage de Mitterrand, seul Gilles Ménage désapprouve la nomination d'un général. Lui plaidait pour confier la DGSE à un civil, un préfet de préférence. Après les errements de la soldatesque, l'occasion lui semblait idéale pour « démilitariser » le service. Il est « surpris » et « meurtri » de se voir ainsi désavoué[4]. Moins clairvoyant qu'au sujet de la « troisième équipe », il n'a toujours pas compris que le Président n'avait pas les mains libres : il est l'otage de son secret.

Le général Imbot sonne la charge

En théorie, Imbot semble donc avoir un profil idéal. Est-il pour autant l'homme de la situation ? Il a de l'autorité, certes, et le sens du commandement. Pour l'habileté, c'est autre chose. Le vendredi 27 septembre, il donne l'assaut sans prévenir. Paul Quilès et Patrick Careil l'ont encouragé à parler à la télévision « pour adresser un message clair aux militaires, aux services et à la presse : "L'affaire est close, silence radio."[5] » Le résultat est peu concluant. Imbot déboule dans les journaux de 20 heures en vareuse kaki, la poitrine couverte de médailles, lançant des avertissements comme on sonne la charge, avec des airs de général Dourakine.

— À ma profonde stupéfaction, j'ai découvert une véritable opération maligne de déstabilisation de nos services secrets, rugit-il.

Il se pose en « rempart », assure avoir « verrouillé » la DGSE, bombe le torse et serre le poing, mais sans rien dire de précis. Le temps fort de l'interview est une formule préparée à l'avance, qui étonne plus qu'elle n'intimide :

— Bien entendu, j'ai trouvé des gens qu'il fallait sanctionner. J'ai coupé les branches pourries.

Dans le petit salon de son appartement de fonction, à l'intérieur de l'hôtel des Invalides, où est filmée la scène, les journalistes qui l'entourent sont stupéfaits.

— C'est une parole grave… le relance l'un d'eux.

— Je pèse mes mots, coupe le général.

— À quoi faites-vous allusion ?

— Je ne fais pas d'allusion. Je suis chef des services secrets, vous m'accorderez que je puisse garder les secrets.

Dialogue quasi burlesque qui ne contribue pas à restaurer le crédit de l'espionnage français. Très vite, le général est l'objet de moqueries, les caricaturistes s'en donnent à cœur joie – dans les couloirs des ministères, on le surnomme en ricanant « *Imbot warrior* ». S'il voulait rétablir l'ordre, c'est raté. Sans compter que la paranoïa ambiante s'en trouve renforcée. De quelle « opération maligne » parle-t-il ? Qui sont les « branches pourries » ? Imbot en a dit trop ou pas assez.

Quilès, cependant, ne veut pas s'en tenir là. Dans l'ombre, il joint le geste à la parole. Pour colmater les « fuites », il ordonne au général Deiber et à la Sécurité militaire de prolonger leurs recherches avec l'aide du service de contre-espionnage de la DGSE, que dirige le colonel Jean-Michel Vernières. Sur la base de soupçons et de dénonciations, des surveillances sont mises en place – on l'a vu – sur plusieurs agents suspectés d'informer la presse. La fameuse interception téléphonique du 5 septembre, où apparaissaient « C » et « K », les plongeurs d'Auckland, a donné l'alerte*. En ligne, deux semaines avant la révélation du *Monde*, deux anciens d'Aspretto, le capitaine Alain Borras et l'adjudant Richard Guillet, évoquaient le rôle de la « troisième équipe ».

« Elle est composée d'un officier et d'un sergent-chef que vous connaissez bien », soufflait Guillet. C'est alors qu'il les désignait par leurs initiales. Selon le compte rendu d'écoute, les deux hommes se préparaient à livrer cette information à un certain « Bernard Colas ». Vérification

* Cf. *supra*, chapitre 10, p. 202.

immédiate dans les fichiers de la DGSE : ce n'est pas le nom d'un militaire. S'agirait-il d'un journaliste ?

Borras et Guillet, eux, sont promptement identifiés. Le premier appartient à la section K de la DGSE, chargée du contre-terrorisme, où il est l'adjoint du colonel Joseph Fourrier, une pointure du service. Le second a un parcours plus controversé : en 1981, peu après l'élection de François Mitterrand, il s'indignait de l'hostilité d'une partie de la hiérarchie envers le nouveau pouvoir. Renvoyé des nageurs de combat l'année suivante, muté à l'école de formation des parachutistes de Pau, il dénonce une cabale politique, dérobe son dossier militaire, multiplie recours et protestations, jusqu'à saisir la Ligue des droits de l'homme – initiative sacrilège chez les agents secrets. Ses supérieurs, eux, retiennent contre lui un manquement à la sécurité lors d'un entraînement aux « techniques spéciales ». L'officier qui l'a écarté n'est autre qu'Alain Mafart. En février 1982, Guillet écope de soixante jours d'arrêts de rigueur. C'est le général Imbot, en tant que chef de l'armée de terre, qui lui notifie la sanction. Et voilà que, trois ans et demi après, le nom de l'insoumis ressurgit au détour de l'« affaire Greenpeace ». Imbot a la tête près du képi ; il ne lui en faut pas plus pour crier à la sédition.

Personne ne s'attarde sur l'étrangeté du scénario : pourquoi un agent favorable aux socialistes tremperait-il dans une opération de déstabilisation des services sous un gouvernement socialiste ? « Il a voulu se venger de Mafart », hasardent certains anciens d'Aspretto. Guillet assurera au contraire n'avoir cherché qu'à protéger la réputation des nageurs, révolté de les voir « traînés dans la boue[6] ». Toujours est-il que la Sécurité militaire déploie les grands moyens : filatures, photos, micros directionnels… Elle surprend ainsi les confidences de Borras à son supérieur, le colonel Fourrier, qui l'introduit ensuite auprès du mystérieux

« Colas ». Le 17 septembre, Guillet et Borras ont rendez-vous avec lui à Paris, dans un restaurant du quartier des Tuileries. La DGSE fait discrètement encercler l'établissement. Pas assez discrètement, pourtant, car à l'heure dite, « Colas » reste à distance, fait prévenir le duo qu'ils sont repérés et s'évanouit dans les rues. Au même moment paraît l'article du *Monde* dévoilant l'existence de la « troisième équipe ». De toute évidence, d'autres informateurs les ont pris de vitesse...

Faute du flagrant délit espéré, la Sécurité militaire interpelle Borras en pleine caserne des Tourelles, le 23 septembre. L'officier est placé au secret, enfermé dans une cellule aveugle, privé de nourriture et de sommeil, questionné sans relâche toute une nuit durant. Au bout de quatorze heures de ce traitement musclé, il craque, rédige une déposition manuscrite et révèle l'identité de l'intrigant « Colas ». Surprise : celui-ci n'a rien d'un journaliste ; c'est le capitaine Paul Barril, l'ancienne vedette du GIGN, l'unité d'élite de la gendarmerie ! Barril l'extravagant, séducteur et inquiétant, mousquetaire et barbouze, habitué des coups de force et spécialiste des coups tordus... Que diable vient-il faire dans cette nouvelle aventure ?

Quilès veut faire un exemple

Arrêté et cuisiné à son tour, le colonel Fourrier déroule le fil de l'histoire. C'est lui qui a fait appel à Barril. S'il l'a présenté à Borras, explique-t-il, c'est en raison de son appartenance passée à la cellule antiterroriste de l'Élysée. « Je savais qu'il continuait à exécuter certaines missions confidentielles[7]. » Compte tenu du caractère sensible des informations de Guillet, il jugeait nécessaire de « rendre compte au plus haut niveau ». Ayant ses entrées à la présidence de la République, Barril lui avait semblé « le meilleur canal à utiliser ». Dans l'esprit du colonel, c'est donc le pouvoir politique qu'il fallait renseigner, et non la presse. Pourquoi ? Parce qu'il redoutait, lui aussi, de sombres manœuvres internes derrière l'affaire du *Rainbow Warrior*.

« À cette époque, expose-t-il, l'amiral Lacoste était très occupé, j'avais surtout des motifs pour me méfier de son entourage, que je soupçonnais d'être à l'origine des fuites et de travailler dans un sens différent du sien. » Parmi les nageurs de combat, ajoute Fourrier, « les noms des membres de la troisième équipe étaient connus ». Entre eux circulait le bruit selon lequel « les directives avaient été données par une filière interne sans que l'amiral Lacoste ait été tenu au courant ».

Chez les espions, le complotisme est une déformation professionnelle. Le colonel tenait simplement à vérifier son hypothèse. Guillet a livré ses propres sources à Borras – deux sergents-chefs d'Aspretto – et ils sont convenus de garder le silence tant que les preuves feraient défaut. Barril devait les aider à en trouver et, le cas échéant, faire remonter l'information jusqu'au sommet de l'État. Sauf que, le 17 septembre, la sortie du *Monde* a coupé court à leurs cogitations. La « troisième équipe » était à la une, et ils n'y étaient pour rien.

Tout ça pour ça ? Paul Quilès n'est pas convaincu. Il entend malgré tout faire un exemple. Sans états d'âme, il ordonne que Fourrier, Borras et Guillet soient mis aux arrêts de rigueur et saisit la justice. Le 26 septembre, ils sont présentés au juge d'instruction Philippe Jeannin et poursuivis pour « atteinte à la Défense nationale », délit qui leur fait encourir la dégradation et plusieurs années de prison. Le temps de l'enquête, ils sont placés en forteresse. Barril, quant à lui, est visé par un avis de recherche. Après une semaine à jouer au chat et à la souris avec ses anciens collègues, il finit par se livrer de lui-même… pour ressortir libre aussitôt. Impossible de lui infliger une sanction disciplinaire, car il est en disponibilité de la gendarmerie. Et sur le plan judiciaire, c'est peu dire que le magistrat n'a rien de concret à lui opposer…

Quilès ne renonce pas ; il tient à démontrer que la reprise en main des services a commencé. Le ministère livre la nouvelle des arrestations à l'Agence France-Presse et le feuilleton redémarre. Le lendemain soir, le général Imbot surgit à la télévision, annonce qu'il a « coupé les branches pourries » et « verrouillé » le service…

— Nous avions quelques éléments de preuve, un enregistrement dans un café, croit se souvenir Patrick Careil, qui invoque même « les aveux » d'un des suspects – ce que les archives judiciaires ne confirment pas.

La piste des « fuites » n'aboutira pourtant nulle part. L'enquête s'enlise, les agents suspectés ne desserrent pas les dents ; des journalistes sont interrogés, eux invoquent le « secret des sources ». On tourne en rond. Comble de l'absurde, le général Deiber, appelé à témoigner, déclare n'avoir « pas reçu d'habilitation du ministre de la Défense pour répondre[8] » aux questions, bien que l'enquête ait été déclenchée par le ministre lui-même… Combatif, le magistrat écrit à Paul Quilès pour le prier d'intervenir. Il n'obtiendra jamais de réponse*.

L'ultime tentative du juge Jeannin pour étoffer son dossier se solde par un échec, doublé d'une farce. Alors qu'il

* L'enquête sur d'éventuelles fuites au profit de la presse fera l'objet d'un non-lieu en mai 1986. Sur l'un des rapports internes relatifs à ce dossier versé aux archives du ministère de la Justice, on peut lire ce commentaire du directeur des affaires criminelles et des grâces de l'époque, Bruno Cotte : « Cette affaire est désastreuse et l'autorité judiciaire a été manipulée… »

perquisitionne au domicile de Paul Barril avec un détachement d'hommes en armes, il se fait conduire à la cave où l'ex-gendarme a installé un coffre-fort.

— Attention, si on ne l'ouvre pas comme il faut, un jet d'acide sort de la serrure ! lance Barril, espiègle.

Le magistrat et l'escorte reculent d'effroi et le laissent manipuler seul la porte blindée. L'instant d'après, le capitaine braque deux pistolets sur la troupe en s'esclaffant :

— Vous n'êtes pas très malins, j'aurais pu vous descendre comme à la parade...

À l'intérieur du coffre, le juge Jeannin tombe sur une chemise cartonnée marquée d'une inscription qui le fait blêmir : « François Mitterrand, attentat de l'Observatoire ». Il met aussitôt un terme à la perquisition et rebrousse chemin sans rien emporter. L'heure n'est pas à réveiller les vieux fantômes.

Les enquêtes s'arrêtent à mi-chemin

À Matignon, Fabius mesure qu'il ne contrôle plus grand-chose. Après son explication avec Mitterrand, la réunion du dimanche à son domicile et l'accord du Président sur le départ d'Hernu, il pensait entendu que le ministre démissionnaire endosserait publiquement toute l'affaire, quitte à la présenter comme un dérapage de la DGSE qu'il aurait accepté de « couvrir ». Rien ne s'est passé ainsi. Hernu a annulé l'interview qu'il devait accorder à une radio et est rentré à Villeurbanne, où il a plastronné devant les journalistes en jugeant « stupide » et « scandaleux » le sabotage du *Rainbow Warrior*, tout en revendiquant « l'ensemble de [ses] responsabilités » et en proclamant : « J'ai mon honneur pour moi. » Allez comprendre...

Provocateur, il s'est même déclaré « solidaire de Laurent Fabius », comme si le Premier ministre était plus suspect que lui !

L'entrée en scène du général Imbot à la télévision a également pris le chef du gouvernement de court : Quilès ne l'avait pas prévenu. Son directeur de cabinet, Patrick Careil, s'est fait passer un savon par Louis Schweitzer, mais le mal était fait. À Matignon, on a jugé discutable la prestation du militaire, et ses rodomontades, disproportionnées. Quant à l'enquête sur les fuites à la DGSE, elle a peut-être fait taire les militaires, mais elle fait parler les journalistes. « La situation est en effet paradoxale : ceux qui sont soupçonnés d'avoir recherché et raconté la vérité sont bouclés, alors que ceux qui ont effrontément menti à Tricot sont en liberté, tranquilles comme Baptiste », s'insurgent les reporters de *L'Express* Jacques Derogy et Jean-Marie Pontaut – qui ont eu le déplaisir d'être questionnés sur leurs sources par la justice[9].

Eux aussi convoqués, Bertrand Le Gendre et Edwy Plenel renchérissent dans *Le Monde* : « La cible ainsi visée est claire : c'est la presse elle-même qu'il s'agit d'intimider, c'est son travail d'enquête que l'on veut contrarier[10]. » Après avoir ouvertement encouragé les efforts du Premier ministre pour dénouer l'intrigue, les deux acolytes le décrivent à présent comme un homme « pris au piège », en passe d'« être la prochaine victime de cette bavure militaire devenue, à force de mensonges, de silences et de temps perdu, affaire d'État ».

L'entourage de Fabius, où Plenel compte quelques amis de longue date, anciens camarades de ses années révolutionnaires*, réagit sans tarder. Le journaliste est prié de

* Notamment les journalistes Jean-Paul Besset et Martine Storti, ainsi que le futur sénateur Henri Weber.

retenir ses coups. Il s'en ouvre à Le Gendre au téléphone. Les gendarmes de l'Élysée, qui espionnent la ligne, n'en perdent pas une miette.

— On m'a fait parvenir des messages hier sur le thème : « Le dernier papier était de trop, est-ce que tu vas continuer ? On comprenait jusque-là où tu voulais en venir. Mais là, on ne voit plus très bien... » Alors j'ai fait parvenir comme réponse : « Fin d'enquête. » J'ai fait transmettre qu'en termes d'investigation, je m'arrêtais[11]...

Par la suite, *Le Monde* continuera d'affirmer que ni le Premier ministre, ni le président de la République n'avaient été informés à l'avance de l'opération programmée en Nouvelle-Zélande par la DGSE – une demi-vérité. Dans une conversation précédente, Plenel disait :

— On est sur la question : « Qui a donné l'ordre ? » On ne va pas remonter... On va démontrer qu'il ne faut pas trop remonter[12].

Parmi les sujets d'embarras de Fabius, il en est un plus préoccupant que bien d'autres. Depuis qu'il lui a arraché son consentement à l'éviction d'Hernu, Mitterrand ne décolère pas contre lui. Après ses déclarations à la télévision du 25 septembre, il a même envisagé de le mettre à la porte.

— Fabius en a trop fait, il n'était pas obligé d'aller si loin[13], a-t-il grogné.

Le Président en veut au Premier ministre de l'avoir contraint au « sacrifice » de son ami – c'est le mot qu'il emploie – et juge avec sévérité toutes ses initiatives. En privé, il s'exaspère de la « curieuse envie cannibale de vérité[14] » de Fabius.

Les hauts et les bas d'une vie consacrée à la politique ont enseigné à Mitterrand la patience et l'impassibilité. Lui a toujours été persuadé que les scandales s'éteignent comme les incendies, si on se garde de les alimenter. Après le rapport Tricot, il incitait Hernu à garder son calme :

— Cette action de vos agents est stupide et immorale. Ils sont nuls, vraiment. Mais cela n'aura aucune conséquence électorale. L'opinion s'en moque. À la limite, s'il n'y avait pas eu un mort, elle trouverait même ça plutôt bien[15].

Une synthèse du courrier reçu à l'Élysée au sujet de l'affaire conforte cette conviction. Sur 139 lettres, à peine 4 réclament la démission du Président, 3 demandent celle du Premier ministre ; 39 correspondants critiquent le gouvernement, 33 le soutiennent, 18 apportent « leur pleine confiance » au chef de l'État et pensent qu'« il réussira à faire toute la lumière »[16]. Le document poursuit :

> Quelques-uns, malgré les déclarations de Laurent Fabius, gardent la conviction que le pouvoir politique n'est nullement impliqué et qu'il s'agit d'un complot ourdi par des militaires ou une puissance extérieure. Une majorité, par contre, est bien convaincue que l'ordre de sabotage vient du gouvernement et que, loin d'être condamnable, cette décision est légitime, voire ouvertement défendable [...].
>
> Les seules réserves portent sur le manque de maîtrise quant à l'exécution de l'opération et l'ébruitement de l'affaire, certains continuant de regretter qu'à l'exemple d'une droite plus habile, le gouvernement n'ait pas su l'étouffer à temps.

C'est dans cette logique que Mitterrand refuse d'entendre parler d'une commission d'enquête parlementaire qui, comme Fabius l'a suggéré, aurait à reconstituer la chaîne des décisions jusqu'à l'attentat du 10 juillet. Il y voit une nouvelle manœuvre destinée à épargner le gouvernement à son détriment. Même si les socialistes sont majoritaires à l'Assemblée nationale, ce qui leur permettrait de circonscrire les investigations, une telle commission ne pourrait qu'attirer l'attention sur ce qui est resté dans l'ombre – y compris, donc, les décisions prises ou avalisées à l'Élysée.

Michel Charasse, le conseiller préposé aux situations embrouillées, est chargé d'étouffer le projet dans l'œuf. Dans une note adressée à Gilles Ménage, il confirme bientôt que le Président est fondé à s'inquiéter.

> La Défense estime que nous courrons les plus grands dangers si la commission est créée, écrit-il. Le secret défense devra forcément lui être opposé mais il n'interdira pas que de nombreux fonctionnaires civils et militaires soient convoqués car la loi leur fait obligation de répondre à la convocation, même s'ils doivent rester muets. Or la Défense craint que certains ne craquent, et notamment l'amiral Lacoste[17].

Tout doit donc être fait pour éviter à Lacoste d'avoir à témoigner. Charasse, dont les amitiés – notamment maçonniques – transcendent les clivages partisans, effectue quelques ambassades auprès de l'opposition. Il sonde le député Philippe Mestre, lieutenant de Raymond Barre, jadis pressenti pour succéder à Alexandre de Marenches à la tête du Sdece. Il voit le directeur de cabinet de Jacques Chirac à la mairie de Paris, Robert Pandraud, et des élus influents au Palais-Bourbon. De ces conciliabules, il revient assuré que le RPR refusera de participer à une enquête parlementaire qui remettrait les militaires sur la sellette et servirait d'échappatoire au gouvernement. Or si les gaullistes font défaut, « le travail de la commission sera suspect », analyse-t-il. Aussi préconise-t-il de prendre prétexte de leur refus pour tout arrêter.

En marge de la note, Mitterrand exprime son accord : « Oui. J'insiste. FM. »

Suivant les instructions de Charasse, le président de l'Assemblée, Louis Mermaz, consulte les groupes parlementaires et obtient la réponse attendue : le RPR n'en sera pas. Dès lors, le groupe socialiste déplore « l'absence de consensus » et retire sa proposition : la commission parlementaire est morte avant d'avoir vécu. Et le tour est joué.

Chirac fait donner ses troupes pour justifier cet évitement et faire comprendre qu'il n'a rien d'une soumission. « Nous n'admettons pas que, par ce moyen, soit reportée sur l'armée une responsabilité qui appartient tout entière au pouvoir politique », énonce le chef de file des députés gaullistes, Claude Labbé. Un feu nourri se concentre sur Laurent Fabius, à qui la droite impute les errements de l'affaire, du sabotage du *Rainbow Warrior* aux palinodies qui en sont nées. « Je pense que Fabius au moins était au courant », insinue d'un air entendu Charles Pasqua, porte-flingue attitré du maire de Paris. Le secrétaire général du RPR, Jacques Toubon, invite le Premier ministre à « assumer ses responsabilités pour que cessent les dégâts causés par son incapacité[18] ». Aucune attaque ne vise Mitterrand. Chirac a ordonné que l'on ménage le chef de l'État, dans la perspective d'une cohabitation à venir.

Un autre argument détermine la réserve du maire de Paris. Plusieurs membres de son entourage entretiennent des liens étroits avec la DGSE et plaident la cause du service. Le directeur-adjoint de son cabinet, Daniel Naftalski, est un ancien officier des troupes de marine. Michel Roussin, son chef de cabinet, était le bras droit de Marenches au Sdece de 1977 à 1981 ; de son temps, le projet de couler les navires de Greenpeace existait déjà à la caserne Mortier. Le chef du SA de l'époque, le colonel Alain Gaigneron de Marolles, s'y est toujours opposé. Il est aisé de comprendre que, si cette fois le SA est passé à l'acte, c'est que ses chefs n'ont pas pu faire autrement.

Roussin a conservé des amis et de l'influence dans son ancien service. Détail significatif : c'est lui qui a parrainé l'entrée de Dominique Prieur à la DGSE, en un temps où les femmes n'y étaient pas légion. Il est aussi, dans la garde rapprochée de Chirac, l'homme des dossiers sensibles. Grâce à lui, l'ancien Premier ministre a très vite su que le sabordage du *Rainbow Warrior* était l'œuvre d'agents français.

— J'ai prévenu Pandraud, puis Chirac, quelques jours après l'attentat, confirme Roussin.

Lui et Naftalski ont convaincu leur patron que l'opposition ne gagnerait rien à saper la crédibilité de la DGSE, déjà bien assez entamée comme cela. Une fois revenue au gouvernement, pensaient-ils, la droite aurait besoin d'un service en état de marche et d'une hiérarchie militaire prête à jouer le jeu. Chirac s'est rangé à cet avis.

— De toute façon, il n'avait aucune envie de s'en mêler ; Chirac n'avait pas confiance dans les services, tout ce qui s'y rapportait lui déplaisait, ajoute Roussin.

À la fin du mois de juillet, quand il a appris que certains membres des réseaux gaullistes en Nouvelle-Calédonie avaient pris part, en qualité d'« honorables correspondants » de la DGSE, à la récupération des marins de l'*Ouvéa* et à l'escamotage du voilier, le maire de Paris a fait passer un message clair et net à l'Élysée. Pandraud a alors téléphoné à Jean-Louis Bianco pour l'avertir :

— N'essayez pas de nous embarquer dans cette histoire. Nous n'avons rien à y voir. Jusqu'à présent, nous sommes restés silencieux ; s'il le faut, on sortira ce qu'on sait...

Bianco a reçu le message cinq sur cinq. Début août, quand la presse a fini par évoquer la fausse piste de « barbouzes liés à la droite », sur la base de confidences venues de l'Élysée et du PS, l'amiral Lacoste a dépêché son adjoint, Roger

Émin, pour assurer aux chiraquiens – « avec l'accord de Charles Hernu » – que son service était étranger à ces accusations.

Depuis lors, ce canal a été maintenu. Le général Émin s'est rendu trois fois à la mairie de Paris.

— Il me tenait au courant de l'évolution de la situation, sans entrer dans les détails, confie Michel Roussin. Je le sentais mal à l'aise. Il voulait éviter que la DGSE ne se retrouve au milieu d'un conflit politique.

À six mois d'élections législatives que le RPR espère bien remporter, Chirac songe en outre qu'il lui reviendra peut-être, s'il retourne à Matignon, de régler la question des agents capturés en Nouvelle-Zélande. Leur procès est fixé au 4 novembre et, à ce stade, rien ne permet d'espérer qu'il tourne à leur avantage.

Soulez Larivière, avocat mais pas espion

Qui se soucie encore de leur sort dans les hautes sphères de l'État ? Cette question, Alain Mafart et Dominique Prieur se la posent sans cesse, entre les murs de leurs cellules néo-zélandaises. L'onde de choc de l'affaire a traversé la Terre pour parvenir jusqu'à eux. Grâce à la lecture des journaux, aucun des rebondissements ne leur a échappé. La révélation de la « troisième équipe » les a soulagés, car elle a obligé le pouvoir à renoncer au mensonge. Mais l'allusion du général Imbot à une « opération maligne » les a fait frémir, et les limogeages de Charles Hernu et de l'amiral Lacoste leur font craindre d'être abandonnés à leur sort. L'annonce par Paul Quilès de la fermeture prochaine du Centre d'Aspretto, dont les nageurs seront bientôt réaffectés à Quelern, dans les eaux froides du Finistère, les a meurtris : elle a tout d'une punition.

Depuis la fin août, les deux prisonniers souffrent en outre de conditions de détention « particulièrement rigoureuses[19] ». De peur que leur service ne tente de les faire évader, les deux agents ont été envoyés dans des prisons différentes, à 800 kilomètres l'une de l'autre – elle à Christchurch, dans l'île du Sud, lui à Paremoremo, près d'Auckland, dans un quartier de haute sécurité. Ils y reçoivent les visites de leurs avocats néo-zélandais et celles – épisodiques – de diplomates français en poste dans le pays, qui ne savent pas trop quoi leur dire.

À Paris, leur dossier suscite pourtant plus d'effervescence qu'ils ne le croient. À la Chancellerie, les juristes se sont plongés dans les textes qui régissent le statut des militaires. Ils y ont trouvé que la théorie dite « des baïonnettes intelligentes » oblige théoriquement un soldat à refuser un ordre manifestement illégal. Par conséquent, avoir obéi à ses supérieurs n'exonère pas l'auteur d'un crime de sa responsabilité. Cependant, « il n'existe pas de précédent concernant les services secrets qui, par nature, sont contraints d'emprunter les voies de l'illégalité », observe la conseillère de l'Élysée chargée des questions judiciaires, Paule Dayan, dans un rapport remis à Jean-Louis Bianco. « Cette règle ne paraît donc pas applicable aux agents, qui n'ont d'autre possibilité que d'obéir à certains ordres nécessairement illégaux… sauf à refuser de travailler pour ces services[20] », écrit-elle. Les juges d'Auckland seront les premiers à se pencher sur ce casse-tête. Le procès de Mafart et Prieur sera un saut dans l'inconnu.

Pour les assister, l'amiral Lacoste a reçu une offre de service étonnante : l'ancien ministre Edgar Faure, figure de la vie politique française et avocat de renom, s'est proposé pour défendre la capitaine Prieur, au titre de la solidarité entre Francs-Comtois. Il a même lancé un comité de soutien, qui a recueilli plusieurs milliers de signatures. Problème : cette personnalité prestigieuse, à l'éloquence légendaire, appartient à l'opposition. Pas question de lui confier un tel dossier, a tranché l'Élysée. Pour une tâche à ce point délicate, un autre poids lourd du barreau avait les faveurs du Président : Jean-Marie Burguburu, dont l'épouse n'est autre que la secrétaire générale du Conseil supérieur de la magistrature – le couple est intime avec les Mitterrand. On lui a organisé un rendez-vous avec l'amiral Lacoste peu avant son limogeage. Le départ de Charles Hernu a bloqué sa désignation.

En définitive, sur le conseil de Robert Badinter, c'est un jeune et brillant avocat parisien, Daniel Soulez Larivière, qui est recruté par Fabius pour défendre les deux prisonniers. L'œil malicieux et la moustache bien taillée, c'est un plaideur méticuleux doublé d'un théoricien respecté, expert du droit anglo-saxon et familier des affaires d'espionnage. Cette dernière caractéristique ne lui vaut guère de considération à la DGSE, car il a bataillé avec succès, quinze ans auparavant, pour faire innocenter un agent français, Eugène Rousseau, accusé de travailler pour les services yougoslaves. Pour aggraver son cas, Soulez Larivière a fait équipe dans ce combat avec l'écrivain Gilles Perrault, enquêteur et conteur hors pair que le Sdece tenait à la fois pour un suppôt des « rouges » et une bête noire*. Les temps ont changé et les sympathies à gauche de l'avocat ne jouent plus contre lui. Être appelé à la rescousse par le gouvernement pour sauver deux agents embastillés a pour lui un air de déjà-vu et un goût de revanche.

« Soulez », comme on l'appelle au palais de justice, se plonge dans les textes néo-zélandais et se fait briefer sur

* Auteur de nombreux ouvrages d'enquête et d'histoire, Gilles Perrault a dénoncé la condamnation d'Eugène Rousseau dans *L'Erreur* (Fayard, 1971) et raconté son travail au côté de Daniel Soulez Larivière et l'amitié qui en est née dans *Checkpoint Charlie* (Fayard, 2008).

le dossier de Mafart et Prieur par Gerard Curry, son confrère d'Auckland, avant de se rendre à Matignon, où l'attend Louis Schweitzer avec les directeurs des cabinets de Robert Badinter et de Paul Quilès, ainsi que le général Émin, qui représente la DGSE. L'avocat expose sa stratégie. Il recommande que les accusés plaident coupable, mais après avoir négocié avec le procureur néo-zélandais une requalification des charges en « homicide involontaire ». De cette façon, le procès deviendra inutile, les agents accepteront leur condamnation sans avoir à s'expliquer et une négociation pourra s'engager sur la durée de la peine.

— Coupable ? Mais ils sont innocents ! s'étrangle l'un des présents.

— Sans doute, mais s'ils plaident non coupable, ils vont prendre trente ans, rétorque Soulez.

Au terme de la réunion, Careil et Émin le retiennent un instant.

— Quand vous verrez vos clients, demandez-leur de rédiger une note pour expliquer ce qui n'a pas marché dans la mission. Apprenez-la par cœur et avalez-la.

— Pour qui me prenez-vous ? Je suis avocat, pas espion, objecte Soulez, éberlué.

Les 29 et 30 septembre, il rencontre Mafart et Prieur pour la première fois. À l'un et à l'autre, il pose la question fatidique et leur tend une feuille de papier pour qu'ils y inscrivent la réponse.

— Il m'a rapporté les papiers quelques jours après ; je les ai remis à Quilès sans les avoir lus, se souvient Careil.

Le contact entre l'avocat et les deux agents est bon. Avec pédagogie, il leur explique les difficultés de la situation, et les moyens par lesquels il espère les contourner.

De prime abord, sa franchise les surprend.

— Je ne sais pas ce que vous avez fait à votre chef mais il vous enfonce la tête sous l'eau, lâche-t-il à propos du colonel Lesquer.

Surtout, il leur promet que l'intérêt de leur défense passera avant toute autre considération – y compris celles que pourrait faire valoir le gouvernement. Son calme les rassure, sa délicatesse les touche. En l'entendant, Dominique Prieur laisse échapper un sanglot. Et il épate Mafart en empruntant sa guitare pour en tirer de mélodieux arpèges...

« Au *feeling*, je sens que nous sommes en de bonnes mains[21] », jauge le commandant. « Nous avons enfin l'impression que notre sort est entre des mains compétentes[22] », approuve Prieur.

Alors que l'avocat se trouve aux antipodes, Paule Dayan fait passer une note au secrétaire général de l'Élysée, Jean-Louis Bianco :

> Me Soulez Larivière, avocat de gauche choisi par Matignon, est parti hier soir en Nouvelle-Zélande. Il revient dans huit jours et c'est seulement après qu'il aura pris connaissance des pièces du dossier que la marche à suivre pourra être décidée. Il aura pu pendant cette période explorer les possibilités de négociations pour une reconnaissance de culpabilité amoindrie et en faire part au gouvernement[23].

Une nouvelle bataille commence.

12

Trente-six minutes chrono

Pendant que des tractations secrètes s'ouvrent entre la France et la Nouvelle-Zélande, l'avocat des Turenge *découvre que le dossier de l'accusation présente des failles qui peuvent permettre aux agents d'éviter le pire…*

Un soir d'octobre 1985, deux inconnus conversent à voix basse dans un salon de l'aéroport international de Tokyo. Le premier est français, il s'appelle Gilbert Guillaume. C'est un conseiller d'État qui exerce la fonction de directeur des affaires juridiques au Quai d'Orsay. Le second est un diplomate néo-zélandais, Christopher Beeby, secrétaire général-adjoint du ministère des Affaires étrangères de son pays. Tous deux sont là à titre officieux. Ils se sont donné rendez-vous en terrain neutre. La France cherche à obtenir la libération de ses deux agents emprisonnés, qui doivent être jugés le 4 novembre. Le gouvernement de Wellington veut bien aborder la question, mais il n'est pas prêt à admettre que des discussions sont en cours. Entre eux, il est convenu que le mot « négociations » sera banni. Pour les deux émissaires, il s'agit de trouver les bases d'un compromis qui permette à leurs pays respectifs de tourner la page de l'affaire sans perdre la face.

— Ce qui s'est passé durant cette période est un modèle de diplomatie secrète, se souvient un initié.

Tout a commencé dès l'aveu de Laurent Fabius à la télévision, le dimanche 22 septembre. Le même jour, le ministre français des Relations extérieures, Roland Dumas, écrit au Premier ministre de la Nouvelle-Zélande, David Lange. Il réaffirme que « l'attentat à l'encontre du *Rainbow Warrior* a été le fait d'agents français » et indique : « Ayant fait lui-même la lumière sur cette affaire, le gouvernement est bien entendu prêt à assumer la réparation des différents préjudices consécutifs à cet événement. » Dumas propose alors une rencontre avec le vice-Premier ministre néo-zélandais, Geoffrey Palmer, qui est aussi ministre de la Justice, « afin d'examiner d'État à État les conditions dans lesquelles cette affaire pourrait être réglée[1] ». L'entrevue a lieu le surlendemain à New York, en marge de l'assemblée générale des Nations unies. Dumas se fait accompagner de Guillaume. Le principe de tractations confidentielles est arrêté ce jour-là. Elles vont durer plusieurs mois.

À Tokyo, Beeby prévient Guillaume :

— Aucune décision ne pourra être prise par mon gouvernement concernant vos agents tant que le juge n'aura pas statué sur leur cas.

Les conversations se prolongent durant le mois d'octobre. Les autorités de Nouvelle-Zélande, encore révoltées par l'attentat et des mensonges qui ont suivi, exigent des excuses officielles et une indemnisation de « plusieurs millions de dollars ». Le gouvernement français, lui, réclame la clémence pour le commandant Mafart et la capitaine Prieur, « qui n'ont fait qu'obéir aux ordres » et n'ont pas directement pris part à l'attentat. En lui confiant cette mission, Roland Dumas n'a assigné à Gilbert Guillaume qu'un seul objectif : « Obtenir que nos agents soient remis en liberté le plus vite possible ». En parallèle, l'avocat des deux officiers, Daniel Soulez Larivière, se charge de négocier avec le procureur.

Les premiers contacts sont encourageants. Même s'ils se considèrent outragés, les Néo-Zélandais sont embarrassés : le contentieux empoisonne leurs relations avec un pays allié, qui est aussi un important partenaire commercial. Des dérogations permettent en effet à la Nouvelle-Zélande d'exporter ses produits laitiers, sa laine et sa viande de mouton vers l'Europe en échappant aux règles de la politique agricole commune (PAC). La France en achète même directement d'importantes quantités. Qu'elle s'oppose à de telles exceptions et le commerce extérieur néo-zélandais serait lourdement pénalisé.

À Auckland, le chef du parquet entrouvre la porte à un accord sur la requalification des faits en « homicide involontaire ». De retour en France, Soulez en informe Badinter et Dumas, ainsi que Jean-Louis Bianco à l'Élysée. Il a également un tête-à-tête au Quai d'Orsay avec Gilbert Guillaume.

Ses arguments convainquent tout le monde : Mafart et Prieur doivent plaider coupable et accepter leur condamnation, recommande-t-il ; avec l'abandon des poursuites pour meurtre, ils devraient s'en tirer avec quelques années de prison. Une discussion pourra s'engager ensuite avec le gouvernement néo-zélandais sur le calendrier de leur retour en France. Clin d'œil de la providence : une loi adoptée le 1er juillet précédent par le Parlement de Wellington permet justement d'expulser tout étranger condamné par la justice, même avant la fin de sa peine. David Lange a lui-même évoqué à voix haute cette possibilité au sujet des *Turenge* – l'ambassadeur français, Jacques Bourgoin, s'est empressé de le signaler au Quai d'Orsay.

La solution avancée par Daniel Soulez Larivière présente deux avantages et un danger.

Les avantages. Comme dans la procédure américaine, le plaider-coupable dispense les accusés d'un procès public au long cours, avec interrogatoires à la barre sous serment, défilé des témoins – le parquet compte en citer 52 – et déballage de l'enquête policière, le tout sous le regard de la presse mondiale… La France a tout à gagner à s'épargner un tel spectacle. En outre, si l'accusation est réduite à un homicide involontaire (en anglais : *manslaughter*), Mafart et Prieur n'encourent plus la réclusion à perpétuité mais une peine maximale de quatorze ans de prison – sans doute moins, puisque aucun indice matériel ne les relie à la pose des bombes.

Le danger. En avouant leur culpabilité, les deux officiers renoncent à se défendre et s'en remettent entièrement aux Néo-Zélandais – le juge pour fixer la durée de la peine, le gouvernement pour décider d'une expulsion ultérieure. Aucun engagement formel ne pourra être pris ; tout se jouera au moment de l'audience.

— Mes clients sont d'accord pour courir ce risque, certifie Soulez.

Le 9 octobre, Laurent Fabius donne son aval, au nom du gouvernement. Et François Mitterrand ? « Laissez faire le Premier ministre[2] », ordonne-t-il à Bianco. Le Président veut être tenu au courant de la situation des agents mais il n'entend pas être mêlé aux suites publiques de l'affaire. Puisque Fabius a voulu tenir les rênes, qu'il prenne ses responsabilités.

Daniel Soulez Larivière repart pour la Nouvelle-Zélande le 12 octobre. Il prend ses quartiers dans le plus bel hôtel d'Auckland, le Régent, une tour de marbre rose avec piscine panoramique dominant le port, d'où il prépare d'une main le procès que, de l'autre, il s'ingénie à éviter. Avec son confrère néo-zélandais Gerard Curry, il explique le plan à ses clients, qu'il est autorisé à rencontrer à sa convenance. À l'approche de l'audience, Dominique Prieur a été transférée dans un établissement moins éloigné : le camp militaire d'Ardmore, à une cinquantaine de kilomètres de la ville, où elle est confinée dans un bâtiment de bois dont elle est la seule occupante.

L'ambassadeur Bourgoin, qui rend visite aux deux détenus le 14 octobre pour « marquer l'intérêt que le gouvernement porte à leur sort[3] », est impressionné par leur résilience. Il confirme leur détermination et leur adhésion à la tactique dessinée par Soulez :

> Le commandant Alain Mafart est un homme au caractère bien trempé, dur, sans concession à l'émotivité, insensible aux pressions, assumant pleinement et en toute connaissance de cause les conséquences des actes qu'il a commis en conformité avec les ordres qu'il a reçus. Il croit fermement en sa vocation et en la voie qu'il a choisie. Son moral, qui reste élevé, est conforté par la confiance qu'il porte à ses avocats, et surtout par la participation à sa défense de Me Soulez Larivière qui, outre sa compétence, lui apporte la preuve [qu'il] est soutenu par les services parisiens concernés. Il accorde beaucoup d'importance à ce dernier point.
>
> Le capitaine Dominique Prieur m'a paru de la même trempe. Son moral est élevé, elle supporte avec un grand courage sa condition actuelle, accru encore par le sentiment qu'on s'occupe d'eux « à Paris ». Elle aussi croit en sa vocation. Elle m'a semblé cependant plus sensible à la sentimentalité, bien qu'elle ne se soit aucunement laissée aller à un court moment d'émotion, comme elle l'avait fait avec Me Soulez Larivière.

L'avocat fait le siège des magistrats néo-zélandais. Il leur tient un discours sans concession mais empreint d'humour et de courtoisie – le tout dans la langue de Shakespeare, qu'il maîtrise avec aisance. Dans le système judiciaire britannique, la défense a plus de poids que devant les juridictions de l'Hexagone ; Soulez en profite. Ses interlocuteurs lui prêtent une attention d'autant plus grande qu'ils le savent envoyé par le gouvernement français et qu'il insinue que ses clients pourraient se montrer coopératifs. Le 14 octobre, son habileté est récompensée : le procureur l'autorise à consulter le dossier de la police. Ce qu'il y découvre va conforter sa stratégie.

Comment Galbraith a chargé la barque

Avant lui, personne n'a pu lire les milliers de pages de la procédure. Trois mois après l'attentat, seuls le parquet et les policiers d'Auckland connaissent le détail des charges retenues contre Mafart et Prieur, ainsi que les indices censés désigner d'autres agents. En vertu de la procédure accusatoire, ces éléments ne peuvent être discutés qu'au cours du procès. Auparavant, aucun débat contradictoire sur les preuves n'est possible et nul n'y a accès.

Or depuis trois mois, avec un indéniable sens de la mise en scène, Galbraith et son équipe ont fait – ou laissé – filtrer assez d'indices, de constatations et de dépositions troublantes pour laisser accroire que l'enquête était accablante. Les médias néo-zélandais s'en sont fait l'écho, la presse française a pris le relais ; ses envoyés spéciaux dans l'archipel ont suivi pas à pas les investigations officielles, sonné à la porte des témoins, retracé le parcours des agents grâce aux petits cailloux semés par la police. Ainsi, l'impression s'est imposée d'un dossier ficelé, face auquel les accusés n'auraient aucune chance.

Pourtant, aucun des éléments matériels collectés par la police n'établit formellement un lien entre les *Turenge* et les poseurs de bombes du *Rainbow Warrior* – qui, du reste, n'ont pas été identifiés. Les preuves rassemblées par Galbraith attestent seulement que Mafart et Prieur ont été en relation avec l'équipage de l'*Ouvéa* : la parka d'un des marins retrouvée dans leurs bagages, l'étiquette du gilet de sauvetage dénichée dans leur poubelle, la note d'hôtel à leur nom saisie sur le voilier, leurs empreintes sur les cartes routières. Le témoignage des promeneurs qui ont surpris le transfert des explosifs entre leurs véhicules est compromettant, mais sujet à caution : ils ont cru reconnaître Mafart sur les photos que la police leur a présentées*, mais comment être catégorique ? À Londres, le vendeur du magasin où a été acheté le zodiac a désigné le même Mafart, alors qu'il n'a eu affaire qu'à Andriès. Le client parlait très mal l'anglais, s'est-il rappelé. Mafart, lui, est bilingue et se trouvait en France ce jour-là.

La meilleure surprise vient de l'autopsie de Fernando Pereira, le photographe tué dans l'épave du *Rainbow Warrior*. Le corps ne présentait ni commotion, ni fracture. Le médecin légiste a conclu à une noyade et non à un décès dû aux explosions. Cette information, soigneusement tue jusqu'alors, améliore nettement la position des accusés. Elle leur permet de soutenir que leur complicité dans l'attentat ne les associe pas à un crime mais à une mort accidentelle.

L'inventaire des indices met en évidence d'autres approximations.

Ainsi, des passants jurent avoir reconnu Dillais ou Mafart dans des lieux où ils ne se sont jamais rendus. De même, la télévision néo-zélandaise a montré une page de

---

* Cf. *supra*, chapitre 6, p. 124.

cahier où apparaît le nom : « *Alain Turenge* », censée provenir de documents saisis sur l'*Ouvéa*. En fait, il s'agit d'un carnet que les enquêteurs attribuent à Dominique Prieur et sur lequel des annotations ont été ajoutées à l'encre bleue, d'une écriture différente de la sienne – par qui ? Mystère. Sur le voilier, la police a également prétendu avoir découvert des résidus d'explosifs entre la coque et le plancher, ce qu'une expertise aurait confirmé, mais seulement après l'escale des marins à Norfolk. Or les bombes ont bien été transportées par l'*Ouvéa*, mais empaquetées dans une toile de spi et cachées dans un canot pneumatique, plié et entreposé dans le coffre arrière. L'emballage ayant été effectué par la Salle 10, il est peu probable que des particules aient pu s'échapper à bord de l'*Ouvéa*. Rien de cela ne figure en tout cas dans les volumes examinés par Soulez.

Enfin, les détectives néo-zélandais se sont vantés d'avoir repêché à Hobson Bay, près de l'endroit où le zodiac a été retrouvé, les bouteilles d'oxygène de marque française qu'auraient utilisées les plongeurs de la « troisième équipe » – elles aussi ont été brandies à la télévision. Il y a forcément erreur sur la marchandise, car l'équipement de Kister et de Camas a été acheté en Allemagne, ne comportait aucun logo, était recouvert d'un cache noir, et surtout, le duo l'a largué à plusieurs kilomètres de la rive, par 20 mètres de fond…

Toutes ces prétendues découvertes ont contribué, au fil des semaines, à la légende d'une opération bâclée conduite par des amateurs multipliant bévues et maladresses. La vérité est que l'enquête des Néo-Zélandais n'a pas été beaucoup plus rigoureuse. Cependant, Galbraith maîtrisait au moins aussi bien l'art de la communication que les techniques de l'investigation criminelle. Pendant que les accusés étaient réduits au silence, il ne s'est pas gêné pour charger la barque.

Le passant français lève le mystère

Parmi les fausses pistes suivies par la police, celle de l'énigmatique François Régis Verlet, le Français de passage sur le *Rainbow Warrior* le soir du drame, est la plus déroutante. Depuis son audition par deux inspecteurs, mi-juillet à Papeete, on n'a plus entendu parler de lui. Son nom est pourtant resté associé au sabordage du navire, sans que quiconque ait pu percer le secret de son intervention. La presse néo-zélandaise, visiblement renseignée par la police, s'est lancée sur ses traces. Sa voiture de location aurait été repérée dans la ville de Thames, à une heure et demie de route au sud-est d'Auckland. Plusieurs médias ont affirmé qu'il y avait rencontré le fameux *Dormand*, c'est-à-dire le commandant Dillais. D'autres, qu'il allait chercher les plongeurs de la « troisième équipe » pour les conduire vers leur objectif. Hormis ses démentis devant la police, le jeune homme n'a rien répondu.

Au fort de Noisy, les chefs du service Action eux-mêmes se sont demandé qui il était et ce qu'il venait faire au milieu de leur opération. Les agents déployés en Nouvelle-Zélande ne l'avaient jamais croisé, son nom ne leur disait rien et sa présence sur le bateau, le soir de l'attentat, ne répondait à aucune nécessité pour la mission.

— Faire monter un homme à bord quelques heures avant l'explosion n'aurait eu aucun intérêt – et c'était dangereux, souligne Jean-Luc Kister.

À force de conjectures, certains membres du service ont imaginé que l'étrange touriste pouvait être un agent ennemi, ce qui n'éclairait pas son rôle pour autant. Les espions croient plus facilement aux complots qu'aux coïncidences.

Rien de tout cela n'était vrai. En dépit des apparences, François Régis Verlet n'avait rien à voir avec l'attentat.

Quarante ans après, il raconte – enfin – comment l'affaire lui est tombée dessus. Par le plus pur des hasards.

— L'été 1985, j'avais envie d'aventure. J'avais 27 ans, je venais de passer quatre ans à Singapour, où j'avais travaillé dans l'informatique pour une société pétrolière, puis dans une agence d'audiovisuel. J'avais de l'argent de côté, j'ai acheté un billet pour faire un tour du monde. J'ai commencé par quatre mois au Japon. L'étape suivante était la Polynésie. Un cousin de ma mère s'y était installé ; il vivait sur un voilier, connaissait du monde. J'ai fait étape en Nouvelle-Zélande entre deux avions. J'ai débarqué le 8 juillet à Auckland. Je repartais pour Tahiti le 10. J'ai loué une voiture pour parcourir la région. J'étais assez écologiste, le genre routard baba cool. Quand j'ai lu dans un journal que le *Rainbow Warrior* venait d'accoster, j'ai eu envie de le voir et de saluer les gens de Greenpeace. J'étais sensible à leur combat pour la défense des baleines, et le nucléaire, ça n'a jamais été mon truc. Mon vol était prévu vers 23 heures, j'avais un peu de temps. J'ai visité un musée l'après-midi et, en début de soirée, je suis allé me promener sur le port.

Sur le quai, tout s'est enchaîné « d'une façon un peu dingue », analyse-t-il avec le recul. L'équipage du *Rainbow Warrior* l'invite à monter sur le pont, « il y avait une ambiance de fête ». Il sympathise, boit quelques verres. Quand on lui parle de la campagne à venir contre les essais nucléaires français, il approuve, encourage, pense au cousin de Papeete, « qui connaît tous les marins là-bas ».

— J'ai dit que je pouvais les aider à trouver des bateaux, je me suis un peu avancé…

Il laisse ses coordonnées à Tahiti, au cas où – « J'ai donné mon nom, quel agent secret ferait une chose pareille ? ». Vers 21 heures, il dit au revoir et file à l'aéroport.

Arrivé en Polynésie, il apprend ce qui s'est passé.

— Je me suis d'abord dit : « J'aurais pu être sur place quand ça a sauté. » Ensuite, j'ai gambergé. Un Français qui passait par là, comme par hasard, ça ferait un suspect idéal. Ce soir-là, je portais un pantalon et une chemise kaki ; j'ai pensé qu'on allait me prendre pour un militaire ou un agent secret...

Les jours suivants, il s'angoisse, se sent menacé, ne se montre pas.

— J'étais de plus en plus parano : je me disais qu'on allait me descendre et tout me mettre sur le dos.

Aussi est-il soulagé de parler à un commissaire français, puis à deux policiers venus de Nouvelle-Zélande*.

— Pour moi, c'était l'occasion d'être innocenté. Ils m'ont posé des tas de questions, pris mes empreintes, mesuré les semelles de mes chaussures... Ensuite, je n'ai plus eu de nouvelles.

Quelques journalistes cherchent à l'interroger, il ne répond pas. Plus le feuilleton tourne à l'affaire d'État, moins il est tenté de sortir de l'ombre.

— J'étais sûr qu'on ne me croirait pas, j'ai préféré me faire oublier. Je voulais juste qu'on me foute la paix.

En septembre, il s'envole pour la Californie, cette fois sans laisser d'adresse. Plus tard, il demandera à Greenpeace de l'aider à être officiellement disculpé. En vain.

— Ils n'ont pas levé le petit doigt, j'ai été déçu, admet-il.

Au terme de son tour du monde, François Régis Verlet est rentré en France. Il a créé une agence de production vidéo, milité pour la non-violence.

---

* Cf. *supra*, chapitre 6, p. 120.

— Un jour, une quinzaine d'années après l'affaire, raconte-t-il, la police néo-zélandaise m'a envoyé par la poste les pièces du dossier qui me concernaient, en me confirmant que j'étais hors de cause. J'ai vu qu'ils avaient fait des tas de vérifications, interrogé beaucoup de gens, ça m'a fait une drôle d'impression...

Mitterrand refuse que la France s'excuse

À la veille du procès des *Turenge*, nombre de failles dans l'accusation laissent penser à Daniel Soulez Larivière que les Néo-Zélandais ne détesteraient pas non plus trouver un arrangement. Pourtant, deux semaines avant l'audience, le *Solicitor-General* Paul Neazor, le plus haut magistrat du ministère public, fait monter les enchères. Il exige que les accusés livrent des détails sur l'opération et admettent que son but était bien de couler le *Rainbow Warrior*. Hors de question, répond-on à Paris. Neazor se cabre et retire l'offre de requalification en homicide involontaire, ce qui expose à nouveau Mafart et Prieur à l'emprisonnement à perpétuité. Dans ces conditions, impossible de plaider coupable. On est revenu à la case départ.

Soulez, furieux, décide alors de tenter le tout pour le tout. « Pour sortir de ces palinodies, la seule voie qui me paraît ouverte et utile est celle de l'emploi de la force », écrit-il dans une note adressée aux cabinets de Roland Dumas et de Paul Quilès. Il recommande de reprocher aux Néo-Zélandais « une volonté de nuire à la France » et de bloquer toute discussion avec eux « à moins d'une expulsion immédiate de nos ressortissants[4] ». Son pari est que le gouvernement de David Lange n'aura pas le cran d'affronter une crise ouverte avec la France, ne serait-ce que pour sauver ses exportations agricoles vers l'Europe.

À New York, Gilbert Guillaume, l'homme du quai d'Orsay, fait passer le même message à son interlocuteur néo-zélandais : tant que la question de l'expulsion des agents ne sera pas sur la table, les contacts seront suspendus.

Dès lors, les deux camps se font face et la tension monte.

C'est le moment que choisissent les dirigeants de Greenpeace pour repartir à l'offensive en Polynésie. À Mururoa, où un nouvel essai nucléaire est prévu le 24 octobre, ils envoient le *Vega* croiser aux abords de l'atoll où sont effectués les tirs, et pressent la France d'y renoncer au nom de « la sécurité de l'équipage ». Laurent Fabius et Paul Quilès, qui ont fait le déplacement pour montrer que la France ne recule pas, ordonnent l'arraisonnement du voilier par les commandos de la marine. Le bateau est confisqué sans incident ni violence, ses occupants conduits à terre et assignés à résidence, en attente de leur expulsion. Les autorités néo-zélandaises restent muettes.

À Paris, les écologistes attaquent sur un autre front. L'association et la veuve de Fernando Pereira réclament au gouvernement des excuses officielles et des dommages et intérêts. Matignon et l'Élysée se concertent pour définir une position qui évite toute crispation supplémentaire. Fabius donne son accord « pour une transaction pouvant aller jusqu'à 2 millions de francs » avec les ayants droit du photographe.

« Il est tout à fait opportun d'être large, généreux et rapide pour l'indemnisation de la famille », approuve par écrit Gilles Ménage, qui juge « le plafond de 2 millions tout à fait convenable, même si la somme réclamée est près de dix fois supérieure ». « Il ne faut pas se faire d'illusions, ajoute-t-il ; le chiffre sera connu et, à l'égard de l'opinion publique, nous ne serons pas dans une situation difficile[5]. »

Vis-à-vis de Greenpeace, l'arbitrage est plus délicat. Fabius consent à une « reconnaissance de responsabilité de la part du gouvernement français », mais il préconise « une négociation aussi longue que possible sur le montant des indemnités » afin de gagner du temps. Pour Ménage, même si cette option n'est « pas très satisfaisante sur un plan politique », elle s'inscrit dans « la tactique judiciaire arrêtée à la veille du procès d'Auckland ». « La reconnaissance de responsabilité doit permettre d'éviter que les avocats de Greenpeace n'interviennent par une action conduite devant les tribunaux néo-zélandais, soit contre les époux *Turenge*, soit contre l'État français, ce qui compromettrait les arrangements en cours avec la justice néo-zélandaise », argumente-t-il.

François Mitterrand, à qui la note de Ménage est soumise, refuse d'aller jusque-là, même par calcul. De son point de vue, toute concession ressemblerait à un aveu de faiblesse. Dans la marge, il répond d'un seul mot : « Non. »

Quelques jours plus tard, Paul Quilès adresse un courrier de condoléances à la veuve de Fernando Pereira, dans lequel il prend soin d'éluder la question de la responsabilité.

> Il résulte des investigations auxquelles le gouvernement a fait procéder que le navire *Rainbow Warrior* a été coulé par des agents français. À cette occasion, M. Pereira, père de vos enfants, Marelle et Paul, a malheureusement trouvé la mort. Le gouvernement français regrette vivement cette conséquence déplorable d'un acte qu'il condamne. J'ai donné instruction à l'avocat chargé de cette affaire, Me Daniel Soulez Larivière, d'entrer immédiatement en rapport avec les proches de M. Pereira afin que toutes les mesures soient prises pour leur venir en aide[6*].

* La famille acceptera, le 8 novembre, une indemnisation de 2,3 millions de francs : 650 000 francs pour la veuve, 1,5 million pour ses deux enfants mineurs, 150 000 francs pour les parents de la victime.

La partie de poker s'achève le 30 octobre. À New York, le négociateur du Quai d'Orsay observe que la menace sur les exportations néo-zélandaises commence à payer. À Auckland, le *Solicitor-General* Neazor revient en arrière. Il se dit prêt à renoncer à l'inculpation de « meurtre » contre Mafart et Prieur. En contrepartie, Soulez promet qu'ils plaideront coupable. Le deal est scellé. L'avocat prévient ses clients. Le secret total devra être gardé jusqu'à la dernière minute, insiste-t-il. Attentif au moindre détail, il recommande à Dominique Prieur de ne pas laisser échapper un sourire quand le juge entrera dans la salle. « Ici, les magistrats portent la perruque… »

Le « procès du siècle » tourne court

Le 4 novembre, les deux officiers pénètrent à 10 h 26 dans la salle d'audience aux murs lambrissés. Le bâtiment de la Haute Cour a été rénové pour la circonstance. La presse locale évoque le « procès du siècle » ; 147 journalistes du monde entier se sont fait accréditer pour y assister. Mafart porte une veste en tweed gris – la seule qu'il avait emportée pour le voyage. Prieur arbore un tailleur beige, de grosses lunettes aux verres teintés et une chevelure blond platine. Elle s'est décolorée pour l'occasion – « Vieille technique du métier : attirer l'attention sur quelque chose de voyant pour éviter qu'on ne remarque le reste[7]… ».

Le secret, pourtant, ne tient plus. Pour la première fois, le juge Ron Gilbert, qui leur avait notifié leur inculpation en juillet, s'adresse à eux en les appelant par leurs vrais noms. La légende des « faux époux *Turenge* » est définitivement balayée.

Pour la défense, seul Gerard Curry est habilité à prendre la parole. Daniel Soulez Larivière est assis sur un banc, le regard braqué sur ses clients. Comme convenu, l'avocat néo-zélandais présente une requête pour que les charges soient allégées.

— Devant vous, Monsieur le juge, se tiennent deux officiers de l'armée française. En agissant sur ordre, ils ont joué un rôle de support dans une mission stupide. Malgré la naïveté de la mission, le plan avait une condition fondamentale basée sur le souci de préserver les vies humaines. Des mesures extraordinaires ont été prises pour éviter de blesser quelqu'un, même si cet aspect du plan a échoué. Au grand remords du commandant Mafart et du capitaine Prieur, Fernando Pereira s'est noyé...

L'avocat s'appesantit sur la « règle du cloisonnement » en vigueur dans « tous les services secrets » : les accusés n'avaient de l'opération qu'une « connaissance limitée », assure-t-il, et devaient à leur hiérarchie « une obéissance totale aux ordres ».

L'argumentaire est sans surprise. La réponse de l'accusation, elle, stupéfie l'assistance. Venu en personne – fait rarissime – représenter la Couronne, le *Solicitor-General* Neazor explique que, au terme de l'enquête, les preuves d'une « intention de tuer » font défaut et qu'il convient, par conséquent, de s'en tenir à des poursuites pour « homicide involontaire ».

— Il ne fait aucun doute, conclut le magistrat, que l'installation des explosifs et leur mise à feu ont été opérées par des personnes entraînées aux opérations sous-marines. En dépit des recherches approfondies de la police, personne n'a aperçu ces individus [...]. D'autre part, l'enquête de la Couronne n'établit pas d'autre rôle pour les accusés que celui qui a consisté à servir de support logistique à ceux qui ont réellement placé les explosifs. À part cela, les accusés étaient sans doute responsables de la récupération des exécutants du sabotage.

Le juge Gilbert se tourne alors vers Dominique Prieur et lui demande ce qu'elle compte plaider :

— Coupable ou non coupable ?

— Coupable, lâche-t-elle dans un murmure.

Les journalistes s'interrogent. Ont-ils bien entendu ? L'incertitude ne dure qu'une poignée de secondes.

— Coupable, répond Mafart à la même question, d'une voix claire.

Cette fois, tout le monde a compris. Le « procès du siècle » vient de tourner court. Le juge fixe la date à laquelle la sentence sera rendue : ce sera le 22 novembre. L'audience est levée. Elle a duré trente-six minutes.

Dix ans de prison

Le plus dur est-il fait ? Non, il reste à faire. D'Auckland à Wellington, le revirement de la justice suscite un tollé. Dans un pays encore traumatisé par le coup de force du 10 juillet, sans précédent dans son histoire, l'escamotage des charges les plus lourdes contre les agents français est vu comme une défaite, un camouflet, un coup de Trafalgar à l'envers. Au Parlement, David Lange subit les foudres de l'opposition, qui exige une enquête sur les conditions de ce « marchandage ». Les principaux journaux l'accusent d'avoir sacrifié l'indépendance de la justice sur l'autel du commerce extérieur. Lui se défend en jurant qu'aucune pression n'a été exercée sur la Haute Cour. D'ailleurs, la peine n'est pas encore prononcée, et cette tâche incombera au plus respecté des juges : Sir Ronald Davison, 65 ans, *Chief Justice* de Nouvelle-Zélande*, anobli par la reine d'Angleterre, une sommité du droit et des affaires – il dirige la première compagnie viticole du pays. Qui douterait de son indépendance ?

Résumant ces réactions, l'ambassadeur Bourgoin décrit un « climat malsain » et redoute qu'il n'entrave les tractations à venir, une fois que la peine aura été prononcée. « L'opinion publique néo-zélandaise, estime-t-il, ne comprendrait pas que les agents français, coupables, ne purgent pas la totalité – ou une partie – de leur peine[8]. »

Dans ce contexte, les Français commettent l'erreur de crier victoire. La presse parisienne se réjouit de l'issue du procès comme si les agents avaient été acquittés et livre des détails sur les tractations que les Néo-Zélandais s'évertuent à nier. « Ce qui a sauvé les Turenge », titre *L'Express* – l'article est orné d'un portrait de Daniel Soulez Larivière, en majesté, et relate « un mois de discussions acharnées à tous les niveaux » pour réussir le « coup juridique » conçu par l'avocat. « D'intenses négociations ont précédé l'audience », confirme *Le Monde*. Le ministre de l'Agriculture, Henri Nallet, au sortir d'une réunion à l'Élysée, en dit plus que de raison :

— Depuis deux mois, nous expliquons aux Néo-Zélandais qu'ils peuvent certes garder dans leurs cachots deux officiers français pendant longtemps mais dans ce cas, ils garderont aussi dans leurs frigos leurs moutons et leur beurre. Bref, on leur propose d'échanger le contenu des cachots contre le contenu des frigos.

La formule fait florès à Paris ; à Wellington, elle scandalise.

---

* L'équivalent du président de la Cour suprême aux États-Unis.

Le 21 novembre, Mitterrand lui-même tombe dans le piège. Au cours d'une conférence de presse houleuse, où les questions fusent sur l'affaiblissement de son parti et les perspectives d'une cohabitation forcée avec la droite, il répond imprudemment au sujet de la condamnation attendue le lendemain :

— Je ne peux exprimer qu'un souhait ; que la justice d'Auckland comprenne que les deux officiers de l'armée française arrêtés en Nouvelle-Zélande ont agi dans un domaine qui n'était pas celui de l'action violente, d'abord ; ensuite, qu'ils ont agi non pas de leur propre mouvement mais par discipline [...]. Je suis convaincu qu'un juge, en sa conscience, tiendra le plus grand compte de ces éléments. De toute façon, ces officiers peuvent compter sur la solidarité nationale, qui commence par celle du gouvernement.

En Nouvelle-Zélande, la déclaration est interprétée comme une nouvelle tentative d'influer sur la justice – encore une preuve de l'arrogance française. L'éditorialiste de l'*Auckland Star* s'emporte : « M. Lange devrait dire à M. Mitterrand de prendre sa cuisse de grenouille et de se la mettre dans un endroit approprié. » Le lendemain, le juge Davison livre son verdict : dix ans de réclusion*. La peine est lourde. Les condamnés devront-ils la purger dans une prison néo-zélandaise ou seront-ils autorisés à regagner la France ? Leurs avocats ont demandé une expulsion immédiate, sans trop y croire.

Dans sa décision, Sir Ronald ne répond pas à cette question. « Cela est du ressort de l'exécutif, pas du mien », évacue-t-il. Il ajoute toutefois ceci, qui n'est pas de bon augure :

* Précisément, dix ans pour « homicide involontaire » et sept ans pour « destruction par incendie volontaire », les deux peines n'étant pas additionnées mais confondues.

— Les accusés ne devraient pas rentrer rapidement en France pour être traités en héros.

À ses clients, effondrés, Daniel Soulez Larivière confie :
— Dix ans ou cinq ans, peu importe ; à partir de maintenant, tout est politique.

13

LES PRISONNIERS DU BOUT DU MONDE

Quand Chirac succède à Fabius, il fait du sort des deux agents français une priorité. Au terme de négociations diplomatiques menées tambour battant, un simulacre d'arbitrage permet la libération des Turenge, *mais les condamne à l'exil…*

Au lendemain du jugement d'Auckland, le Premier ministre néo-zélandais triomphe. Ses sondages s'envolent, la presse le congratule. La population lui sait gré d'avoir rendu au pays sa fierté, après le choc causé par l'attentat. Naguère, il passait pour un politicien habile mais brouillon, aux résultats économiques médiocres – croissance atone, chômage et inflation en hausse. L'affaire l'a révélé sous un autre jour. Il est maintenant vu comme un dirigeant à poigne, capable de tenir tête aux grands de ce monde : la France, à qui la justice vient de donner une leçon d'indépendance ; les États-Unis, même, dont les navires de guerre ont reçu l'interdiction d'entrer dans les ports de l'archipel. David Lange est un pacifiste qui sait montrer les dents. Le magazine américain *Newsweek* le classe parmi les dix personnalités marquantes de l'année 1985.

— Les deux agents français passeront Noël en Nouvelle-Zélande, a-t-il paradé, sitôt le verdict rendu.

Cette fois, on l'a cru sur parole.

De l'autre côté du globe, Laurent Fabius connaît une situation exactement inverse. Depuis l'affaire du *Rainbow Warrior*, tout semble déréglé dans sa belle mécanique. Sa popularité est en berne, son autorité contestée – les mensonges publics de Charles Hernu et le flop du rapport Tricot ont fait des dégâts. Le 27 octobre, son débat télévisé face à Jacques Chirac a tourné au désastre. Il s'y est montré désinvolte et méprisant. Quand Chirac, agacé par ses interruptions, l'a comparé à un « roquet », il a perdu sa contenance. « Je vous en prie, vous parlez au Premier ministre de la France », a-t-il répliqué, avec un geste dédaigneux de la main qui s'est retourné contre lui. Son image de surdoué en a pris un coup. Devant son téléviseur, Mitterrand l'a trouvé décevant, et l'a fait savoir.

Sa relation avec le Président sort elle aussi abîmée de quatre mois et demi de tourmente. L'acharnement sur Hernu, l'obsession de se couvrir, ses tentatives de prendre les Français à témoin, les mises en cause de l'armée : pour le « sphinx » de l'Élysée, tout cela respirait l'amateurisme et le manque de sang-froid. Sans parler des risques que ses demandes d'enquête à répétition ont fait courir au pouvoir… Les conséquences de la disgrâce de Fabius sont tangibles. Ce n'est pas lui mais Lionel Jospin que Mitterrand choisit pour mener la campagne du PS aux élections législatives. Plus cruel encore : dans le Rhône, la liste socialiste sera conduite par ce diable d'Hernu, décidément insubmersible. Au congrès du parti, le ministre déchu a reçu l'ovation des militants. Mitterrand l'en a félicité.

— La vie publique a ses injustices, commente Fabius, glacial. Hernu a fait n'importe quoi, il est passé pour un héros. J'ai voulu la vérité, je suis passé pour un salaud.

Est-il gagné par l'amertume ? Le 5 décembre 1985, il acte une rupture publique avec Mitterrand qui sidère le monde politique et les Français. À l'Assemblée nationale, il se déclare « personnellement troublé » après que le général Jaruzelski, dirigeant de la Pologne soviétique, a été convié à l'Élysée. Dans la vie des couples exécutifs sous la Ve République, vient toujours un moment où le Premier ministre en veut au Président. Jamais, toutefois, un chef de gouvernement n'a aussi ouvertement désavoué celui qui l'a nommé. Mitterrand est furieux. Comme au moment du limogeage d'Hernu, il songe à renvoyer Fabius. Seul le calendrier électoral l'en dissuade – à quoi bon changer de gouvernement à quelques mois d'élections que l'on dit perdues d'avance ?

Entre eux, c'est désormais la défiance qui règne. Le règlement de l'affaire d'Auckland s'en ressent. Comme les tractations s'éternisent, Mitterrand s'impatiente. Il peste contre la pusillanimité du gouvernement. À New York, les deux négociateurs, Gilbert Guillaume et Christopher Beeby, ont repris leurs échanges confidentiels. La discussion achoppe toujours sur le sort de Mafart et Prieur. Les instructions écrites de David Lange à son représentant mentionnent que leur expulsion est inenvisageable avant le début de 1988, et la France devrait s'engager à les garder sous les verrous jusqu'à la moitié de leur peine, c'est-à-dire jusqu'au 15 juillet 1990.

« La position des Néo-Zélandais est très dure », alerte Gilles Ménage. En marge de sa note, un commentaire manuscrit résume celle de Mitterrand : « Soyez plus durs qu'eux[1]. »

Le Président ordonne des rétorsions immédiates. Les importations de laine, de peaux et de viande en provenance de l'archipel doivent être ralenties, sinon stoppées. Les kiwis, pommes et autres fruits et légumes arrivant de Nouvelle-Zélande seront soumis à des contrôles sanitaires aux frontières subitement renforcés. La base de Mururoa, pourtant voisine, ne devra plus acheter de viande néo-zélandaise, même si elle est moins chère. À l'approche de négociations européennes sur les produits agricoles, c'est le signal que les hostilités commerciales sont ouvertes – et qu'elles pourraient dégénérer.

Loin de se laisser impressionner, David Lange hausse le ton. Devant la presse de son pays, il viole sans vergogne le secret des pourparlers en cours et affirme – contre toute évidence – que le sort des agents français n'est pas à l'ordre du jour. Histoire d'améliorer l'ambiance, il fait ensuite fuiter dans un quotidien de Wellington que son gouvernement « s'estime en droit de réclamer à la France 10 millions de dollars américains à titre de compensation pour les dommages subis et les dépenses exposées dans l'affaire du *Rainbow Warrior* » – c'est plus que le montant évoqué jusqu'alors entre les négociateurs…

L'hypothèse d'un arbitrage

Lange, comme Mitterrand, a en tête un agenda politique. En Nouvelle-Zélande, les prochaines élections législatives sont fixées à la fin de 1987. Le Premier ministre compte bien capitaliser sur l'affaire jusqu'à cette échéance. En France, le scrutin est prévu pour le 16 mars 1986 et la victoire de la droite semble inéluctable. Lange, qui n'est plus à une malice près, mise sur un changement d'interlocuteur à Paris pour négocier sur de meilleures bases. C'est pour lui une raison supplémentaire de se hâter lentement.

L'Élysée s'en inquiète d'autant plus que les allées et venues dans l'archipel d'un proche de Jacques Chirac attirent l'attention.

Paul Anselin est un élu local de Bretagne, dur à cuire et fort en gueule, à qui le maire de Paris a sauvé la vie, jadis, durant la guerre d'Algérie. Parachutiste, colonel de réserve, il se dit gaulliste fervent et laisse entendre qu'il est passé par les « services ». Au nom d'un comité pour leur libération, il a rendu visite aux deux agents emprisonnés. Il a en outre été reçu par David Lange. Joue-t-il les messagers pour Chirac ? Ce n'est pas exclu. « L'opposition envisage d'exploiter la situation en multipliant ses représentants sur place[2] », s'alarme Ménage. Dans l'entourage du Président, la crainte s'exprime à voix haute que les agents de la DGSE, après des mois de calvaire, ne finissent par se retourner contre le pouvoir politique.

« Il faut que le gouvernement manifeste plus de sollicitude vis-à-vis du commandant Mafart et du capitaine Prieur », écrit encore Ménage. Des directives sont envoyées à l'ambassade de Wellington pour que les détenus reçoivent « des visites fréquentes » – pas question de laisser le champ libre à la droite. Pour Noël, Roland Dumas, élu du Périgord, leur fait livrer du foie gras… que les surveillants confisquent aussitôt.

Durant les premiers jours de 1986, la tension monte d'un cran. Dominique Prieur est renvoyée au pénitencier pour femmes de Christchurch, où le régime carcéral est rude et l'environnement, hostile. Elle est enfermée avec des criminelles endurcies, les lumières de sa cellule ne s'éteignent jamais, on la réveille plusieurs fois par nuit. Les appels téléphoniques de son mari sont limités à vingt minutes par semaine et quand il vient la voir au parloir, il n'a pas le droit de lui prendre la main… Le 7 janvier, la justice néo-zélandaise adresse à la France une demande d'identification des plongeurs de la « troisième équipe ». Le message est clair : tant qu'un accord n'est pas conclu entre les deux États, l'enquête sur l'attentat continue. L'ordre est donné à la Chancellerie d'y répondre… par le silence. Le 10 janvier à l'Élysée, Gilles Ménage constate avec dépit que les restrictions commerciales mises en place « portent peu de dommages aux intérêts néo-zélandais ». Aussi préconise-t-il « un dispositif volontairement brutal » avec rappel de l'ambassadeur, rétablissement des visas, dénonciation des accords aériens, culturels et scientifiques, et taxation de tous les produits importés de Nouvelle-Zélande, au risque d'une « dégradation profonde et durable des relations, notamment économiques, entre les deux pays »[3]. Ce n'est pas la guerre, mais plus tout à fait la paix…

Début février, pourtant, rien n'a bougé. Les menaces françaises tardent à être mises à exécution. Les ministères soulèvent des objections, brandissent des règlements, et Matignon tergiverse. Mitterrand s'en plaint – toujours la prudence de Fabius, qui l'insupporte. Lui n'en démord pas ; rien ne doit être cédé aux Néo-Zélandais tant qu'ils n'auront pas libéré les *Turenge*. Autant il s'est montré féroce envers la DGSE à propos des erreurs commises pendant la mission, autant il considère maintenant que, à travers ses soldats, c'est la France qui est en cause. Mal pensée, mal conçue et laborieusement accomplie, l'opération d'Auckland reste à ses yeux légitime, parce qu'elle visait à protéger la défense et la souveraineté du pays. Pas question, dès lors, de baisser pavillon.

Pour mettre fin au surplace, Gilbert Guillaume, l'émissaire du Quai d'Orsay, suggère une échappatoire : que les gouvernements s'en remettent à l'arbitrage d'une « autorité tierce », qui fixerait les conditions d'un compromis acceptable incluant l'indemnisation de la Nouvelle-Zélande, les excuses de la France et le renvoi des agents dans leur pays. Ainsi, chacun concéderait ce qui doit l'être et personne ne perdrait la face. Une réunion se tient à Matignon autour de Louis Schweitzer pour examiner ce scénario. Le temps passant, l'hypothèse d'un règlement avant les élections législatives est devenue illusoire. Perdu pour perdu, on réfléchit à annoncer au moins l'ouverture d'une telle médiation.

« Ce pourrait même être tout bénéfice de le faire rapidement, puisque toute amélioration ultérieure dans le sort des *Turenge* pourrait être attribuée à ce geste accompli par le gouvernement[4] », veut croire Gilles Ménage.

Il ajoute, à l'intention du Président : « J'ai fait remarquer, conformément aux indications que m'avait données Jean-Louis Bianco, que vous ne souhaitiez rien qui ressemblât à une détention en France. Par ailleurs, j'ai souligné le caractère délicat de l'entreprise, compte tenu de la tactique suivie systématiquement par M. Lange, qui rend public ce qu'il a été convenu de tenir secret. » Comme à son habitude, Mitterrand donne sa réponse par une annotation de sa main : « 1. Désigner un tiers, oui. 2. Ne faire aucune promesse sur aucun sujet, même pas une indemnité. 3. Maintenir un comportement dur. »

La consigne est si bien respectée que plus rien n'avance. Le 19 février, à Tokyo, l'entrevue entre Guillaume et Beeby tourne au dialogue de sourds.

Le 13 mars, un juge d'Auckland délivre un nouveau mandat d'arrêt contre les marins de l'*Ouvéa* : Jean-Michel Barcelo, Roland Vergé et Gérald Andriès, « sous les inculpations de meurtre, destruction volontaire d'un bateau au moyen d'explosifs, entente délictueuse en vue de commettre un incendie volontaire[5] ».

Le 16 mars 1986, en France, la droite remporte les élections législatives. François Mitterrand nomme Jacques Chirac Premier ministre. La « cohabitation » entre dans les faits.

Un ami de Chirac en Nouvelle-Zélande

Parmi les dossiers qui attendent le gouvernement Chirac, celui du *Rainbow Warrior* revêt une sensibilité particulière.

— Il était sur le haut de la pile, se souvient Michel Roussin.

Ancien des services, le désormais chef de cabinet du Premier ministre est chargé du suivi de l'affaire, en liaison avec la DGSE et le ministère de la Défense. Le nouvel occupant de l'hôtel de Brienne, André Giraud, est un des patrons de l'industrie nucléaire tricolore ; c'est peu dire qu'il ne porte pas Greenpeace dans son cœur. Il considère le retour de Mafart et de Prieur comme une priorité. À peine installé, il convoque Pierre Lacoste et lui demande de reconstituer, par écrit, les événements du printemps et de l'été 1985. C'est ce qui donnera lieu au fameux rapport de l'amiral, qu'il remettra au ministre le 8 avril 1986*. Avant d'engager le bras de fer avec les Néo-Zélandais, Chirac a besoin de comprendre ce qui s'est réellement passé.

Pour le Premier ministre, régler l'affaire du *Rainbow Warrior* est l'occasion de marquer un point symbolique devant les Français, tout en soulignant les errements de ses prédécesseurs. C'est aussi une façon de démontrer son attachement aux armées. Encore faut-il qu'il sache où il met les pieds.

La perspective d'affronter Mitterrand à l'élection présidentielle de 1988 n'est pas non plus indifférente. « Mets des cartouches de côté », lui a soufflé, en expert, Charles Pasqua, promu ministre de l'Intérieur.

Au Quai d'Orsay, c'est un diplomate de carrière, Jean-Bernard Raimond, qui prend les commandes. Il trouve sur son bureau un état des lieux des tractations engagées pour la libération des deux agents. Le document confirme que les Néo-Zélandais n'entendent pas restituer les prisonniers sans la garantie que les condamnés purgeront « au total la

* Cf. Annexes, p. 293.

moitié de leur peine ». Cependant, il mentionne deux ouvertures aussi prometteuses qu'inattendues : le gouvernement de Wellington serait prêt à « une flexibilité considérable » pour accélérer le transfert des agents ; leur captivité pourrait se prolonger « dans une enceinte militaire » française plutôt que dans une prison de droit commun[6]. C'est la preuve qu'une marge de négociation existe.

Le 21 mars, Jacques Chirac en reçoit la confirmation directe. Par son ambassadeur à Paris, David Lange lui fait remettre un télégramme de félicitations dans lequel il regrette que « les relations entre la Nouvelle-Zélande et le gouvernement précédent à Paris se [soient] beaucoup rafraîchies ». Il déplore « des restrictions injustifiées » dans les échanges commerciaux, invoque ses « conversations positives avec M. Paul Anselin » et se réjouit « de travailler en rapports étroits » avec son homologue français pour « restaurer les relations amicales traditionnelles » entre les deux pays.

Chirac en déduit qu'il faut « appuyer où ça fait mal ».

Quatre jours plus tard, Jean-Bernard Raimond convoque l'ambassadeur néo-zélandais, John Mc Arthur. Il l'informe que la France est prête à formuler des excuses officielles et à verser des indemnités, mais que la restitution de Mafart et Prieur reste un préalable. À défaut, prévient-il, « nos rapports bilatéraux se détérioreraient inévitablement, y compris dans le domaine commercial[7] ». Le calendrier est propice à l'intimidation : les gouvernements européens s'apprêtent à réexaminer, le 1er août, les quotas d'importation de beurre néo-zélandais, principale ressource de l'agriculture du pays. La France peut choisir de s'y montrer conciliante, ou pas. Au Quai d'Orsay, on baptise d'une formule cette forme de chantage : la « diplomatie du mouton ».

Les semaines suivantes, les va-et-vient s'accélèrent. Par petites touches, la position de David Lange se précise. La Nouvelle-Zélande ne peut laisser bafouer son propre système judiciaire ; elle n'acceptera donc pas que les condamnés, une fois revenus en France, soient aussitôt relâchés. La France, pour sa part, refuse d'emprisonner ses officiers puisqu'ils ont agi sur ordre de leurs supérieurs. Pour concilier les points de vue, il faudrait trouver un moyen de les garder captifs sans les remettre en cellule. Ou de les libérer sans qu'ils soient libres. Des deux côtés, on s'interroge : quelle peine infligée aux *Turenge* serait assez sévère pour la Nouvelle-Zélande sans l'être trop pour la France ? On triture le vocabulaire, on chicane sur le sens du mot « détention » dans les deux langues.

Chirac y perd son latin : « On patauge dans les traductions et avec les sous-fifres, gronde-t-il. Il est urgent d'envoyer une mission de haut rang voir David Lange[8]. »

Problème : le Premier ministre néo-zélandais tient sa porte fermée. Des visiteurs venus de Paris seraient vite repérés, pense-t-il ; or il ne tient pas à relancer la rumeur d'un « arrangement » avec les Français. Aussi est-ce au Quai d'Orsay que les conciliabules se poursuivent. Reçue début avril, l'adjointe de l'ambassadeur de Nouvelle-Zélande fait une concession essentielle : « Nous ne demandons pas que vos agents soient détenus dans une prison, confie-t-elle, il s'agit de deux officiers, vous avez des bases militaires, vous avez su faire disparaître sans publicité les autres officiers impliqués dans l'affaire ; avec un peu d'imagination, une solution devrait pouvoir être trouvée[9]... »

Les avocats entrent ensuite dans la danse. Le 11 avril, Gerard Curry, le conseil néo-zélandais des *Turenge*, obtient une audience avec David Lange à titre « confidentiel et informel ». Lui est un compatriote, et le procès d'Auckland est clos : sa présence au palais gouvernemental n'a rien d'insolite. Devant Curry, Lange abat son jeu. Daniel Soulez Larivière, instruit par son confrère de la tonalité de l'entretien, en résume la teneur dans une note adressée

– cohabitation oblige – à Michel Roussin et à Jean-Louis Bianco, afin que Chirac et Mitterrand disposent des mêmes informations :

> M. Lange ne doute pas un instant de la détermination française et du danger que lui fait courir la mise en œuvre de la puissance publique française contre le renouvellement des accords d'exportations agricoles avec le Marché commun. Il est très inquiet. Il souhaite vivement trouver le moyen de libérer les deux officiers. Il redoute néanmoins les effets d'une libération avant son échéance électorale de novembre 1987 car ce serait pour lui suicidaire. [...]
>
> Il lance toutes sortes de ballons d'essai pour se sortir de l'impasse dans laquelle il s'est placé, par ses propos inconsidérés et répétés[10].

Parmi ces pistes, le Premier ministre néo-zélandais mentionne le projet d'une médiation, suggère que les agents fassent appel de leur condamnation (même s'il admet que les délais de recours sont épuisés), ou avance la possibilité d'un « rapatriement rapproché pour cause exceptionnelle » – « Il a même envisagé la situation créée par une éventuelle grossesse de Dominique Prieur », rapporte l'avocat.

Pour la première fois, surtout, Lange ébauche l'idée d'un « transfert des deux officiers dans un lieu de détention situé sur les territoires français du Pacifique », ce qui aurait l'avantage de la discrétion. Lange tient à sa réputation d'intransigeance. Sa préoccupation principale est de ne pas exposer au grand jour un compromis qui puisse passer pour une reddition. « Il s'est montré intéressé par tout ce qui peut être un habillage juridique rendant politiquement acceptable pour la Nouvelle-Zélande la libération rapide de nos ressortissants », signale Soulez.

La solution se dessine. Reste à lui donner corps.

Fin avril, le Quai d'Orsay signale des « progrès significatifs » dans la recherche d'une issue. Margaret Thatcher fait savoir à Chirac qu'elle n'y est pas étrangère : la Première ministre anglaise presse son allié néo-zélandais de trouver un arrangement au plus vite – l'« Entente cordiale » franco-britannique a malgré tout de beaux restes. Le 5 mai, les pourparlers reprennent entre Guillaume et Beeby, à Genève cette fois. En deux semaines, le duo pose les bases d'un accord définitif. Il prévoit que Mafart et Prieur purgent une partie de leur peine sur une base militaire française – non dans le Pacifique, mais à Mayotte, dans l'océan Indien : à mi-distance, pour ainsi dire, entre la Nouvelle-Zélande et la France.

Jean-Bernard Raimond en dévoile la teneur à Jacques Chirac, dans un mémo classé « secret ». « La Nouvelle-Zélande accepterait, comme nous l'exigeons, de libérer dans les prochaines semaines le commandant Mafart et le capitaine Prieur[11] », écrit le ministre des Affaires étrangères. À cela, souligne-t-il, le gouvernement Lange pose deux conditions :

— que les officiers de la DGSE soient « affectés à Mayotte pour trois ans » ;

— que « la solution puisse être présentée, non comme négociée et acceptée par Wellington, mais comme imposée à la Nouvelle-Zélande ».

Autrement dit : pour être d'accord, les Néo-Zélandais doivent faire semblant de ne pas l'être.

« Nous ne flancherons pas »

Dans leurs prisons respectives, Alain Mafart et Dominique Prieur prennent leur mal en patience en ignorant ces arcanes. Ils s'accrochent à l'espoir d'une libération anticipée, sans y croire vraiment. Voilà bientôt un an qu'ils ont quitté le fort de Noisy pour cette mission maudite et rien de ce qui leur est arrivé depuis n'incite à l'optimisme. L'été se profile, annonciateur de grands froids puisque, aux antipodes, tout est à l'inverse de l'Europe. S'ils devinent les manœuvres dont ils sont l'objet, ils éprouvent une forme de gêne. Après avoir été les jouets de décisions politiques irréfléchies, ils se sentent otages d'une partie d'échecs entre États qui les dépasse, mais dont leur liberté dépend.

Joël Prieur, de retour d'un séjour de trois semaines en Nouvelle-Zélande où il leur a rendu visite à plusieurs reprises, veut témoigner de cet état d'esprit. En sa qualité d'officier, il adresse un rapport au général Maurice Schmitt, chef de l'armée de terre, dont un exemplaire est transmis au directeur de cabinet de Chirac, Maurice Ulrich. Les deux agents « conservent un bon moral[12] », écrit-il.

> Ils tiennent toutefois à ce que l'on ne se méprenne pas à leur sujet. Cette détermination affichée ne participe ni d'un esprit de « crânerie » ni d'un désir de se racheter après une expérience malheureuse. Conscients bien avant cette affaire des risques de leur métier, ils assument aujourd'hui les conséquences d'un engagement personnel souscrit depuis longtemps, sans regrets ni amertume. [...]
>
> Ils restent bien sûr très sensibles aux efforts que le gouvernement déploie pour les faire libérer mais ils insistent sur le fait qu'il ne saurait être question de céder à n'importe quel prix aux surenchères de la Nouvelle-Zélande.
>
> Sur ce point, ils m'ont chargé de faire savoir qu'ils ne failliront pas à leur état d'officier, si le contentieux entre les deux pays venait à se durcir gravement. Leur fiabilité ne doit donc pas être mise en doute.

Un court message d'Alain Mafart, recueilli dans sa prison de Paremoremo, est annexé au rapport. Il exprime la même détermination.

> Il faut que l'on sache que nous ne flanchons pas. Il ne faut surtout pas que la France paie un prix exagéré pour notre libération. Il faut se montrer dur, ferme sur les prix. Pour nous, c'est le seul moyen de continuer la mission. Bien sûr, si on envisageait une autre solution (évasion, assaut ou autre), j'agirais dans ce sens au mieux que je pourrais. C'est aussi la grandeur du métier militaire que d'être ici, il ne faut pas en dévaluer le prix.

Durant la même période, Mafart a rédigé un récit de sa captivité qu'il a réussi – on ne sait pas comment – à faire passer à un « journaliste ami ». Celui-ci a cru bon d'en confier une copie au secrétaire général de l'Élysée, Jean-Louis Bianco, assortie d'un message similaire, destiné « au niveau le plus élevé » : « Nous ne flancherons pas. Ici aussi, nous faisons notre métier. Surtout, que la France ne paye pas pour nous un prix exagéré[13]. »

Outre cette preuve de ténacité, la présentation par l'agent de son quotidien de détenu « révèle un être peu commun », juge Bianco.

« J'ai organisé ma vie avec une certaine discipline mais sans rigidité, pour ne pas accentuer la pesanteur carcérale », relate Mafart. Il décrit les cellules, « des sortes de cages alignées dans un long bâtiment », la sienne dotée d'un mobilier spartiate : « un lit, une petite table, un tabouret, une étagère, le tout vissé aux grilles » et ornée de « quelques photos de baleines », son animal fétiche. Il y passe des heures à répondre au courrier « souvent émouvant » qui lui arrive de France, à lire les journaux et à se plonger dans les livres – de la poésie, une biographie de Rimbaud, des classiques comme *Les Sept Piliers de la sagesse*, des ouvrages d'actualité, par exemple *Les Années Mitterrand* de Serge July, qui comporte un chapitre sur l'affaire Greenpeace, ou le dernier roman de John le Carré*, « dont le titre prêtera à sourire ». Sur l'île du Diable, Dreyfus apprenait l'anglais grâce à Shakespeare ; lui se forme à l'espagnol en écoutant des cassettes. Le reste du temps est consacré à « brûler des calories au gymnase », à découvrir la culture maorie et à éviter les ennuis avec le clan de « motards tatoués » à l'organisation paramilitaire avec qui il cohabite.

« Le plus pénible, explique-t-il, c'est le bruit. C'est fou ce que c'est bruyant une prison. Portes qui claquent, grilles qui grincent, la musique que les détenus écoutent à fond sur leur poste, le béton renvoie et amplifie tout. » Il s'est procuré un casque antibruit de terrassier et trouve l'apaisement avec sa guitare. « J'avais obtenu une cornemuse, raconte-t-il. J'ai toujours rêvé de maîtriser cet instrument mais les gardiens ont dû trouver l'épreuve insupportable. Un matin, il me manquait un soufflet… »

Pour résister à l'isolement, il s'exerce à la méditation et « contourne les pièges du cafard par une analyse objective du présent » : « Je suis enfermé ici pour cinq ans, peut-être moins mais certainement pour une période plus longue. Il va falloir que cette portion de ma vie, je la vive le mieux possible. »

Au moment où il a écrit ces lignes, Alain Mafart ne se doutait pas que l'épreuve touchait à sa fin.

Perez de Cuellar joue la comédie

Dans les premiers jours de juin, une trentaine de fidèles se retrouvent dans la bibliothèque du palais

---

* *Un pur espion* (Robert Laffont, 1986).

présidentiel autour de Charles Hernu. François Mitterrand lui remet les insignes de chevalier de la Légion d'honneur, « à titre militaire », comme il sied aux combattants qui ont défendu la patrie, les armes à la main – saisissant pied de nez.

— Charles, c'est incroyable : plus ça va, plus je constate que l'opinion publique est avec vous, lui susurre le Président[14].

Aucune publicité n'est donnée à la cérémonie. Comme si l'hommage rendu à Hernu n'était destiné qu'à lui. Mitterrand s'en veut-il de l'avoir sacrifié ou bien d'avoir créé lui-même la situation qui a exigé son sacrifice ? Probablement les deux. Les témoins se souviennent que, ce jour-là, le sacrifié était sur un nuage. Le Président avait veillé à ce que Laurent Fabius ne figurât pas sur la liste des invités. Pas un mot n'est prononcé au sujet des agents emprisonnés aux antipodes. À l'Élysée, le dossier du *Rainbow Warrior* est devenu un sujet tabou. Seuls Mitterrand, Bianco et Ménage sont informés de l'évolution des tractations avec la Nouvelle-Zélande. Le Président a donné instruction de n'en rien dire. Cohabitation oblige, c'est l'affaire du gouvernement.

Le samedi 7 juin 1986, à New York, Gilbert Guillaume et Christopher Beeby sonnent à la porte d'une majestueuse demeure, dressée au bord de l'East River. Le secrétaire général de l'ONU, Javier Perez de Cuellar, les accueille dans sa résidence. Les négociateurs sont porteurs d'un projet d'accord que les autorités de Paris et de Wellington ont validé dans la plus grande confidentialité. Dans le « scénario » millimétré préparé par le tandem, il est prévu que le compromis auquel ils sont parvenus sera présenté comme la « décision » d'un arbitre indépendant s'imposant aux deux pays[15]. C'est ce rôle qui est proposé à Perez de

Cuellar. La stature et l'expérience du dirigeant péruvien en imposent : ancien ambassadeur, professeur de droit international, il a été délégué par les Nations unies en Afghanistan après l'invasion soviétique, s'est activé pour la paix en Amérique centrale, a piloté la médiation entre le Royaume-Uni et l'Argentine lors de la guerre des Malouines, en 1982. Sa seule signature peut suffire à clore le psychodrame du *Rainbow Warrior*. Encore faut-il qu'il accepte de se prêter à un tel simulacre.

— Vous me demandez de jouer la comédie, je suis d'accord, obtempère l'intéressé.

« Deux longues séances de travail » s'ensuivent, jusqu'au dimanche soir. Le texte de la sentence, déjà entièrement rédigé par Guillaume et Beeby, lui est présenté, ainsi que le calendrier des annonces qui en résulteront. Les trois hommes l'examinent ligne à ligne. Seul le passage relatif à l'indemnité due par la France a été laissé en blanc. Le secrétaire général de l'ONU opte pour un montant de 7 millions de dollars. Le document confirme que la France doit en outre des excuses écrites à la Nouvelle-Zélande, et lèvera ses sanctions commerciales. En contrepartie, Alain Mafart et Dominique Prieur seront « transférés » vers « une installation militaire française aux conditions de vie rigoureuses, sur une île isolée », où ils seront « affectés pour trois ans ».

Un seul écueil est à surmonter : Perez de Cuellar refuse de valider le choix de Mayotte comme lieu de rétention, car la communauté internationale ne reconnaît pas la souveraineté française sur ce territoire. C'est finalement l'atoll polynésien d'Hao, dans l'archipel des Tuamotu, qui est retenu. Un îlot entouré d'eaux turquoise et doté d'une petite base interarmées, perdu au milieu de l'océan, loin de tout, à 15 000 kilomètres de la France – un exil digne de Napoléon à Sainte-Hélène…

Chirac dépêche Jean-Bernard Raimond à l'Élysée, où il recueille l'assentiment de Mitterrand. Joël Prieur est reçu, lui, par Michel Roussin, qui le prévient de la tournure des événements – et de la possibilité d'une île.

Le 24 juin, un arrêté d'expulsion est délivré par le gouvernement de Wellington envers Alain Mafart et Dominique Prieur. L'ambassadeur de France, qui les en informe, leur enjoint de « maintenir un secret complet sur cette procédure, y compris à l'égard de leur avocat français ». En effet, la mesure n'est applicable qu'au terme d'un délai d'un mois. Dans l'intervalle, toute indiscrétion risquerait de soulever un tollé dans l'archipel, et de faire capoter l'opération. Rien n'est dit aux deux agents au sujet de leur assignation à résidence à Hao. Ils ne l'apprendront qu'après avoir quitté leur prison.

Le même jour, Gilbert Guillaume et Christopher Beeby achèvent « la mise au point de la décision de Javier Perez de Cuellar[16] », qu'il n'a plus qu'à signer.

Le « règlement » est rendu public le 7 juillet 1986. L'accord est formalisé par un échange de lettres entre les gouvernements français et néo-zélandais, datées du 9 juillet.

Signe que les susceptibilités persistent, une dispute de dernière minute surgit à propos du transport des deux agents. Les Néo-Zélandais prétendent les convoyer eux-mêmes jusqu'à Hao. Les Français refusent que leur avion atterrisse sur une base tricolore. Finalement, il est convenu qu'un appareil néo-zélandais les dépose à mi-chemin, sur l'île de Wallis, d'où un biréacteur de la marine française les conduira vers leur destination.

Le dénouement est orchestré le matin du 23 juillet au Quai d'Orsay, dans le bureau du ministre, où tout se résout en même temps, comme dans le théâtre classique. À l'instant où l'avion des deux agents se pose à Wallis,

Jean-Bernard Raimond remet à l'ambassadeur de Nouvelle-Zélande la lettre d'excuses signée par Jacques Chirac* au nom de la France et l'ordre de virement des 7 millions de dollars est donné par téléphone. Enfin, à Bruxelles, la France lève son veto sur les importations agricoles néo-zélandaises dans la Communauté européenne. La guerre du beurre n'aura pas lieu.

« Un heureux événement »

À leur descente d'avion, les rescapés sont accueillis en fanfare, avec musique et colliers de fleurs. Alain Mafart retrouve son frère, Dominique Prieur tombe dans les bras de son mari et de sa mère. Les caméras du service de communication des armées immortalisent la scène. Durant le vol, les deux agents ont été invités à enfiler de beaux uniformes tout neufs, pour que l'image des retrouvailles soit plus belle – le ministère a le sens du spectacle.

La base de Hao couvre un quart des terres émergées (47 kilomètres carrés) de l'atoll. Sa particularité est qu'elle dispose d'une piste assez longue pour permettre l'atterrissage de gros-porteurs, y compris le Concorde, pour les vols officiels vers l'Asie et l'Océanie. La population se divise en deux parties quasi égales : 300 autochtones, qui vivent dans le village d'Otepa, et 300 militaires en garnison. Mafart et Prieur y sont officiellement affectés ; lui en tant que commandant des effectifs de l'armée de terre et chef des moyens généraux, elle en qualité d'adjointe au chef

* La lettre est datée du 16 juillet 1986 et adressée à David Lange. « Je tiens à vous présenter aujourd'hui les excuses du gouvernement de la République française pour les événements qui se sont déroulés à Auckland le 10 juillet 1985 », écrit notamment Jacques Chirac.

de la base. Tous deux sont intégrés au 5e régiment de la légion étrangère, dont une compagnie est détachée à Hao. À sa demande, Joël Prieur les rejoint, pour prendre la tête de la compagnie. Prévenant, Jacques Chirac s'est assuré en personne qu'ils soient bien logés*. Des bungalows tahitiens au toit en feuilles de cocotiers leur sont attribués.

Pour le reste, leur existence manque cruellement d'exotisme. À Hao, les palmiers sont rares et les plages de sable, introuvables. Le sol est plat et caillouteux. Un récent cyclone a dévasté la végétation – les dépressions tropicales fondent régulièrement sur la région. L'air est peuplé de moucherons et les lagons, infestés de requins. C'est toujours mieux qu'une cellule mais on est loin du paradis. Sans compter que les condamnés ont l'interdiction absolue de quitter le territoire – leur « cage maritime[17] », dit Mafart. « On en a vite fait le tour », se rappelle Prieur. Pour briser la monotonie insulaire, elle et son mari s'adonnent à la plongée sous-marine, Mafart longe la côte à bord d'un petit voilier et assouvit sa passion pour la photographie.

À Hao, les visites sont rares. Celle du colonel Lesquer, le chef du service Action, leur laisse une impression désagréable. Le duo d'agents était sans nouvelles de lui depuis l'arrestation à Auckland et les appels à « Tonton Émile ». Vers la fin de l'automne 1986, un avion militaire le dépose sur l'atoll pour vingt-quatre heures, le temps de leur commander un rapport sur les événements survenus avant et après le sabotage du *Rainbow Warrior*. En quelques heures, chacun rédige un compte rendu sommaire : leur aventure néo-zélandaise réduite à une suite de dates et de faits, relatés

* Une note manuscrite (non datée) adressée à Maurice Ulrich, son directeur de cabinet, en témoigne : « Peut-on trouver deux villas ou logements confortables, ou que l'on ferait très vite restaurer ? » interroge Chirac.

en style télégraphique. Lesquer les empoche et repart. Ils ne reverront jamais le colonel, ni leurs rapports.

En septembre 1987, c'est Jacques Chirac qui fait étape sur l'atoll, en route vers la Nouvelle-Calédonie. Le Premier ministre est accompagné d'un groupe de journalistes mais Mafart et Prieur ont interdiction d'entrer en relation avec la presse. Aucun détail ne filtrera. Au cours de la visite, Chirac a demandé qu'un aparté soit organisé. Il s'enquiert du sort des agents, comprend qu'ils trouvent le temps long. « Seule une raison de santé impérieuse pourrait accélérer votre retour, par exemple un heureux événement », suggère-t-il à Dominique Prieur, qui garde néanmoins le souvenir d'un entretien « sérieux, assez froid ».

Un peu plus tard, le Premier ministre glissera à son mari, en souriant largement : « Vous savez ce qui vous reste à faire… C'est le moment de vous y mettre ! »

C'est pourtant Mafart qui, le premier, est confronté à une urgence médicale. Dans la nuit du 13 au 14 décembre 1987, l'ex-nageur de combat est évacué dans un DC 8 de l'armée de l'air, direction Paris, où il est admis à l'hôpital militaire du Val-de-Grâce. Il présente les symptômes d'une occlusion intestinale. Informé après coup, David Lange rugit. Le Premier ministre néo-zélandais sort d'une campagne électorale victorieuse, où son inflexibilité face à la France a été sa meilleure carte. Il ne peut s'incliner sans réagir. Puisque Mafart a quitté Hao sans y être autorisé, Lange exige qu'un médecin désigné par l'ambassade de Nouvelle-Zélande l'examine à Paris. L'expertise a lieu, elle confirme la gravité de son état. Malgré cela, Lange accuse la France d'avoir bafoué l'accord de juillet 1986 – ce n'est pas faux : personne n'avait pensé à y inclure une clause de départ en cas de force majeure.

Le 3 mai 1988, le problème se complique quand la capitaine Prieur apprend qu'elle est enceinte. À 39 ans, sa grossesse nécessite des soins particuliers qui ne peuvent être prodigués à Hao, décrète le médecin de la base. Cette fois, les Néo-Zélandais sont prévenus sans délai. Ils imposent une expertise sur place avant son départ pour la métropole. Or, le 5 mai, elle est appelée au chevet de son père, atteint d'un cancer incurable – à sa mort, dix jours plus tard, elle recevra les condoléances de Charles Hernu, décidément attentif. Tant pis pour Wellington, Jacques Chirac donne son feu vert.

— Ça a assez duré, s'emporte le Premier ministre.

Dominique et Joël Prieur s'envolent à bord d'un jet gouvernemental. À leur descente de l'avion, à l'aéroport de Villacoublay, le ministre de la Défense, André Giraud, les attend, ainsi qu'une nuée de photographes. Alain Mafart s'est glissé parmi eux, incognito. La France aussi est en campagne électorale. Chirac, distancé dans les sondages, cherche à faire flèche de tout bois : le retour de la prisonnière de Hao est une bonne nouvelle qu'il tient à partager avec les Français. Jamais, en revanche, il n'a voulu rendre public le rapport de l'amiral Lacoste pour l'utiliser contre François Mitterrand.

Le surlendemain se tient le second tour de l'élection présidentielle. Dominique Prieur cherche en vain à parler au Premier ministre pour le remercier. Son appel sonne dans le vide : les bureaux sont déserts. À 20 heures, le résultat tombe, François Mitterrand est largement réélu. Comme il l'avait prévu, l'attentat contre le *Rainbow Warrior* ne lui a rien coûté. Il a échappé au naufrage.

*

Le 5 juillet 1988, Alain Mafart est convoqué à l'hôtel de Matignon : le nouveau chef du gouvernement, Michel Rocard, veut le rencontrer.

— Le gouvernement de Nouvelle-Zélande exige que vous retourniez à Hao pour terminer votre peine, lui dit-il. C'est un dossier très lourd, vous êtes un soldat : vous savez ce qu'est l'intérêt supérieur du pays.

En vertu du règlement de 1986, la période d'assignation à résidence est de trois ans. Elle est censée s'achever le 22 juillet 1989. Pour l'agent secret, le calcul est vite fait : cela représente un an et dix-sept jours d'exil supplémentaires. Or les médecins de l'armée l'ont déclaré inapte à servir outremer.

— Monsieur le Premier ministre, je ne suis pas volontaire, répond-il.

Mafart est reçu par Roland Dumas, qui se dit sensible à ses arguments et promet d'en parler au Président. La hiérarchie militaire plaide également sa cause. Le ministre de la Défense, Jean-Pierre Chevènement, est catégorique : « Nous n'allons tout de même pas nous mettre au garde-à-vous devant les Néo-Zélandais ! » Le dossier remonte jusqu'à l'Élysée.

— Hors de question qu'il reparte, dicte Mitterrand.

Juste après le verdict d'Auckland, l'avocat des *Turenge*, Daniel Soulez Larivière, avait diagnostiqué : « Tout est politique. » Deux ans et demi après, c'est toujours vrai. Rocard n'a pas la même conception de la parole de l'État que Mitterrand, et le Premier ministre néo-zélandais est son ami. Même s'il comprend la cruauté de la situation, il considère que l'engagement de la France doit être tenu. Pour contourner le veto présidentiel et trancher le litige, il recommande à David Lange de saisir la justice… contre la France.

Le 22 septembre 1988, un tribunal arbitral est constitué à New York*. La procédure est lente et fastidieuse, les retards s'accumulent. Quand le jugement est rendu, le 7 mai 1990, il acte la violation de l'accord conclu avec la Nouvelle-Zélande mais ne prononce qu'une condamnation de pure forme. Le tribunal recommande simplement la création d'un fonds destiné à la réconciliation entre les deux nations, et invite la France à « y apporter une contribution de 2 millions de dollars ». Michel Rocard se bornera à verser 300 000 dollars et fera nommer à sa tête l'explorateur Jacques-Yves Cousteau – un pacificateur dans le Pacifique, pour faire oublier les nageurs de combat.

Compte tenu du temps écoulé, la peine de rétention d'Alain Mafart et de Dominique Prieur est considérée comme éteinte ; ils sont officiellement libres. Cinq ans après leur départ pour Auckland, la mission se termine enfin. La malédiction de « Satanic » est levée.

* Il est constitué du juriste uruguayen Eduardo Jimenez de Arechaga, président, de l'avocat français Jean-Denis Bredin et du magistrat néo-zélandais Kenneth Keith.

ÉPILOGUE

La dernière déclaration publique de François Mitterrand au sujet de l'affaire Greenpeace remonte à 1992. Elle prouve que, jusqu'au bout, il s'est refusé à accabler Charles Hernu, dont la responsabilité ne faisait pourtant aucun doute.

— Ma conviction, c'est qu'il ne connaissait pas le détail de cette opération, disait-il de son ministre. Avec son tempérament, il a dit : « Allez-y, je couvre. » Sans compter l'incroyable impéritie des gens sur le terrain, quelque chose de misérable... Cette affaire a eu un côté rocambolesque et objectivement criminel. C'est stupide de déconsidérer ainsi la France. Il était au courant d'une opération, pas d'un attentat. C'est tout ce que j'en sais[1].

Hernu, évidemment, en savait davantage – et Mitterrand aussi, on l'a compris.

L'ancien ministre de la Défense est décédé le 17 janvier 1990. L'ancien Président, le 8 janvier 1996. Tous deux ont emporté la vérité dans la tombe et personne ne peut la dire à leur place. Outre la chronologie des événements, qui est parlante, il reste ce constat : ni l'un ni l'autre, lorsqu'ils étaient en fonction, n'ont jamais demandé ni ordonné la moindre sanction contre les militaires impliqués, qu'il s'agisse des chefs ou des exécutants. On ne peut qu'en déduire qu'ils n'avaient rien à leur reprocher. Ou qu'ils étaient mal placés pour le faire.

L'amiral Lacoste, démis de ses fonctions, a été l'exception qui confirmait la règle. Encore sa carrière et son honneur ont-ils été préservés : aucune autre faute ne lui a été imputée que celle d'avoir tu, le plus longtemps possible, le rôle de son service dans une action clandestine qui avait mal tourné.

En 1986, André Giraud, ministre de la Défense du gouvernement Chirac, le nomma à la tête de la Fondation pour les études de défense nationale, où il acheva sa carrière. Par la suite, Lacoste a contribué à l'émergence et à l'organisation de l'« intelligence économique » en France, jusqu'à présider la fédération des entreprises du secteur, à partir de 2006. Il s'est éteint le 13 janvier 2020. Si l'épisode d'Auckland a flétri son bilan, ses efforts pour protéger ses hommes lui valent encore estime et reconnaissance au sein de la DGSE, et plus encore parmi les anciens qui ont servi sous ses ordres.

Le colonel Jean-Claude Lesquer a continué à diriger le service Action jusqu'en septembre 1987, comme si rien ne s'était passé. Après un court passage à l'Institut des hautes études de défense nationale (IHEDN), en forme de purgatoire, il a été affecté à la direction de l'état-major de la division Daguet, engagée en Irak durant la première guerre du Golfe, en 1990 et 1991. Il a été promu général et, en 1995, élevé au rang de grand officier de la Légion d'honneur.

Pour lui, l'épisode néo-zélandais « n'était pas une opération ratée » :

— Nous avons coulé le bateau qu'on nous demandait de couler, dit-il ; nous avons épargné l'équipage ; il y a eu un mort, c'était un agent soviétique, point.

Parmi tous les protagonistes de l'affaire avec qui j'ai pu m'entretenir, il est le seul à défendre un point de vue aussi provocateur.

Précisons à nouveau qu'aucune preuve, aucun élément concret, n'a jamais établi de lien concret entre le malheureux Fernando Pereira et l'espionnage russe.

Peu après son retour de Nouvelle-Zélande, Jean-Luc Kister a pris du galon : devenu directeur de l'instruction des nageurs de combat, il a eu pour première tâche de préparer leur déménagement de la base d'Aspretto vers le fort de Quelern, en Bretagne. L'unité a été rebaptisée « Centre parachutiste d'entraînement aux opérations maritimes ». Il en a pris la tête en 1992 et l'a quittée trois ans plus tard avec le grade de colonel. Ensuite, il a supervisé la sécurité de présidents africains et effectué des missions pour les Nations unies, avant de se reconvertir en consultant privé. En 2015, dans une émission de la télévision néo-zélandaise, il a présenté des excuses pour sa participation à l'attentat – excuses qu'il a réitérées, en France, dans une interview accordée au site Mediapart.

— J'ai agi sur ordre, et j'ai fait mon devoir, le devoir qui m'avait été imposé par les autorités politiques, déclarait-il alors.

Au nom de ses frères d'armes, il ajoutait :

— Nous ne sommes pas des assassins, nous avons une conscience[2].

Christine Cabon a poursuivi sa carrière à la DGSE pendant de longues années. Elle a quitté l'armée en 2007. Élue conseillère municipale du village béarnais de Lasseubetat en 2008, puis maire en 2020, elle n'a évoqué l'affaire en public qu'une seule fois, dans le quotidien local, *La République des Pyrénées*, en 2017 – et encore, sommairement.

— Quel que soit le commanditaire, quelles que soient les raisons, bonnes ou mauvaises, ce qu'on a fait, ça s'appelle un attentat[3], y concédait-elle.

Réagissant aux excuses formulées par Kister, elle soufflait :

— À sa place, je ne l'aurais pas fait, même si je comprends ses raisons.

Le capitaine Gérard Royal avait réussi à s'échapper de Nouvelle-Zélande sans être identifié. La suite de sa carrière n'a pas été plus voyante. Il a succédé à Jean-Luc Kister en tant que chef de corps à Quelern, dirigé la fameuse Salle 10, siège des innovations techniques du SA, quitté la DGSE et s'est reconverti dans la gestion et la prévention des risques pour les entreprises. En octobre 2006, un de ses frères a brisé le silence en le désignant comme l'un des membres du commando d'Auckland, dans le contexte de la candidature présidentielle de leur sœur, Ségolène Royal. Il a réagi ainsi :

— Je n'ai jamais rien dit sur cette affaire, sur mon rôle ou pas dans l'opération. Et je ne dirai jamais rien. Ça ne me fait pas plaisir de passer pour un agent débile ayant travaillé sur une opération débile[4].

Louis-Pierre Dillais a suivi avec succès les cours de l'école de guerre avec son ami Alain Mafart. En 1995, après l'élection de Jacques Chirac à la présidence de la République, il a rejoint le cabinet du ministre de la Défense, François Léotard, en qualité de chef du bureau des « affaires réservées ». Son nom a réapparu dans la presse avec la révélation d'écoutes téléphoniques posées par son ancien service sur les lignes de plusieurs conseillers du ministre, dont la sienne[5]. L'intrigue mêlait le règlement de comptes politique à un contrat de vente d'armes en Arabie saoudite ;

victime collatérale, il s'en est tiré sans éclaboussures, mais définitivement allergique à la publicité.

Les marins de l'*Ouvéa* s'étaient fait remarquer en Nouvelle-Zélande ; ils se sont fait oublier par la suite. Du moins le croyaient-ils. Un jour de novembre 1991, l'un des membres du trio, Gérald Andriès, fut interpellé à Bâle, alors qu'il franchissait en train la frontière franco-suisse. Le contrôle de routine des policiers fit ressurgir le mandat d'arrêt international du juge d'Auckland, que personne n'avait pensé à désactiver, même après l'accord conclu entre la Nouvelle-Zélande et la France. L'ex-nageur de combat fut brièvement emprisonné, dans l'attente d'une extradition que la Suisse n'eut finalement pas à accorder ; entretemps, les autorités néo-zélandaises avaient renoncé à la demander. Personne ne tenait à rouvrir les hostilités, ni les plaies.

Le quatrième homme de l'*Ouvéa*, Xavier Maniguet, cherchait l'aventure, non la célébrité. L'affaire Greenpeace lui a apporté les deux, il s'est laissé faire sans déplaisir. Il a multiplié les interviews, publié une dizaine de livres sur des sujets aussi divers que la survie en mer ou en milieu hostile, la gestion du stress, les requins et, bien sûr, sa participation à l'équipée néo-zélandaise, sujet d'un récit où il se donne le beau rôle, au prix de quelques libertés avec les faits[6]. Les archives de la DGSE confirment ses liens étroits avec le service. Dans ses mémoires, Bob Maloubier, grand baroudeur lui-même et légendaire fondateur des nageurs de combat, le présente comme un ami[7].

Pilote émérite, Maniguet s'est tué en 2009 en percutant un glacier en Savoie aux commandes d'un avion de location.

Sept mois après son rapatriement à Paris, Dominique Prieur a accouché d'un garçon, le 15 décembre 1988. La naissance fut annoncée à la télévision, comme un événement d'importance nationale. La divulgation de son identité rendant impossible sa réintégration au service Action, elle a occupé des postes dans l'administration du personnel des armées – « J'ai eu ma dose d'aventure[8] », songeait-elle de toute façon. « Quitter la DGSE a été un crève-cœur, j'adorais ce métier », avoue-t-elle cependant, avec le recul. Après sa retraite de l'armée, en 2000, avec le grade de colonel, elle a intégré, en 2009, la direction des ressources humaines des sapeurs-pompiers de Paris, brigade dont son époux, devenu général, assurait le commandement.

Alain Mafart a changé de vie sans tout à fait rompre avec son passé. « Toute l'équipe est restée liée, expliquait-il en 1999. Non pas contre quelque chose ni quelqu'un, mais parce que nous avons ressenti les mêmes émotions au même moment[9]. » Lui aimait trop les grands espaces pour attendre la retraite dans un état-major. Après quelques missions plus tranquilles en Afrique pour le compte du renseignement militaire, il a opté pour la vie civile en 1995 et s'est consacré, en professionnel, à sa passion pour la photographie animalière – comme en hommage inconscient à la victime de l'attentat d'Auckland, Fernando Pereira, photographe et écologiste comme lui, dont la mort ne suffit pas à renverser un gouvernement mais fit chavirer son existence.

Dans ce métier, Mafart a retrouvé le goût des voyages lointains et l'art du camouflage, et s'est forgé une réputation. En 2014, un de ses clichés, qui représentait des girafes et des zèbres en Namibie, était si réussi qu'il fut choisi pour orner le calendrier annuel de Greenpeace. Quand les dirigeants s'en sont aperçus, ils ont envoyé les tirages au pilon.

Le dernier essai nucléaire sous la présidence de François Mitterrand a eu lieu le 15 juillet 1991. L'année suivante, un moratoire était décrété. En 1995, peu après son élection, Jacques Chirac y mit fin et ordonna une ultime série d'expérimentations souterraines, destinées à compléter les données techniques permettant le passage définitif à la simulation en laboratoire. Six tirs furent effectués dans l'atoll de Fangataufa, en Polynésie, le dernier le 27 janvier 1996. Le surlendemain, la présidence de la République annonçait la fin des essais nucléaires français dans le Pacifique.

Le *Rainbow Warrior* n'a jamais repris le large. En décembre 1987, après quelques réparations de fortune, il a été remorqué jusqu'aux îles Cavalli, au nord de la Nouvelle-Zélande, où son épave a été coulée dans la baie de Matauri. Il repose sur le sable par 26 mètres de fond, vestige silencieux d'une guerre inutile, d'une époque révolue et d'un scandale englouti.

ANNEXES

Rapport de l'amiral Pierre Lacoste sur l'affaire Greenpeace, 8 avril 1986

PREMIÈRE PARTIE
Élaboration de la décision - chronologie

C'est le 19 mars 1985 que M. Patrick Careil, directeur de cabinet de M. Charles Hernu, m'a explicitement demandé de mettre en œuvre les moyens de la DGSE pour interdire au mouvement Greenpeace de réaliser ses projets d'intervention contre la campagne des essais nucléaires français à Mururoa, à l'été 1985, le ministre étant fermement décidé à s'y opposer.

J'avais déjà été alerté à ce sujet, et je n'ignorais pas que la DIRCEN* et l'État-major des Armées se préoccupaient des intentions de Greenpeace. Au cabinet du ministre et à l'État-major particulier du président de la République, le sujet était à l'ordre du jour et la volonté d'empêcher qu'on nous nuise s'exprimait sans détour.

---

* Direction des centres d'expérimentations nucléaires (toutes les notes de cette section sont de l'auteur, sauf celles de l'amiral Lacoste, présentes sur le document d'origine).

Le 20 mars, j'ai prévenu le général Émin* que nous étions sollicités ; il a répercuté cette demande sur le chef du service Action. Seul ce service était en mesure d'étudier la question, dès lors que ni le service de recherche, ni le contre-espionnage ne disposaient de moyens de renseignement dans la région du Pacifique. Aucune autre autorité de la DGSE n'était mise au courant.

Le 22 mars, en mon absence (j'étais au Maroc) le général Émin était reçu par M. Careil. À mon retour, le 25 mars, il m'a rendu compte de cette entrevue et m'a dit qu'il avait été obligé d'inciter le directeur de cabinet à la prudence. M. Careil lui avait signifié que le ministre estimait le service trop peu agressif et que nous ne proposions pas suffisamment d'actions à entreprendre à l'extérieur**. Le général Émin avait dû rappeler les conditions et les règles d'emploi du service, notamment l'obligation absolue de ne rien entreprendre dans ces domaines sans en avoir reçu l'ordre formel du ministre et du président de la République.

Les jours suivants le colonel Lesquer, chef du service Action, faisait procéder à l'étude du problème par ses adjoints directs et prenait contact à cet effet avec l'état-major de la DIRCEN pour obtenir les renseignements que cette direction connaissait.

Le 27 mars, il me proposait le schéma d'une opération préliminaire de recherche de renseignements sur l'organisation Greenpeace, comportant l'envoi de personnels du SA, en Europe et dans le Pacifique.

---

* Roger Émin, alors directeur du renseignement, adjoint de l'amiral Lacoste.

** On nous reprochait notamment de ne pas être capables d'intervenir contre des intégristes dans la Médina de Tunis ! (Note de l'amiral Lacoste).

Les 9 et 10 avril, Lesquer m'a communiqué un premier compte rendu d'une mission à Amsterdam et à Hambourg. Le 22 avril, j'étais en possession d'un rapport plus détaillé établi à la suite de missions effectuées dans le Pacifique. À la veille de partir en Polynésie, accompagné du général Lacaze*, l'amiral Fages** avait pris contact avec moi par téléphone. Nous avions constaté que les projets de Greenpeace, tels qu'ils étaient confirmés par nos renseignements, constituaient une menace plus importante et plus inquiétante que ceux des années précédentes. Je lui ai dit que nous poursuivions l'étude des mesures à prendre pour les contrecarrer.

Dès ce moment-là, nous commencions à nous rendre compte qu'en raison du programme des mouvements des bateaux de Greenpeace, des distances et des délais, il serait difficile d'intervenir ailleurs qu'à Auckland. Nous ne disposions pas d'assez de temps pour infiltrer des agents susceptibles de mettre en œuvre des procédés de neutralisation tels que le sabotage des carburants, des avaries à la propulsion ou l'incapacitation temporaire des équipages. Compte tenu de la pression exercée par le ministre, je ne rejetais pas l'idée de recourir à des méthodes plus brutales ; lorsque le service Action a envisagé le sabotage du *Rainbow Warrior* à quai à Auckland, c'était pour éviter d'agir en mer et surtout de risquer de provoquer mort d'hommes.

J'ai évoqué ces questions à plusieurs reprises avec le général Saulnier*** à l'occasion de nos entretiens hebdomadaires du mardi soir. Le 23 avril, en lui rendant compte

* Jeannou Lacaze (1924-2005), chef d'état-major des armées.
** Henri Fages (1925-2010), directeur de la DIRCEN.
*** Jean Saulnier (1930-2013), chef d'état-major particulier du président de la République.

de l'état de nos recherches je lui ai parlé des dépenses à engager et il m'a donné son accord de principe pour faire attribuer au service une somme de 3 millions de francs sur les fonds spéciaux au bénéfice de cette opération. Lorsque, quelques jours plus tard, je lui ai apporté la décision à signer, il ne l'a pas fait tout de suite ; j'ai dû insister plusieurs fois (comme pour d'autres demandes de fonds spéciaux, il ne faisait pas les signatures sur-le-champ et cela traînait...) et dû demander au directeur des affaires générales chargé de notre budget de faire l'avance de trésorerie au SA, avant que les fonds ne soient virés par le SGG*.

Le 6 mai, j'ai été longuement reçu, en tête à tête, par M. Hernu pour un petit-déjeuner de travail. Je lui ai rendu compte avec précision du résultat de nos recherches et de nos conclusions. Loin d'être choqué de la perspective d'un sabotage à quai à Auckland, il a fait fi de mes réticences et m'a encouragé dans cette voie, en me répétant qu'il s'agissait d'une affaire tout à fait essentielle pour notre politique de défense : « On veut nous faire la guerre, nous sommes en guerre, il ne faut pas avoir de scrupules sur des sujets aussi vitaux, j'en assume complètement la responsabilité !... » Cette attitude s'inscrivait dans la ligne des commentaires et des avis que j'entendais régulièrement au cabinet du ministre. J'ajoute que le recours aux fonds spéciaux était approuvé sans la moindre hésitation, chaque fois que j'en ai parlé au ministre, notamment quand je lui ai demandé d'insister auprès du général Saulnier pour qu'il se hâte de signer ma demande au SGG.

Après l'audience du 6 mai, j'ai confirmé au général Émin et au colonel Lesquer le feu vert de principe donné par le ministre. J'ai noté, à la date du 9 mai, avoir confirmé cette indication par téléphone (intérieur) au res-

* Secrétariat général du gouvernement.

ponsable de l'état-major du SA en charge des préparatifs. Néanmoins, fidèle à la ligne de conduite que je m'étais fixée (et que le général Émin avait rappelée à M. Careil le 22 mars) je ne pouvais pas me contenter de l'approbation du ministre et du général Saulnier.

Reçu en audience par le président de la République, le 15 mai à 18 heures, j'avais mis cette question au premier point de l'ordre du jour (comme pour toutes les audiences du président de la République, je m'étais muni d'une feuille aide-mémoire en deux exemplaires comportant l'indication des divers sujets abordés. J'ai conservé le double de celui-ci). J'ai demandé au président s'il m'autorisait à mettre en œuvre le projet de neutralisation que j'avais étudié à la demande de M. Hernu. Il m'a donné son accord en manifestant l'importance qu'il attachait aux essais nucléaires. Je ne suis pas alors entré dans un plus grand détail du projet, l'autorisation était suffisamment explicite.

Le surlendemain, 17 mai (le 16 était férié) j'ai confirmé au général Émin et au colonel Lesquer le « feu vert » autorisant la mise en place du dispositif prévu.

En voyage aux États-Unis du 18 au 24 mai, je n'ai revu le général Saulnier que le 28 et je lui ai parlé de l'audience du président de la République ; cette fois-là, pas plus que les autres, il n'a élevé d'objections contre le principe du sabotage à Auckland. Il m'a promis de signer la note pour l'attribution des 3 millions de francs.

Ce n'était toujours pas fait le 3 juin, puisque j'ai noté avoir insisté ce jour-là auprès de M. Hernu pour qu'il lui demande de se hâter.

Le même jour, j'ai reçu le colonel Lesquer et le lieutenant-colonel Faberon* pour réviser avec eux, dans le

* René Faberon, alors chef des opérations au service Action.

détail, les dispositions prévues pour l'opération. J'ai posé des questions précises sur les dispositions de sécurité, les mesures de camouflage, les précautions de tous ordres et j'en ai conclu que les meilleures garanties possibles étaient réunies. Mes vérifications personnelles faisaient suite à celles du général Émin ; je n'avais pas de raisons de mettre en doute la parole et le professionnalisme des officiers et des sous-officiers du service Action.

Dans la suite du mois de juin, le ministre, M. Careil, M. Dubos*, le général Saulnier ont eu, à plusieurs reprises, l'occasion de se rappeler que l'opération était en cours. M. Hernu avait reçu le colonel Lesquer le 5 juin, pour lui parler surtout d'affaires d'otages à Beyrouth. Le 12 juin, le général Saulnier n'ayant toujours pas signé l'attribution des fonds spéciaux, j'ai évoqué le retard auprès de MM. Careil et Dubos.

Je n'ai pas gardé trace précise de mes entretiens avec le général Lacaze. J'ai toujours entretenu avec lui les relations les plus franches et les plus confiantes ; compte tenu de son ancienne appartenance au SDECE**, je lui ai souvent demandé conseil. J'ai donc évoqué avec lui, à deux ou trois reprises, l'opération d'Auckland, sans qu'il manifeste lui non plus de réticences, encore moins une opposition de principe.

Le 4 juillet, lors d'un petit-déjeuner de travail avec M. Hernu, je lui ai rendu compte de la mise en place des équipes (fin de la 1ère phase) et je lui ai demandé explicitement son « feu vert » en lui rappelant les dispositions prises : une petite explosion pour faire sortir l'équipage

---

* Jean-François Dubos, ancien directeur-adjoint du cabinet de Charles Hernu, resté conseiller officieux du ministre malgré sa nomination au Conseil d'État, en 1984.

** Service de documentation extérieure et de contre-espionnage, devenu DGSE en 1982.

sur le quai, avant la seconde destinée à couler le bateau. Le même jour, j'ai donc confirmé le « feu vert » au colonel Lesquer.

DEUXIÈME PARTIE

Élaboration de la décision – commentaires

C'est le ministre de la Défense, M. Hernu, qui a pris l'initiative de l'action contre le mouvement Greenpeace, après avoir été alerté, notamment par la DIRCEN, sur les menaces que les projets d'intervention des écologistes faisaient peser sur le déroulement de la campagne d'essais nucléaires à Mururoa en 1985.

Le ministre, en personne, m'a demandé de mettre en œuvre le service Action de la DGSE.

Comme en atteste la chronologie ci-jointe, j'ai d'abord fait procéder au recueil des renseignements nécessaires pour étudier les divers modes d'action susceptibles de répondre à la mission que j'avais reçue. C'est après cette phase préliminaire que j'ai rendu compte au ministre de nos conclusions : seul le sabotage du *Rainbow Warrior* à quai, à Auckland, était susceptible d'entraver efficacement l'action de Greenpeace.

En dépit de mes réticences, M. Hernu n'a fait aucune objection, ni aucune réserve quant au principe d'une telle opération. Loin d'être dissuadé, j'ai, au contraire, été soumis à une forte pression pour agir. Le ministre lui-même, M. Dubos, M. Careil qui répercutait les instructions du ministre, avaient insisté à plusieurs reprises pour que j'engage le service Action dans des opérations risquées au Liban, au Tchad et ailleurs ; mon refus m'aurait valu leur réprobation.

Je ne me serais pas lancé dans une telle opération sans l'autorisation personnelle du président de la République.

C'est pourquoi, avant de procéder aux mises en place nécessaires, je lui ai demandé son accord à l'occasion de l'audience qu'il m'a accordée le 15 mai à 18 heures. Sans être entré dans les détails, je me suis référé aux instructions de M. HERNU et le Président m'a confirmé l'importance qu'il attachait à la poursuite des essais nucléaires.

J'ai eu à plusieurs reprises l'occasion de parler de l'affaire au général Saulnier, qui m'a accordé de débloquer 3 millions de francs sur les fonds spéciaux, selon la procédure habituelle. Je l'ai évoquée aussi auprès du général Lacaze.

Ces deux officiers généraux ont, par la suite et à la demande du Premier ministre, attesté qu'ils n'étaient pas au courant. Sans doute, en effet, n'ont-ils pas connu les détails du montage, les mouvements et encore moins les identités des personnes qui ont participé à l'opération. Je m'étais abstenu de leur décrire les modalités dès lors que la règle veut, dans ce genre d'affaires, que seuls ceux qui aient vraiment à en connaître soient mis au courant.

Ni le général Saulnier, ni le général Lacaze, pas plus que M. Hernu et ses conseillers directs, ne m'ont mis en garde contre les risques d'une opération en Nouvelle-Zélande. Je m'en suis d'autant plus étonné, par la suite, que j'ai appris de la bouche du général de Marolles* que le service Action avait écarté cette idée dans les années 70 en considérant qu'elle était trop dangereuse. Personne ne me l'avait rappelé, pas même le général Lacaze.

Je prends, en ce qui me concerne, la responsabilité de mon erreur de jugement. Je pense que tous, du ministre au général Saulnier, avaient trop confiance en moi et en mon service pour envisager l'éventualité d'un échec. J'ai constaté également, après coup, qu'ils avaient probable-

* Alain Gaigneron de Marolles (1927-2000), chef du service Action de 1974 à 1980.

ment évité l'un et l'autre de rendre compte de l'opération au président de la République ; en effet :

– lorsque, au mois de juillet, j'ai eu l'occasion de rappeler à M. Hernu mon audience du 15 mai, il a manifesté de l'étonnement et m'a dit : « Comment, vous en avez parlé au Président ? » Par la suite, il m'a répété qu'il souhaitait « couvrir » le Président et qu'il lui arrivait souvent de prendre des initiatives sans lui en référer ;

– le 25 septembre, j'ai eu communication d'une lettre manuscrite du président Mitterrand à notre ami commun M. Jean Munier*. Le Président évoque l'audience du 15 mai, et reconnaît que je lui ai parlé de l'opération, sans qu'il ait eu, dit-il, précisément conscience de ce qu'il en était ;

– pour ajouter, enfin, un éclairage supplémentaire, je mentionnerai le fait que le 11 juillet, lorsque la presse a fait état du sabotage du *Rainbow Warrior*, j'ai reçu les « félicitations » du ministre et de ses proches collaborateurs. J'ai noté l'appel téléphonique de M. Hernu ; je garde le souvenir précis des paroles de M. Careil et du général Saulnier et de leurs sourires entendus, me congratulant pour avoir mené à bien ma mission. C'est moi alors qui ai dû tempérer leur satisfaction en leur rappelant qu'il y avait mort d'homme en dépit des précautions que nous avions prises ; ils n'avaient pas mes scrupules et le ministre lui-même m'a répété, pour me rassurer : « On nous fait la guerre, il y va de la défense et de la sécurité de la France. »

Je pense que le Premier ministre n'a pas été mis au courant de l'opération avant son exécution. Mes rapports avec M. Fabius étaient inexistants ; jamais il n'avait consenti à me recevoir, à écouter les explications que je souhaitais lui fournir sur le fonctionnement de mon service et certaines questions de principe. Mes relations avec son

* Jean Munier (1915-2011), ancien résistant.

directeur de cabinet, M. Louis Schweitzer, étaient bonnes mais s'étaient vite limitées à des questions de procédures relatives au GIC*. J'avais compris que, pas plus qu'avec M. Mauroy**, je ne pourrais obtenir de Matignon une prise de position claire sur la nécessaire coordination des affaires de renseignement et d'actions clandestines.

Dans son rapport, M. Bernard Tricot n'a pas manqué de relever l'intervention du général Saulnier pour l'attribution des fonds spéciaux. Il ne me paraît pas anormal qu'au niveau du Premier ministre, on n'ait pas cherché à savoir la destination de la somme : cela s'inscrit dans cette politique délibérée d'esquive des responsabilités dont plusieurs situations nous ont offert d'autres exemples. Il est plus étrange par contre que le chef de l'état-major particulier du président de la République n'en ait pas parlé au chef de l'État, surtout quand on remarque combien j'ai dû insister pour obtenir sa signature...

La façon dont ont été prises les décisions illustre bien le fonctionnement interne de l'État, au niveau des plus hautes autorités, depuis 1981. Ce fonctionnement ne répondait à aucun des critères de sérieux, d'organisation, de détermination précise des responsabilités qui devraient être de mise à ce niveau plus qu'à aucun autre.

Je n'ai pas trouvé anormal de ne pas recevoir d'ordre écrit pour déclencher une action clandestine. Il en avait été de même précédemment, et c'était la règle dans ce genre d'activités. Quant à l'absence de concertation, j'y étais habitué dès lors que je n'avais jamais reçu la moindre directive et que, depuis des mois, j'avais dû agir en recher-

* Groupement interministériel de contrôle, l'organisme chargé des écoutes téléphoniques administratives, sous la tutelle du Premier ministre.

** Pierre Mauroy (1928-2013), prédécesseur de Laurent Fabius à la tête du gouvernement, de 1981 à 1984.

chant moi-même les appuis ou les approbations pour la plupart des questions que j'avais à résoudre...

La suite des événements, après l'accident et l'arrestation de deux de nos officiers en Nouvelle-Zélande, devait illustrer dramatiquement les carences de ce mode de gouvernement.

TROISIÈME PARTIE
Du 15 juillet au 25 septembre : commentaires

Du 15 juillet au 25 septembre, j'ai vécu la saga de « l'affaire Greenpeace » en voyant s'effondrer successivement tous les barrages que je m'étais efforcé de constituer, à la demande de M. Hernu.

Plus le temps passait, plus il devenait difficile de trouver des solutions honorables : faute d'avoir voulu assumer dès le début nos responsabilités en adoptant une attitude convenable et en offrant un front uni, nous nous sommes perdus dans un tissu de mensonges et d'intrigues, pour aboutir à un véritable désastre.

Je ne reprendrai pas ici un récit chronologique fastidieux, dont la presse d'une part, les archives du service d'autre part, peuvent rendre compte. J'évoquerai seulement les questions les plus significatives, après avoir détaillé la période du 13 juillet au 17 août.

1. Première période, du 13 juillet au 7 août

J'ai été informé de l'arrestation de Mafart et Prieur* dans la nuit du 12 au 13 juillet. Très vite, l'espoir que leurs

* Le chef de bataillon Alain Mafart et la capitaine Dominique Prieur, membres du service Action, entrés en Nouvelle-Zélande sous la fausse identité de « M. et Mme Turenge ».

fausses identités suisses résistent à l'examen, puis qu'ils soient relâchés s'est évanoui. Très vite aussi, j'ai compris que les indiscrétions téléphoniques qu'ils avaient commises mettaient le service en très mauvaise position.

D'emblée, j'ai donc demandé à M. Hernu que l'on prenne contact avec le gouvernement de Nouvelle-Zélande pour dire que les « *Turenge* » étaient nos agents. Je me suis heurté à un refus, cette fois-là comme les autres fois ; même au mois d'août, quand toute la presse avait dévoilé l'identité de nos officiers, nous n'avons rien dit à Auckland. Quelles qu'aient pu être les raisons invoquées (selon M. Hernu, le refus de M. Fabius se fondait sur : « C'est inavouable », ou « Je connais M. Lange*, on ne peut pas lui dire cela »), elles ne tiennent pas devant le bon sens et la dignité d'un État, qui peut toujours « couvrir » une action tout en désavouant les exécutants vis-à-vis de la victime.

Je comprends, pour ma part, la fureur des Néo-Zélandais, envers qui nous nous sommes si mal comportés. Ceci pèse lourd aujourd'hui encore dans le dossier de la libération de nos deux officiers.

Dès les premiers jours, la police néo-zélandaise avait alerté Interpol. M. Joxe** s'est donc trouvé immédiatement au cœur du problème ; il n'ignorait pas que les *Turenge* étaient de la DGSE. En accord avec M. Hernu, et en ma présence, il fut convenu que la police répondrait aux requêtes d'Auckland, mais que tout serait fait, notamment au sujet des téléphones et des identités, pour ne pas mettre le service en cause. Le contrôleur général

* David Lange (1942-2005), Premier ministre de Nouvelle-Zélande de 1984 à 1989.

** Pierre Joxe, ministre de l'Intérieur de 1984 à 1986, puis de 1988 à 1991.

Le Mouël* a joué vis-à-vis de la DGSE le rôle d'un interlocuteur parfaitement compréhensif et correct. Par la suite, la conduite de l'affaire devait lui échapper, malheureusement.

Du 13 au 26 juillet, j'ai attendu avec anxiété que tous ceux des protagonistes de l'opération qui étaient encore en Nouvelle-Zélande puissent en sortir sans se faire arrêter.

J'ai dû prendre sur moi aussi de monter une nouvelle opération pour récupérer l'équipage de l'*Ouvéa*, dès lors que la police néo-zélandaise s'apprêtait à le faire arrêter à Nouméa. En effet, M. Hernu n'écoutait pas mes explications ; il n'avait pas conscience des réalités… Il m'a dit que, quand il avait parlé de l'*Ouvéa* au président de la République, celui-ci lui avait donné l'ordre de faire disparaître l'équipage à l'étranger parce que, en France, il serait dans l'obligation de le faire arrêter.

Je n'ai pas exécuté cet ordre, parce que c'était impossible ; cette fois encore, j'ai dû agir seul avec la certitude que si je suivais des directives aussi stupides, ce serait inéluctablement une catastrophe ; j'ai donc rapatrié et caché les hommes en France.

À partir du 5 août, les révélations de la presse française ont donné à l'affaire un tour nouveau. Je vais prendre successivement les questions essentielles, sans suivre l'ordre chronologique des événements.

2. « Je ne savais pas… »

M. Hernu, le Premier ministre, le président de la République, de nombreux personnages ont prétendu qu'ils « ne savaient pas », qu'ils voulaient « connaître la vérité ».

Pour M. Hernu, ces affirmations sont dérisoires ; j'ai passé toutes ces semaines à ses côtés, je lui ai fourni oralement,

---

* François Le Mouël (1927-2015), contrôleur général de la police, alors responsable de l'Unité de coordination de la lutte antiterroriste.

puis par écrit, toutes les informations qu'il m'a demandées. Peut-être s'est-il pris lui-même au jeu des « légendes » qu'il a fallu bâtir à plusieurs reprises pour rendre crédibles les affirmations officielles et se conformer à la tactique, qu'il avait approuvée, du « n'avouez jamais ».

Pour le président de la République, comme pour le Premier ministre, il y avait un moyen simple et évident pour savoir, dès le premier jour : il suffisait de me convoquer. Non seulement je ne l'ai pas été spontanément, mais encore on m'a toujours refusé de le faire alors que je le demandais.

Après le 15 juillet, la seule personnalité de l'Élysée que j'ai pu voir plusieurs fois a été le général Forray*, successeur du général Saulnier. Tous les autres, que je voyais très régulièrement auparavant, ont fui le « pestiféré ». J'ai revu Saulnier le 20 septembre, quand il a signé sa réponse à M. Hernu, suite aux questions de M. Fabius…

Tout contact avec les responsables politiques supérieurs à M. Hernu m'a été refusé. C'est le ministre de la Défense qui me tenait au courant de ses discussions avec les membres du gouvernement et avec le Président.

J'ai été ainsi écarté de la séance orageuse du mercredi 7 août [1985] après-midi, où fut décidé l'envoi des lettres entre Matignon et l'Élysée et la constitution de la commission Tricot (dans le bureau du Président).

De guerre lasse, me rendant compte que M. Hernu devait donner au Président des versions incomplètes ou erronées de notre action, j'ai rédigé un rapport détaillé, tapé à la machine au service Action et je le lui ai remis. Deux jours plus tard, il me disait : « Je ne peux pas faire lire cela au Président » et me demandait de lui donner un compte rendu manuscrit en deux parties ; la première

---

* Gilbert Forray (1930-2017), chef de l'état-major particulier du président de la République de 1985 à 1987.

« avouable », correspondant à la version qu'il voulait accréditer vis-à-vis de M. Tricot, la seconde donnant l'exposé réel des événements, sous une forme résumée.

M. Hernu s'est rendu à Latché le 10 août avec ces documents ; il m'a dit les avoir montrés au Président. Aujourd'hui, je me demande s'il les lui a effectivement fait lire…

Je ne savais pas !… J'ai dit que M. Joxe a connu, dès les premiers jours, l'appartenance des TURENGE au service. Il ne pouvait pas être dupe du camouflage derrière lequel nous nous abritions quand nous affirmions (ce qui est vrai) que le couple « n'avait pas posé les bombes »…

Par contre, M. Joxe a été systématiquement mis au courant des demandes de la police néo-zélandaise, des résultats des recherches effectuées par les policiers français de la 7e section de la PJ, des fuites, délibérées ou non, de son cabinet vers certains journalistes… II n'a pas pu ignorer la manœuvre sur les médias, si tant est qu'il ne l'a pas, pour l'essentiel, dirigée lui-même.

Au fil des jours, le comportement de M. Hernu, tant vis-à-vis de moi que de ses collègues et de la presse est devenu de plus en plus incohérent ; le Premier ministre a eu beau jeu, dans ces conditions, de plaider l'innocence… quand on déploie tant d'énergie et d'habileté pour ne pas savoir, on arrive effectivement à ignorer…

À la recherche de responsables

Vers le 18 juillet, M. Hernu m'a rapporté une réaction du président de la République, qui avait senti que l'affaire était grave, « plus grave que l'affaire Ben Barka », et qu'elle « pourrait se traduire par la démission du ministre et mon renvoi… »

Par contre, tout de suite, le ministre et quelques-uns de ses conseillers m'ont demandé « si vraiment l'affaire ne résultait pas d'une bavure imputable à un de mes subordonnés »... À plusieurs reprises, on m'a tendu cette perche. Il va sans dire que je ne leur ai laissé aucune illusion à ce sujet ; je n'ai pas non plus voulu accepter le sacrifice que le colonel Lesquer m'a offert spontanément en me proposant de jouer le rôle de bouc émissaire...

L'idée est venue également à certains de chercher à mettre en cause le RPCR* de Nouvelle-Calédonie. J'ai mis M. Hernu en garde, très précisément et je dois dire que je n'ai pas eu de mal à obtenir son accord pour désamorcer les manœuvres engagées dans ce sens. Tout en agissant de mon côté par le biais d'amitiés personnelles, j'ai chargé le général Émin de jouer le rôle d'émissaire de M. Hernu auprès de M. Pandraud**, pour qu'il lui déclare que le ministre désavouait ceux qui voulaient compromettre l'opposition.

À plusieurs reprises, je suis intervenu pour éviter une exploitation politicienne de l'affaire. J'ai trouvé un écho chez les responsables politiques qui étaient décidés, comme moi, à préserver l'image du chef de l'État, à ne rien faire qui le mette personnellement en cause. Je me suis toujours conformé à cette attitude, en dépit de mes sentiments personnels.

Le rôle de la police française

J'ai évoqué l'attitude de M. Joxe et celle du contrôleur général Le Mouël.

---

* Rassemblement pour la Calédonie dans la République, parti politique de Nouvelle-Calédonie, alors affilié au RPR.

** Robert Pandraud (1928-2010), ancien directeur général de la police et futur ministre délégué à la Sécurité (1986-1988), alors directeur du cabinet de Jacques Chirac à la mairie de Paris.

Lorsqu'elle a été soupçonnée par la presse d'avoir joué un rôle néfaste dans l'affaire, la police s'est défendue en disant qu'elle ne pouvait pas se dérober aux demandes d'Interpol. Il y a du vrai ; mais cela ne suffit pas à justifier les fuites permanentes, certains jours manifestement orchestrées, qui se sont produites toujours dans le même sens, à charge contre la DGSE. Cela n'explique pas l'acharnement mis à enquêter dans les armées, à dévoiler des identités fictives dont la solidité reposait justement sur la qualité des documents fournis par la Préfecture de police à la DGSE, à harceler les PTT jusqu'à faire sauter toutes les sécurités techniques qui avaient jusque-là résisté aux investigations...

Cet acharnement singulier a cessé, comme par enchantement, après le 25 septembre, quand la collaboration avec la police néo-zélandaise s'est brusquement dégradée. On a alors retrouvé les prétextes procéduriers qui auraient permis, quelques semaines plus tôt, de freiner, voire de suspendre les enquêtes néo-zélandaises chez nous.

Plus significatif encore a été le comportement du ministre de l'Intérieur quand il a délibérément refusé de communiquer à M. Hernu la liste des demandes, des hypothèses, des accusations d'Auckland. L'aveuglement du ministre de la Défense devant cette attitude de son collègue m'a stupéfié.

Enfin, dans le même ordre d'idées, il faut signaler les épisodes invraisemblables relatifs à l'équipage de l'*Ouvéa*. Il n'était pas concevable, aux termes même du statut des militaires et des obligations les plus formelles du ministre de la Défense vis-à-vis de ses administrés, qu'il laisse dévoiler l'identité réelle de trois sous-officiers, faussement accusés par la police néo-zélandaise. Après une première alerte vers le 26 août, j'ai dû m'opposer formellement au ministre le 30 août. Sous la pression de ses collègues Joxe et Badinter*, il était décidé à divulguer les trois noms. Alors que je croyais l'avoir convaincu, il m'a rappelé pour me dire que le garde des Sceaux et le ministre de l'Intérieur « allaient faire paraître les trois photos dans la presse pour obtenir ce que l'armée ne voulait pas leur donner ». J'ai prévenu M. Hernu que, si cela se faisait, j'adresserais aussitôt un communiqué à l'Agence France-Presse, en protestant notamment sur l'usage, indigne, de la dénonciation publique. Devant cette menace, M. Careil s'est rendu immédiatement place Vendôme et l'affaire a été arrêtée…

J'ai toujours le texte du communiqué que j'avais rédigé. Quelques jours plus tard, j'ai pris le soin d'adresser une lettre officielle à M. Hernu pour bien lui préciser que je ne pourrais jamais admettre que mes hommes soient déférés devant la justice à la requête d'un pays étranger. Cela montre bien que le ministre avait été dûment prévenu de ma position et que mon refus du 19 septembre n'a pu être pour lui une surprise.

Le rapport Tricot

L'échange de lettres du 7 août entre le président de la République et le Premier ministre, et la décision de confier une mission d'enquête à M. Tricot, ont été décidés sans que j'aie pu me faire entendre et sur la foi des informations divulguées par la presse. Dès lors, la situation devenait de plus en plus difficile.

M. Tricot avait cru pouvoir mener calmement son enquête, sur deux ou trois mois ; il a dû vite changer d'avis sous la pression des événements.

* Robert Badinter (1928-2024), ministre de la Justice de 1981 à 1986, puis président du Conseil constitutionnel de 1986 à 1995.

M. Hernu a cherché à cacher la vérité à M. Tricot et il m'a recommandé de présenter une thèse acceptable. J'ai cru pouvoir le faire dès lors que j'étais certain, et pour cause, que Mafart et Prieur n'avaient pas la responsabilité du sabotage. À condition de nier farouchement notre participation à l'explosion, il était possible d'éviter le pire, pour peu que l'on accepte une position unanime au niveau gouvernemental et que l'on respecte une même ligne de conduite.

La concertation avec M. Hernu n'a pas été facile, je n'ai jamais pu aller au fond des choses, lui-même se dérobant devant les dures réalités.

Dans le cadre du scénario habillant notre intervention – désormais impossible à renier à cause des révélations de la police et de la presse –, sous la légende d'une simple opération de renseignement, nous devions montrer à M. Tricot le maximum de choses et de gens pour le convaincre. J'ai dû toujours prendre sur moi les décisions de conduite ; je n'ai pas voulu faire falsifier les documents comptables du service mais j'ai fait disparaître quelques éléments (factures, ordres de mission) correspondant à ceux des exécutants qui n'ont jamais été découverts.

J'ai présenté à M. Tricot un membre du service dont personne n'a parlé, pour lui faire bien comprendre la nature et la sensibilité des opérations clandestines.

M. Tricot a été d'une loyauté parfaite et d'une discrétion totale, refusant de compromettre cet agent. J'ai été tout à fait clair envers lui ; quand il m'a demandé : « Seriez-vous capable de me mentir pour protéger un de vos hommes en situation de danger ? », je lui ai répondu : « Oui, monsieur le Président. »

Nous nous sommes parfaitement compris.

Il n'était pas possible de refuser de reconnaître, devant M. Tricot, l'appartenance des gens de l'*Ouvéa* au service. Quand il m'a demandé de les lui faire rencontrer, je me suis heurté au refus formel de M. Hernu, qui m'a dit (déjà !) : « M. Tricot va les faire immédiatement arrêter, il va prévenir la police, le Premier ministre veut qu'on les livre à la justice. » J'ai passé outre en raison de l'évolution rapide des événements et j'ai organisé un rendez-vous clandestin, de nuit, où M. Tricot a pu rencontrer et interroger à sa guise les trois sous-officiers. Si je ne l'avais pas fait, son rapport aurait été désastreux...

Pendant l'enquête de M. Tricot, outre les difficultés que j'ai évoquées, j'ai observé que des fuites inadmissibles se produisaient à partir de Matignon, de l'entourage immédiat du Premier ministre. Ces fuites, ajoutées à d'autres indices, m'ont convaincu de la volonté, à ce niveau, de poursuivre dans la voie de la « vertu socialiste » et de la crainte du « qu'en-dira-t-on » du « Tout-socialisme international », fût-ce au détriment de l'intérêt de l'État.

J'ai donc eu le sentiment, plus encore que dans la période précédente, de me battre seul, sans véritable soutien, dans une ambiance de méfiance, voire de trahison, les mains attachées derrière le dos...

La discrétion du Premier ministre après la remise du rapport Tricot a été significative ; il a lui-même montré ses réticences et encouragé par là tous ceux qui étaient déterminés à notre perte.

Rôle de la police néo-zélandaise

Dès les premiers jours, la police néo-zélandaise a pris délibérément un parti anti-français. Je pense qu'elle a dû bénéficier des indiscrétions faites tant à Nouméa qu'à Paris dans les milieux de la police et chez certains journalistes.

La procédure anglo-saxonne étant purement accusatoire dans toute la phase qui précède la présentation des suspects devant un juge, nous nous sommes trouvés dans une situation particulièrement inconfortable. Notre avocat, et ses collègues néo-zélandais aussitôt requis, étaient sans moyens d'action*. Le refus français de reconnaître l'appartenance des *Turenge* au service n'a pas arrangé les choses.

Très habilement, les policiers néo-zélandais ont joué de cette procédure, n'hésitant pas à produire de fausses preuves, à avancer de fausses allégations pour reconstituer leur puzzle. Ils ont délibérément écarté les pistes qui n'accusaient pas la France. Nullement entravés par notre gouvernement qui aurait pu, comme il l'a fait après le 25 septembre, mettre des freins à l'ardeur de la police judiciaire française et atténuer les formulations des commissions rogatoires, ils ont joué sur du velours en bénéficiant en outre de l'aide diligente des enquêteurs de la presse française et de l'effet de résonance des médias.

J'ai appris, quelques mois plus tard, que 400 télégrammes** ont été échangés avec la police française. Si j'avais pu avoir accès sur-le-champ aux questions, aux hypothèses avancées par l'accusation, j'aurais certainement pu mieux manœuvrer. C'est surtout par la presse, où la plupart des charges étaient aussitôt exposées, et aussi par la lecture d'une lettre confidentielle de l'ambassadeur de Nouvelle-Zélande à M. Tricot (j'en ai eu connaissance seulement la veille de la rédaction du rapport) que j'ai pu reconstituer le dossier de l'accusation…

Cela m'a rappelé l'ambiance et la technique des procès de Moscou : tout prévenu est condamné d'avance par les procureurs et par l'opinion publique habilement manipulée.

---

* Ils n'ont pas eu accès au dossier de l'accusation et aux « preuves » réunies par la police (Note de l'amiral Lacoste).

** Que les journalistes français ont pu compulser à loisir grâce à leurs entrées dans la police française… (Note de l'amiral Lacoste).

Je répète que jamais la police néo-zélandaise n'aurait pu percer à jour nos sécurités (téléphones, fausses identités, identifications de mouvements de personnes, d'horaires, etc.) si la police française avait reçu l'ordre d'agir avec plus de mesure et s'était vu opposer le secret pour accéder à l'armée et aux PTT.

Quant à l'aide fournie à Auckland par les Britanniques, elle est incontestable, mais guère plus active que celle de nos propres services. Le recours à Interpol suffit à justifier l'attitude anglaise. Je n'ai pas eu de preuve d'une complicité active des services secrets britanniques à notre encontre. J'ai fait en sorte de prévenir mes collègues au MI5 et au MI6, pour qu'ils sachent que les accusations portées contre eux dans la presse française n'étaient absolument pas de mon fait. Le même message a été communiqué aux services américain et allemand pour qu'il n'y ait pas la moindre ambiguïté à ce sujet.

À partir du 15 août et jusqu'à la mi-septembre, j'ai fourni à M. Hernu les dossiers réfutant une partie des allégations néo-zélandaises, sans obtenir clairement la collaboration de la place Vendôme, encore moins celle de la place Beauvau. Nous nous sommes ainsi privés de certains arguments qui auraient été d'un grand secours pour la défense.

Le rôle de la presse – les fuites

Il est incontestable que ce sont les indiscrétions, les confidences recueillies dans les milieux policiers qui ont fourni la matière la plus essentielle aux journalistes français. L'étrange relance du début du mois d'août, quand les rédactions ont toutes été anonymement alertées sur les recherches à entreprendre et l'intérêt de l'affaire, a probablement son origine du côté de chez M. Perrimond*, conseiller du ministre de l'Intérieur, correspondant privilégié d'Edwy Plenel et de Bertrand Le Gendre, du *Monde*.

Les sources de Jacques-Marie Bourget (*VSD*) et de Pascal Krop (*L'Événement du jeudi*) sont plus probablement d'anciens des services (sergent Guillet, capitaine Borras, et surtout Paul Barril)**. Il est plus difficile de s'y reconnaître à partir de la mi-juillet, en raison du tourbillon des indiscrétions, des hypothèses, des manœuvres de tous ordres.

J'ai été furieux de l'initiative grotesque, qui s'est faite contre mon gré, quand deux officiers du service Action ont essayé d'utiliser un de leurs amis, journaliste à France Inter, dans une opération ridicule.

La plupart des journalistes ont vécu l'affaire avec le « syndrome du Watergate ». Si certains ont manifestement été orientés et manipulés, comme « l'estocade » frappée le 18 septembre par Edwy Plenel le montre sans aucun doute, la plupart ont joué leur rôle honnêtement, en tout cas sans trop de machiavélisme. Beaucoup ont été écœurés des pressions exercées par Matignon, ainsi le 20 septembre lorsqu'ils ont reçu la consigne de me charger au maximum, au moment même où ils attendaient la communication de M. Fabius, qui devait annoncer la démission de M. Hernu et mon renvoi, ils n'ont pas hésité à me prévenir. J'ai ainsi recueilli, je crois, le bénéfice de mon attitude d'extrême prudence envers les journalistes ; je n'ai jamais cherché à les « manipuler », à les utiliser pour mon service et je leur ai toujours refusé les

---

* Guy Perrimond (1935-2018), ancien journaliste, conseiller de Pierre Joxe au ministère de l'Intérieur.

** Sur ces développements particuliers de l'affaire, Cf. *supra*, chapitre 11.

confidences qu'ils sollicitaient. Je crois qu'ils m'ont néanmoins en estime, dès lors que je respecte leur indépendance et reconnais la valeur de ceux qui se comportent en accord avec la déontologie de la profession.

J'aurais souhaité que la mise en cause du colonel Fourrier, du capitaine Borras et du sergent Guillet soit plus discrète. Dans le tourbillon des derniers jours, le ministre a voulu divulguer cette affaire. Les fuites imputables à ces hommes sont de faible importance comparées à toutes celles qui se sont produites à bien d'autres niveaux.

À partir du 15 juillet, je me suis retrouvé pratiquement seul avec M. Hernu, progressivement lâchés l'un et l'autre par le gouvernement et par le Président.

M. Hernu a manifestement commis l'erreur initiale de ne pas reconnaître la vérité avec courage face au Président et au Premier ministre, dès les premiers jours. Il a voulu assumer l'affaire seul, pour protéger le Président et sans imaginer que ses amis pourraient le lâcher, encore moins qu'ils pourraient le trahir. J'ai observé souvent qu'il était paniqué face à M. Mitterrand ; terrorisé, voulant bien faire, il s'est empêtré dans des dénégations et des mensonges, d'autant plus qu'il n'a jamais fait l'effort de connaître le dossier à fond.

J'ai dit que je me suis heurté au refus d'être reçu et entendu à un niveau autre que celui du ministre. N'ayant jamais fait partie du « cercle de famille » socialiste, j'aurais été un témoin gênant face aux frères complices ou ennemis : je ne pouvais que dire la vérité à qui de droit. Il ne fallait surtout pas se compromettre avec moi (la réaction de M. Bianco*, telle que

* Jean-Louis Bianco, secrétaire général de l'Élysée de 1982 à 1991, futur ministre des Affaires sociales, de 1991 à 1992, puis de l'Équipement et des Transports, de 1992 à 1993.

M. de Grossouvre* me l'a rapportée, est significative… Il a tout fait pour m'éviter). Je devais pouvoir jouer le rôle de « fusible » et de bouc émissaire. Mes fonctions exigeaient la discrétion ; ce n'est qu'à l'occasion de l'incident des trois de l'*Ouvéa* (l'ordre donné à la Direction du personnel militaire de l'armée de terre de les dénoncer à la police) que j'ai pris contact avec les trois chefs d'état-major et le directeur général de la gendarmerie pour les tenir au courant de ma position et des raisons de mon refus. J'ai été réconforté par leur sympathie et j'ai su que, si nécessaire, j'aurais bénéficié de leur soutien. Il va de soi que je n'ai pas jugé utile de contacter le général Saulnier…

Le président de la République, qui a eu dès le début le sentiment que l'affaire était grave, s'est rangé au début août aux avis des durs et des idéologues du gouvernement : Fabius, Joxe, Badinter. Il savait, mais il a choisi d'affecter l'ignorance et de se prêter au jeu de la « recherche de la vérité », assorti de la vigoureuse condamnation des « criminels ».

Néanmoins, vers la fin du mois d'août, j'ai fait en sorte que lui soient communiqués des avis reflétant l'opinion de dirigeants étrangers, lui conseillant d'adopter une attitude plus responsable, faute de quoi son image internationale serait gravement altérée et les chances de la cohabitation sérieusement compromises.

Il a reçu et accepté ces avis, et j'ai su qu'il s'était résolu à les suivre. D'ailleurs les décisions suivantes, comme le voyage à Mururoa, le refus de recevoir McTaggart**, la

* François Durand de Grossouvre (1918-1994), homme d'affaires proche de François Mitterrand, chargé de mission à la présidence de la République de 1981 à 1985, chargé notamment du suivi des services secrets.

** David McTaggart (1932-2001), président de Greenpeace International de 1979 à 1991.

lettre très ferme à M. Lange, témoignent de ce raidissement.

C'est bien pourquoi j'estime que l'extrême pression qui s'est exercée à partir du 17 septembre sur M. Hernu et sur le Président à l'occasion de la reprise par *Le Monde* des révélations sur la « troisième équipe » s'inscrit dans une manœuvre opposée à la volonté du Président. Simple manœuvre politique du « clan des durs » opposés à la cohabitation, ou bien, plus spécifiquement, dernière étape d'une offensive téléguidée de plus loin en vue de prendre le contrôle ou de neutraliser la DGSE, je ne peux rien affirmer. Il existe néanmoins, dans les archives du service, des éléments qui accréditent la seconde hypothèse (et qui expliquent certains passages de la déclaration télévisée du général Imbot*).

Après les déclarations de M. Fabius du vendredi 20 septembre à 13 h 30, annonçant mon renvoi et la démission de M. Hernu, et les informations qui m'avaient été communiquées de la part des journalistes à Matignon, il était clair que le Premier ministre souhaitait me charger au maximum et me faire porter toutes les responsabilités.

Bien que restant, en titre, directeur général jusqu'au mercredi suivant, j'ai décidé de quitter le service dans l'après-midi même. J'ai réuni mes principaux collaborateurs pour leur faire mes adieux et j'ai demandé à mes adjoints directs de se tenir à la disposition du nouveau ministre, M. Quilès**, en leur donnant ordre de ne rien lui cacher. Je me doutais bien que l'on convoquerait d'abord les exécutants avant de m'entendre moi-même et

* René Imbot (1925-2007), successeur de l'amiral Lacoste à la tête de la DGSE, de 1985 à 1987. Sur ces développements particuliers, Cf. *supra*, chapitre 11.

** Paul Quilès (1942-2021), successeur de Charles Hernu au ministère de la Défense, de 1985 à 1986.

je voulais que les documents qui étaient clairs et en ordre soient immédiatement présentés.

Simultanément j'ai accepté de répondre à un journaliste ami qui ne voulait pas que je sois jeté en pâture à l'opinion publique, sous l'accusation de désobéissance au gouvernement. Je l'ai autorisé à divulguer un des éléments de ma lettre de la veille à M. Hernu, à savoir que mon refus de répondre était fondé sur l'obligation de conscience qui veut qu'un chef des services secrets se doit de protéger l'anonymat de ses subordonnés. Cette information, reprise dans la soirée par les médias, a permis de rétablir, sur ce point, la vérité et a désamorcé la campagne qui avait été ordonnée contre moi.

Le dimanche 22 septembre, dans l'après-midi, j'ai été convoqué par M. Quilès. J'ai vu qu'il avait été très surpris, en prenant connaissance des dossiers, de constater que M. Hernu avait menti et qu'il ne pourrait éviter de reconnaître sa responsabilité politique dans l'affaire. C'est ce que M. Fabius a été contraint de faire le soir même, dans sa déclaration télévisée. Dès lors, mon honneur était sauf.

L'entrevue avec M. Quilès m'a fourni aussi l'occasion de répéter au nouveau ministre, ce que j'avais très clairement exposé à son prédécesseur quant à une éventuelle inculpation des trois sous-officiers de l'*Ouvéa*. J'ai redit que si un seul de ces hommes était traîné en justice, alors je me présenterais moi-même devant les autorités judiciaires de mon pays, pour dire la vérité, toute la vérité.

Le soir même, M. Quilès prenait le soin de me rappeler personnellement par téléphone à mon domicile pour me confirmer sa réponse initiale : il n'y aurait aucune poursuite…

J'ai dit que M. Fabius n'avait jamais daigné me recevoir ni me parler. C'est donc avec une certaine surprise que j'ai reçu sa convocation, le 25 septembre au matin. Il me demandait de venir le voir au retour du conseil des ministres qui allait me destituer. Je m'y suis rendu et, en présence de M. Quilès, j'ai redit mes déclarations du dimanche après-midi, pour recevoir à nouveau les assurances formelles qu'il n'y aurait pas de poursuites judiciaires.

Telles ont été mes dernières relations avec le gouvernement. Quant au président de la République et à ses collaborateurs, je ne les ai jamais revus, à l'exception de M. François de Grossouvre, qui a tenu à me manifester ouvertement sa fidélité et son amitié.

Avocats

Dans le naufrage de l'opération, l'éventualité d'un incident avait été prise en considération et notamment le recours à un avocat, à travers une structure anonyme en Suisse, était prévu. Dès le 15 juillet, nous avons donc déclenché cette procédure et quelques jours plus tard, les « *Turenge* » recevaient la visite de Me Derouin* qui prenait contact, sur place, avec deux collègues néo-zélandais.

J'ai dit les difficultés de la défense en raison de la procédure et du refus de M. Hernu d'autoriser les deux officiers à divulguer, à partir d'un certain moment, leur identité. Il nous a été très difficile de manœuvrer sur ce plan.

Après la publication du rapport Tricot, j'ai reçu des propositions de M. Edgar Faure** qui souhaitait se rendre utile à sa compatriote Dominique Prieur ; les approches com-

---

* Philippe Derouin, avocat au barreau de Paris. Sur ces développements particuliers, cf. *supra*, chapitres 2, p. 50, et 6, p. 117-118.

** Edgar Faure (1908-1988), avocat, président du Conseil à deux reprises sous la Quatrième République, ministre sous les présidences du général de Gaulle puis de Georges Pompidou sous la Ve République, président de l'Assemblée nationale de 1973 à 1978.

mencées vers le 15 septembre n'ont pu être poursuivies. D'autant plus que le gouvernement – c'est-à-dire l'Élysée, la Justice, M. Hernu – s'était emparé de l'affaire et cherchait à désigner un avocat « ami » pour remplacer Me Derouin. C'est ainsi que j'ai eu l'occasion de rencontrer Me Burguburu*, qu'ils avaient pressenti ; rencontre positive dans la mesure où, pour la première fois, j'ai pu me faire comprendre par un homme compétent avec lequel il aurait été peut-être possible de réaliser une collaboration efficace.

Mais, sur ces entrefaites, les événements du 17 au 25 septembre se sont produits et je n'ai plus eu voix au chapitre. J'ignore les conditions de la désignation de Me Soulez Larivière**.

Documents

On a dit que j'avais ordonné la destruction des archives du Service. C'est inexact, je m'en suis expliqué. Il existait, à mon départ, des comptes rendus exacts détenus par mon secrétariat particulier et par le service Action. À ma connaissance, cette documentation, toujours disponible, permet de reconstituer les faits dans toute leur exactitude. On y trouvera notamment les pièces que j'ai évoquées ci-dessus, dont mes correspondances à M. Hernu.

En outre, le ministre pourra toujours, en fonction, obtenir lui-même de la part du général Émin et du colonel Lesquer par exemple, toutes informations complémentaires qu'il souhaiterait obtenir.

---

* Jean-Marie Burguburu, avocat au barreau de Paris. Cf. *supra*, chapitre 11, p. 236.

** Daniel Soulez-Larivière (1942-2022), avocat au barreau de Paris, désigné pour la défense des « *faux époux Turenge* » à partir du mois de septembre 1985.

Les précautions que j'ai prises, en ce qui me concerne, pour limiter au maximum les écrits et leur diffusion, s'expliquent par les règles normales de protection du secret des services spéciaux, et par ma crainte des indiscrétions délibérées ou imprudentes qui se produisaient systématiquement au niveau des hautes autorités gouvernementales.

Je crois avoir montré, par quelques exemples, la réalité de ces indiscrétions. Elles témoignent, comme bien d'autres faits, de l'état de dégradation morale et d'irresponsabilité qui régnait au sommet du pays. Elles expliquent, en partie, le déroulement de l'affaire Greenpeace.

Pierre LACOSTE

Lettre de l'amiral Lacoste à André Giraud, ministre de la Défense – 16 avril 1986

Monsieur le Ministre,

Lors de l'audience que vous m'avez accordée samedi matin, je ne vous ai pas apporté une réponse précise au sujet des circonstances qui ont abouti à la divulgation des identités réelles des trois sous-officiers de l'équipage de l'*Ouvéa*. J'aurais dû rendre compte d'un épisode que j'avais omis de mentionner. Pour combler cette lacune, j'ai rédigé une page supplémentaire au mémoire que je vous ai remis ; vous la trouverez ci-jointe.

Je reste, Monsieur le Ministre, à votre entière disposition et je vous prie de croire à mes sentiments les plus respectueux et à mon fidèle dévouement.

Pierre Lacoste

Les trois sous-officiers de l'*Ouvéa*

J'ai dit que j'avais été obligé de m'opposer très vigoureusement à M. Hernu et au gouvernement, notamment le 20 août, au sujet des trois sous-officiers de l'*Ouvéa*. La presse, alimentée par les fuites de la police, avait divulgué leurs fausses identités et j'avais pu éviter que la DPMAT ne donne les vraies, et surtout, que l'Intérieur ne diffuse leurs photos aux journaux, ce qui aurait immanquablement abouti à dévoiler leurs identités réelles et à conduire à leur arrestation. Ils étaient en effet sous le coup d'un « avis de recherche » adressé à Interpol ; MM. Joxe et Badinter affirmaient qu'ils seraient absolument obligés de déférer à cette demande si les trois sous-officiers étaient découverts.

Après mon intervention du 20 août, ils ont accepté de reconsidérer leur point de vue. Dès le 23, on me proposait un scénario qui permettait d'échapper au piège juridique : les trois sous-officiers seraient présentés au directeur central de la PJ qui recueillerait lui-même leur déposition, comme quoi ils avaient agi en service commandé et ils n'étaient pas les auteurs de l'explosion. L'avis de recherche devenu caduc, ils étaient libres.

Après avoir soigneusement vérifié la validité de cette procédure et obtenu les garanties les plus formelles sur le secret de l'opération, j'ai accepté qu'elle ait lieu à la première heure, le lundi 26 août, jour de la remise du rapport de M. Tricot à M. Fabius.

J'ai pris des précautions supplémentaires pour éviter tout piège (comme je l'avais fait pour leur présentation à M. Tricot la semaine précédente). J'avais confiance en la parole de M. Michel Guyot, le directeur de la PJ. Il nous a effectivement bien aidés, car moins d'une demi-heure après l'arrivée des trois sous-officiers dans son bureau, un journaliste était prévenu de leur présence. Compte tenu du très petit nombre de personnes qui étaient au courant, j'estime que la fuite est venue soit de Matignon, soit de l'Intérieur (j'exclus que ce soit M. Careil). M. Guyot a pu faire sortir discrètement les trois hommes.

Quelques jours plus tard, leurs identités réelles étaient divulguées ; ça n'avait plus la même importance, ils étaient libres…

Notes

Prologue

1. Hervé Gattegno, « Greenpeace, vingt ans après : le rapport secret de l'amiral Lacoste », *Le Monde*, 10 juillet 2005.
2. Pierre Jouve et Ali Magoudi, *Mitterrand, portrait total*, Carrère, 1986, p. 31.
3. Pierre Favier et Michel Martin-Roland, *La Décennie Mitterrand. Tome 2, Les Épreuves*, Seuil, 1991 ; Points, 2016, p. 440.
4. Claude Gubler et Michel Gonod, *Le Grand Secret*, Plon, 1996.
5. Dominique Prieur, *Agent secrète*, Fayard, 1995 (en collaboration avec Jean-Marie Pontaut) ; Alain Mafart, *Carnets secrets d'un nageur de combat*, Albin Michel, 1999 (en collaboration avec Jean Guisnel).

1
Le Président et l'amiral

1. Franz-Olivier Giesbert, *François Mitterrand. Une vie*, Seuil, 1996, p. 452.
2. « Résumé des faits » établi par le parquet d'Auckland, 30 octobre 1985.
3. Roger Cans, « Qui en veut à Greenpeace ? », *Le Monde*, 13 juillet 1985.
4. Rapport de synthèse du New Zealand Security and Intelligence Service (NZSIS).
5. Rapport de synthèse de la *Criminal Investigation Branch*, août 1985.

6. « Qui fait la guerre à Greenpeace ? », *Libération*, 12 juillet 1985.
7. Déposition de Glenys Dyson devant la *Criminal Investigation Branch*, 12 juillet 1985.
8. Dominique Prieur, *op. cit.*, p. 51.
9. Pierre Lacoste, *Un amiral au secret*, Flammarion, 1997, p. 17.
10. *Ibid*, p. 20.
11. Jean Lacouture, *Mitterrand*, tome 1, *Une histoire de Français*, Seuil, 1998, p. 224.
12. *Ibid*, p. 231-232.
13. Pierre Lacoste, *op. cit.*, p. 20-21.
14. *Ibid.*, p. 26.

2
Nos agents à Auckland

1. Interrogatoire d'Alain Mafart, 12 juillet 1985. Ces passages et les suivants sont extraits d'un rapport de la *Criminal Investigation Branch*, 13 juillet 1985.
2. Alain Mafart, *op. cit.*, p. 169, et Dominique Prieur, *op. cit.*, p. 70-71.
3. Télex d'Interpol Berne, 13 juillet 1985.
4. Dominique Prieur, *op. cit.*, p. 74.
5. *Ibid.*, p. 89.
6. Pierre Lacoste, *op. cit.*, p. 148.

3
La mécanique du mensonge

1. Florent Vadillo, *Les Socialistes et les Services de renseignement et de sécurité de 1981 à 2007*, mémoire de Master 2 de l'Institut d'histoire, université Bordeaux 3, 2008.
2. Franz-Olivier Giesbert, *op. cit.*, p. 465-466.
3. *Ibid*, p. 475.
4. Jean Guisnel, *Charles Hernu ou la République au cœur*, Fayard, 1993, p. 508.
5. Laure Adler, *François Mitterrand. Le roman de sa vie*, J'ai lu, 2015, p. 406.
6. Jean Guisnel, *op. cit.*, p. 513.
7. Claude Gubler, *op. cit.*, p. 36.

8. Jacques Attali, *Verbatim*, tome 1, 1981-1986, Fayard, 1993, p. 833.
9. Franz-Olivier Giesbert, *op. cit.*, p. 466.
10. Témoignage recueilli par Thibault Seurin dans « L'affaire du *Rainbow Warrior* dans la presse nationale », mémoire de master en histoire contemporaine, 2012, p. 60.
11. Télex de la Direction centrale de la police judiciaire à Interpol Wellington, 23 juillet 1985.
12. Pierre Favier et Michel Martin-Roland, *op. cit.*, p. 418.
13. Jacques Attali, *op. cit.*, p. 834.

4
La mission maudite

1. Dominique Prieur, *op. cit.*, p. 9.
2. Alain Mafart, *op. cit.*, p. 83.
3. Hervé Gattegno, « Au cœur de l'affaire Greenpeace », *Le Monde*, 1er avril 1999.
4. Note de la DGSE sur « les activités de l'association Greenpeace », 4 septembre 1984.
5. Note de Pierre Lacoste « à l'attention personnelle de Charles Hernu », 17 août 1985.
6. Discours prononcé à Bruxelles le 13 octobre 1983.
7. Jean Guisnel, *op. cit.*, p. 507-508.
8. Émission du 15 mars 1975, diffusée sur Antenne 2.
9. « Note de renseignement » non signée, 20 novembre 1984.
10. Gilles Ménage, *L'Œil du pouvoir*, tome 1, *Les Affaires de l'État, 1981-1986*, Fayard, 1999, p. 451.
11. Rapport de la *Criminal Investigation Branch*, septembre 1985.
12. Alain Mafart, *op. cit.*, p. 134.
13. *Ibid.*, p. 139.

5
Le feu de l'action

1. Dominique Prieur, *op. cit.*, p. 91.
2. Alain Mafart, *op. cit.* p. 142.
3. *Ibid.*, p. 141.
4. *Ibid.*

5. Alain Mafart, *op. cit.*, p. 143-144.
6. Gilles Ménage, *op. cit.*, p. 500.
7. Thibault Seurin, *op. cit.*, p. 53.
8. Jean-François Dubos, *Ventes d'armes : une politique*, Gallimard, 1974.
9. Jean Guisnel, *op. cit.*, p. 501.
10. Pierre Marion, *Mémoires de l'ombre, un homme dans les secrets de l'État*, Flammarion, 1999, p. 157.
11. Pierre Lacoste, *Un amiral au secret*, Flammarion, 1997, p. 132.
12. *Ibid.*, p. 131.
13. Rapport de l'amiral Pierre Lacoste, *op. cit.*
14. Pierre Favier et Michel Martin-Roland, *op. cit.*, p. 412.

6
Portés disparus

1. Jean-Claude Buhrer, « L'impromptu suisse de M. Mitterrand », *Le Monde*, 25 juillet 1985.
2. Télégramme d'Interpol Wellington, 23 juillet 1985.
3. Alain Mafart, *op. cit.*, p. 174.
4. Dominique Prieur, *op. cit.*, p. 150.
5. Rapport du commissaire Didier Bernard, Direction centrale de la police judiciaire, sous-direction des affaires criminelles, 1er août 1985.
6. Thibault Seurin, *op. cit.*, p. 59.
7. Note du commissaire Sid-Ali Benhafessa, 15 juillet 1985.
8. Note de l'amiral Lacoste « à l'attention personnelle de M. Ch. Hernu », 17 août 1985.
9. Rapport de synthèse de la *Criminal Investigation Branch*, *op. cit.*
10. Dépositions de Brendon Walton et de Murray Hoyle, *Criminal Investigation Branch*, 13 juillet 1985.

7
Un homme de confiance

1. Pascal Krop, « Le bateau de Greenpeace saboté par la France ? », *L'Événement du jeudi* ; Jacques-Marie Bourget (sous le pseudonyme d'André Largeau), « L'affaire Greenpeace », *VSD*, 8 août 1985.
2. Gilles Ménage, *L'Œil du pouvoir*, *op. cit.*, p. 459.

3. Note de Gilles Ménage à François Mitterrand, 5 août 1985.
4. Gilles Ménage, *op. cit.*, p. 462.
5. Dominique Prieur, *op. cit.*, p. 161.
6. Lettre de Laurent Fabius à Bernard Tricot, 8 août 1985.
7. Bernard Tricot, *Mémoires*, Quai Voltaire, 1994, p. 40.
8. Bernard Tricot, *op. cit.*, p. 205.
9. Jacques Attali, *op. cit.*, p. 841.
10. Bernard Tricot, « Rapport sur l'affaire du *Rainbow Warrior* », 25 août 1985.
11. Témoignage de Patrick Careil recueilli par Thibault Seurin, *op. cit.*, p. 152.
12. Note confidentielle « à l'attention du ministre de la Défense », cabinet militaire, 12 août 1985.
13. Frédéric Filloux, « Les époux Turenge devant le tribunal d'Auckland », *Le Monde*, 15 août 1985.
14. Gilles Ménage, *op. cit.*, p. 477.
15. Témoignage de Patrick Careil recueilli par Thibault Seurin, *op. cit.*, annexes, p. 152.
16. Jacques Derogy et Jean-Marie Pontaut, « Les secrets d'une affaire d'État », *L'Express*, 16 août 1985.
17. Lettre de l'amiral Lacoste à Charles Hernu, 16 août 1985.
18. Jacques Attali, *op. cit.*, p. 831.
19. Selon les notes prises par l'intéressé le 17 juin 1986.
20. Jean Lacouture, *Mitterrand*, tome 2, *Une histoire de Français*, Seuil, 1998, p. 216.
21. Note interne non signée, DGSE, cabinet du directeur général, 30 août 1985.
22. « Emploi du temps de S. et A. Turenge », DGSE, document du service Action (non daté ni signé).
23. « Compte-rendu du skipper », DGSE, document du service Action (non daté ni signé).
24. « Rapport sur l'affaire du *Rainbow Warrior* », *op. cit.*
25. Lettre de l'amiral Lacoste à Charles Hernu, 21 août 1985.
26. « Considérations sur les conséquences des commissions rogatoires internationales prises à l'encontre des personnels militaires », Note de l'amiral Lacoste, 21 août 1985.
27. Projet de communiqué de l'amiral Lacoste, 21 août 1985.
28. Bernard Tricot, *Mémoires*, *op. cit.*, p. 433.
29. Alain Mafart, *op. cit.*, p. 180.
30. Thibault Seurin, *op. cit.* p. 100-105.

31. Télégramme « secret » de l'ambassade de France à Londres, 30 août.

32. Jean Lacouture et Patrick Rotman, *Mitterrand, Le roman du pouvoir*, Seuil, 2000, p. 178.

8
M. Tricot perd le fil

1. Télégramme du 26 août 1985.
2. Note de Bernard Cottin, conseiller technique au cabinet de Roland Dumas, 16 août 1985.
3. Gilles Ménage, *op. cit.*, p. 478-479.
4. *Ibid*, p. 476.
5. Pierre Favier et Michel Martin-Roland, *op. cit.*, p. 422-423.
6. Note de Gilles Ménage à François Mitterrand, 22 août 1985.
7. Gilles Ménage, *op. cit.*, p. 483.
8. Bernard Tricot, *op. cit.*, p. 436. Les mêmes propos sont cités par Pierre Lacoste dans son rapport de 1986 et dans son livre de souvenirs, *Un amiral au secret*, *op. cit.*, p. 151.
9. Bernard Tricot, *op. cit.*, p. 440.
10. Gilles Ménage, *op. cit.*, p. 499.
11. « Quelques observations provinciales sur Greenpeace », Note de Michel Charasse à Jean-Louis Bianco, 27 août 1985.
12. Pierre Favier et Michel Martin-Roland, *op. cit.*, p. 425.
13. Jacques Isnard, « M. Mitterrand entend affirmer les intérêts stratégiques de la France », *Le Monde*, 12 septembre 1985.

9
La preuve par trois

1. « Impressions à l'Élysée », Bernard Brigouleix, *Le Monde*, 17 septembre 1985.
2. Note interne de la DGSE non signée, cabinet du directeur général, 30 août 1985.
3. Alain Mafart, *op. cit.*, p. 180.
4. « Situation du chef de bataillon Mafart et du capitaine Dominique Prieur », Fiche DGSE, 27 août 1985.
5. « Compte-rendu d'entretien avec Me Derouin, 6 septembre 1985, 18 h », DGSE, non signé.

6. Pierre Favier et Michel Martin-Roland, *op. cit.*, p. 427.

7. Malcolm Lowry, *Au-dessus du volcan*, Club français du livre, 1949.

8. Georges Marion, *Profession « fouille-merde »*, Seuil, 2008, p. 117.

9. Edwy Plenel, *La Troisième Équipe, Souvenirs de l'affaire Greenpeace*, Don Quichotte éditions, 2016, p. 105.

10. Témoignage de Bertrand Le Gendre recueilli par Thibault Seurin, *op. cit.*, annexes, p. 108.

11. Note à l'attention de l'amiral Lacoste, « Cabinet », 4 septembre 1985.

12. Edwy Plenel, *La Troisième Équipe, op. cit.*, p. 71.

13. Gilles Ménage, *op. cit.*, p. 476-477.

14. Serge July, *Les Années Mitterrand*, Grasset, 1986, p. 242.

15. Jacques Attali, *op. cit.*, p. 847.

16. *Ibid*, p. 847.

17. Françoise Berger, *Journaux intimes*, Robert Laffont, 1992, p. 231.

18. Thibault Seurin, *op. cit.*, annexes, p. 109.

19. Jacques Derogy et Jean-Marie Pontaut, *Investigation, passion*, Fayard, 1993, p. 451-452.

10
Le naufrage de Charles Hernu

1. Projet de courrier au directeur du *Monde*, André Fontaine, transmis par Jean-Louis Bianco à François Mitterrand, et annoté de la main du Président, 18 septembre 1985.

2. Pierre Favier, Michel Martin-Roland, *op. cit.*, p. 428.

3. Jacques Attali, *op. cit.*, p. 848.

4. *Ibid.*

5. *Ibid.*

6. Témoignage de Paul Quilès recueilli par Pierre Favier et Michel Martin-Roland dans *La Décennie Mitterrand, op. cit.*, p. 431.

7. Jacques Attali, *op. cit.*, p. 849.

8. Pierre Favier et Michel Martin-Roland, *op. cit.*, p. 431.

9. Témoignage de Patrick Careil recueilli par Thibault Seurin dans « L'affaire du *Rainbow Warrior* dans la presse nationale », *op. cit.*, annexes, p. 158.

10. Laurent Fabius, *Les Blessures de la vérité*, Flammarion, 1995, p. 117.

11
Les branches pourries

1. Pierre Lacoste, *op. cit.*, p. 155.
2. *Ibid.*, p. 156.
3. Jean Guisnel, « Un général à poigne à la tête de la DGSE », *Libération*, 26 septembre 1985.
4. Gilles Ménage, *op. cit.*, p. 546.
5. Témoignage de Paul Quilès recueilli par Pierre Favier et Michel Martin-Roland dans *La Décennie Mitterrand*, *op. cit.*, p. 434.
6. Témoignage de Richard Guillet recueilli par Thibault Seurin dans « L'affaire du *Rainbow Warrior* dans la presse nationale », *op. cit.*, p. 179-180.
7. Déposition manuscrite du colonel Joseph Fourrier, Direction de la protection et de la sécurité de la Défense (ex-Sécurité militaire), 24 septembre 1985.
8. Déposition du général Joseph Deiber, 14 octobre 1985.
9. Jacques Derogy et Jean-Marie Pontaut, *op. cit.*, p. 239.
10. Bertrand Le Gendre et Edwy Plenel, « M. Fabius pris au piège », *Le Monde*, 26 septembre 1985.
11. Interception téléphonique du 28 septembre 1985, extraite du dossier judiciaire de l'affaire des écoutes de la cellule de l'Élysée.
12. Interception téléphonique du 23 septembre 1985, correspondant non identifié.
13. Franz-Olivier Giesbert, *op. cit.*, p. 479.
14. Laure Adler, *op. cit.*, p. 445.
15. Jacques Attali, *op. cit.*, p. 844.
16. Note de Michel Hénocq, chef du service du courrier à la présidence de la République, à Gilles Ménage, 2 octobre 1985.
17. Note de Michel Charasse, « Objet : commission d'enquête Greenpeace », 1er octobre 1985.
18. André Passeron, « Au RPR, haro sur M. Fabius », *Le Monde*, 25 septembre 1985.
19. Fiche DGSE du 27 août 1985.
20. « Situation de Dominique Prieur et Alain Mafart », note de Paule Dayan, présidence de la République, 27 septembre 1985.
21. Alain Mafart, *op. cit.*, p. 189.
22. Dominique Prieur, *op. cit.*, p. 173.
23. Note de Paule Dayan, présidence de la République, 30 septembre 1985.

12
Trente-six minutes chrono

1. Lettre de Roland Dumas à David Lange, 22 septembre 1985.
2. Cf. Gilles Ménage, *op. cit.*, p. 551.
3. Télégramme diplomatique du 16 octobre 1985.
4. Note de Me Daniel Soulez Larivière transmise par l'ambassadeur de France en Nouvelle-Zélande, Jacques Bourgoin, 26 octobre 1985.
5. « Demandes de la famille Pereira et de Greenpeace », note de Gilles Ménage à Jean-Louis Bianco, 22 octobre 1985.
6. Lettre de Paul Quilès à Mme Van den Boomen, veuve de Fernando Pereira, 28 octobre 1985.
7. Dominique Prieur, *op. cit.*, p. 186.
8. Télégrammes diplomatiques des 6 et 7 novembre 1985.

13
Les prisonniers du bout du monde

1. Note de Gilles Ménage, 12 décembre 1985.
2. *Ibid.*
3. Note de Gilles Ménage à François Mitterrand, 10 janvier 1986.
4. Note de Gilles Ménage à François Mitterrand, 18 février 1986.
5. Télégramme d'Interpol Wellington, 13 mars 1986.
6. Note de Gilbert Guillaume à Jean-Bernard Raimond, 20 mars 1986.
7. Note du cabinet de Jean-Bernard Raimond au cabinet de Jacques Chirac, 25 mars 1986.
8. Note de Jean-David Levitte, directeur-adjoint du cabinet de Jean-Bernard Raimond, 9 avril 1986, annotée de la main de Jacques Chirac.
9. *Ibid.*
10. Note de Me Daniel Soulez Larivière, 14 avril 1986.
11. Note de Jean-Bernard Raimond à Jacques Chirac, 15 mai 1986.
12. Rapport du capitaine Joël Prieur au général d'armée Maurice Schmitt, chef de l'armée de terre, 6 juin 1986.
13. Note de Jean-Louis Bianco à François Mitterrand, 1er juillet 1986.

14. Franz-Olivier Giesbert, *op. cit.*, p. 479.

15. « Affaire du *Rainbow Warrior*. Secret ». Note de Jean-Bernard Raimond à Jacques Chirac, 9 juin 1986.

16. Note de Jean-David Levitte à Jean-Bernard Raimond, 24 juin 1986.

17. Alain Mafart, *op. cit.*, p. 216.

Épilogue

1. Recueilli par Jean Guisnel, le 23 juin 1992, dans le cadre de sa biographie de Charles Hernu, parue l'année suivante, *Charles Hernu ou la République au cœur*, *op. cit.*, p. 516.

2. Edwy Plenel, « Le dernier secret de l'affaire Greenpeace », Mediapart, 6 septembre 2015.

3. Sébastien Lamarque, « L'espionne qui venait du Béarn », *La République des Pyrénées*, 9 juillet 2017.

4. Timothée Boutry et François Vignolle, « Gérard Royal refuse de détailler sa mission », *Le Parisien – Aujourd'hui en France*, 3 octobre 2006.

5. Hervé Gattegno, « La DGSE a placé sur écoutes trois proches collaborateurs de M. Léotard », *Le Monde*, 9 juillet 1996.

6. Xavier Maniguet, *French Bomber, Enfin la vérité sur le* Rainbow Warrior, Michalon, 2007.

7. Bob Maloubier, *L'Espion aux pieds palmés*, Éditions du Rocher, 2013, p. 350.

8. Dominique Prieur, *op. cit.*, p. 242.

9. Hervé Gattegno, « Au cœur de l'affaire Greenpeace », *Le Monde* du 1er avril 1999.

Remerciements

Au terme de ma longue plongée au cœur du secret, mes premières pensées vont aux quelques personnes qui m'ont permis d'accéder aux archives de l'affaire les moins accessibles. Le monde du renseignement ayant ses règles, elles m'ont instamment prié de ne pas mentionner leurs noms ; qu'elles trouvent ici l'expression de ma reconnaissance.

Ma gratitude va aussi aux agents du Service historique de la Défense et de la Direction des Archives nationales, qui ont orienté et accompagné mes recherches, et notamment à Tiphaine Gaumy, pour ses conseils avisés. Quatre décennies s'étant écoulées depuis les faits, plusieurs témoins essentiels n'étaient plus là pour raconter les événements tels qu'ils les avaient vécus ; le remarquable mémoire universitaire de Thibault Seurin m'a permis de combler certains vides. Qu'il veuille bien considérer mes emprunts comme autant d'hommages à la qualité de son travail.

Je sais également gré à Sophie Lacoste et à Dominique Hernu d'avoir consenti, de bonne grâce, à remuer des souvenirs douloureux ; à Michel Roussin d'avoir, une fois de plus, sollicité sa mémoire pour moi ; à Floran Vadillo d'avoir ressuscité un disque dur pour m'aider ; à Jean-Marie Pontaut de m'avoir encouragé à me jeter à l'eau, avec enthousiasme et générosité ; à Claude Chirac, de m'avoir autorisé à consulter les archives de son père à l'hôtel de Matignon ; à l'ancien collaborateur de Charles Hernu, qui prenait des notes, de me les avoir montrées ; à Mathilde Soulez Larivière, de m'avoir amicalement communiqué les derniers papiers de Daniel, dont j'aurais tant aimé qu'il puisse me lire.

Je remercie également le colonel Jean-Luc Kister, acteur essentiel de cette histoire, qui m'a fait confiance et a supporté sans faillir mes innombrables relances, Dominique Prieur, qui se serait bien passée de ce retour en arrière mais y a finalement consenti, ainsi que le général Jean-Claude Lesquer, ancien chef du service Action de la DGSE, qui a accepté d'évoquer l'affaire pour la première fois dans ce livre.

Je dois enfin une mention particulière à mes éditrices : Sophie de Closets, Teresa Cremisi et Anavril Wollman, pour leur soutien, leur exigence et leur délicatesse.

Sans oublier Anne Cécile, à qui j'impose parfois la vie d'une femme d'espion. Sans elle, rien de tout cela ne compterait vraiment.

Index

Table

NORD COMPO
multimédia

Composition et mise en pages
Nord Compo à Villeneuve-d'Ascq

CET OUVRAGE
A ÉTÉ ACHEVÉ D'IMPRIMER
SUR ROTO-PAGE
PAR L'IMPRIMERIE FLOCH
À MAYENNE EN MAI 2025

N° d'édition : 646084-0. N° d'impression : 107104
Dépôt légal : juin 2025
Imprimé en France